魔術師の杖
錬金術師グレンの育てし者
短編集1
粉雪
イラスト：よろづ
impress
IZUMI
いずみノベルズ

登場人物紹介　4
魔術師の杖 短編集①　9
銀の錬金術師　10
初等科教諭ウルア・ロビンス　47
黒の皇太子　70
青の少年　115
赤の錬金術師　153
銀の魔術師　170
あとがき　241

登場人物紹介

グレン・ディアレス
王都三師団、錬金術師団長でレオポルドの父。人を寄せつけない仮面の錬金術師。召喚したネリアを助けた。
レイメリア・アルバーン
グレンに惚れこみ中庭でテント生活までして、彼を口説き落とした炎の魔女。行動力と決断力がハンパない。
レオポルド・アルバーン
泣く子も黙る厳しい魔術師団長。現アルバーン公爵の甥でグレンの息子。無愛想で無口だが、小動物が好きで面倒見はいい。何をやらかすか不安でネリアが気になるというか、目が離せず本人も困っている。
ソラ＝エヴェリグレテリエ
研究棟の中庭に生えるコランテトラの木精を魂とするオートマタ。ナイフや風を使い、師団長室を護る。最初はモフモフした白っぽい聖獣を模した外見で、現在は少年時代のレオポルドを写した姿をしている。
ネリア・ネリス
バス事故に巻きこまれ転移した異世界で、助けてくれたグレンから錬金術を教わり、跡を継ぎ師団長に。喜怒哀楽はハッキリしており、明るく前向きで気楽に異世界を楽しむ。美味しいものは作るのも食べるのも好き。
オドゥ・イグネル
カラスの使い魔を持つ錬金術師。レオポルドやライアスとは魔術学園からの付き合い。育った境遇からグレンに〝死者の蘇生〟の研究を持ちかけ協力させる。ネリアの〝体〟を手にいれるのが真の目的だが……。
ライアス・ゴールディホーン
王都女子に絶大な人気の竜騎士団長。性格は生真面目で温厚、竜騎士たちの信頼も厚い。レオポルドやオドゥの親友でネリアにも優しい。元竜騎士の父ダグ、しっかり者の母マグダ、兄オーランドと十番街で暮らす。
ユーティリス・エクグラシア（＝ユーリ・ドラビス）

魔導国家エクグラシアの第一王子、努力家で勉強熱心、育ちがよく素直だが負けず嫌い。オドゥが可愛がる。

テルジオ・アルチニ第一王子補佐官（のちに筆頭補佐官）

日々さっそうと働く優秀な補佐官で、いろいろアンテナを張り巡らせている。学園では三人組のひとつ先輩。

リーエン・レン・サルジア

歴史ある大国サルジア皇国の皇太子。エクグラシアに学ぶべきだと、シャングリラ魔術学園に留学してきた。

レクサ

リーエンが連れてきた護衛兼従者。ユーティリスたちには不遜な態度をとる。

アーネスト・エクグラシア

五百年の歴史を持つ魔導国家エクグラシアの第三十代国王。政務を行い調整能力に長けている。

竜騎士団長デニス（過去）

緑髪の竜騎士。ライアスの前任で団長を務めた。気難しいミストレイをライアスに引き継ぎホッとした。

魔術師団長ローラ・ラーラ（過去）

長い白髪をキリリと束ね、魔女たちにも慕われる前魔術師団長。ヌーメリアやレオポルドの面倒を見た。

呪術師マグナゼ（＝マグナス・ギブス）

サルジア皇族のひとりで形骸化した皇国を牛耳る呪術師。リーエンを追い、繁栄するエクグラシアに目をつけた。変幻自在に名と身分を偽り、ヌーメリアにも近づく。

ヌーメリア・リコリス

広大な薬草園を管理するリコリス家の出身。別名は灰色の魔女、毒の魔女。手ひどい失恋を引きずっている。

アレク・リコリス

ヌーメリアの甥で青い髪と瞳を持つ。生来活発な少年だが事情があって学校は休みがち。

マライア・リコリス

ヌーメリアの姉でワガママな女王様気質。領主の娘であることが自慢で、妹のことは気に入らない。

デレク・リコリス

リーエン

ヌーメリア
アレク

リコリス領主。マライアの婿となり家を継ぐが、領地経営はおざなりで息子のアレクもないがしろにする。

ヴェリガン・ネグスコ
〝森の民〟の末裔で植物を従える。相手を見つけないと樹海に帰れないが、本人のモテたい努力はいつも空回り。

初等科教諭ウルア・ロビンス
とぼけた丸眼鏡と口ひげだが、魔法陣研究の第一人者で多数の著作がある。グレンを師団長にした立役者。

五年生担任レキシー・ジグナバ
塔から転職してきた知的で美しい魔女。仕事熱心で指導熱心。ロビンス先生の魔法陣を見るのが生きがい。

ナード・ダルビス学園長
長い口ひげを生やしたおじいちゃん。生徒たちを優しく時に厳しく指導するが、実はレイメリアの隠れファン。

調理職人ダース
王城の厨房で腕をふるう魔法調理の達人。ユーティリスのことは親愛をこめて「ちっちゃい殿下」と呼ぶ。

ミンサちゃん
六番街にあるヴェリガンの屋台で、コールドプレスジュースを売る。青果店の娘さんで包丁さばきは凄い。

メロディ・オブライエン
三番街で魔道具店を経営する親切な魔道具師。メイク好きな彩の魔女。髪は明るい栗色で目はくりっとした緑。

ニーナ・ベロア
服飾の魔女。服作りにかける情熱はすさまじく、五番街で〝ニーナ&ミーナの店〟を経営する。黄緑の髪に若草色の瞳。

ミーナ・ベロア
装飾の魔女。ニーナの双子の妹でお団子頭が目印。靴やバッグ、アクセサリーなどの小物作りと経理を担当。

アイリ・ヒルシュタッフ
染料を研究する見習い魔道具師で工房に住みこみで働く。ラベンダー色のショートヘアに紅の瞳を持つ美少女。

魔術師の杖 短編集①

錬金術師グレンの育てし者

粉雪 著

イラスト よろづ

銀の錬金術師

炎の魔女

　幸せとはどんなものだろう、それはどんな形をしているのかと、グレン・ディアレスは考えた時があった。キラキラとまばゆいものだと聞けば、その輝きはいかほどだろうかと思いを馳《は》せた。けれどそれはあくまでも観察対象で、自分がその中に身を置くことは想像もしなかった。

　錬金術師団長グレン・ディアレスの名を、エクグラシアで知らぬ者はいない。魔石を動力源とする魔導列車を走らせ、転移門を開発した天才錬金術師。だが本人は人嫌いで口数も少なく、いつも無機質な白い仮面をつけ、ただ鋭い青灰色の瞳だけがその奥から覗いていた。

　彼にとってすべては過ぎ去るものであり、その手から創りだすものだけが確かなもの。だからひたすら手を動かした。満ち足りた幸福とか、笑顔あふれる暮らしなどに興味もなかった。

　ぼさぼさの銀髪は伸びっぱなしで身なりにもかまわず、着たまま寝ることもある白いローブはヨレヨレ、しっかりした骨格で背は高いものの、猫背で体つきはどこかバランスが悪い。だが低くよく通る声には聞く者を従わせる力があった。

　他者とのかかわりを拒絶して生きてきた、そんな彼の日常を破るようにレイメリア・アルバーンは飛びこんできた。居住区の中庭で風にひるがえる赤い髪は、まるで燃え盛る炎のよう。中庭にテントを張って住み着いた〝炎の魔女〟は、すぐにコランテトラの木精と仲良くなり、当然のようにグレンに頼んできた。

「ねぇグレン、エヴィに体を作ってあげられないかしら。何か依り代《よりしろ》になるようなものがいいわ」

「そんなことをして何になる」

　彼の返事はそっけなかった。中庭にある古い石のベンチに座り、レイメリアは木を見あげる。建国の祖バルザムの血を受け継ぐ彼女と木精との相性は抜群にいい。こうして座っていても、実体のない精霊の姿が彼女には視える。

「そうしたら私たちエヴィを抱きしめられるし、エヴィだって私たちを抱きしめられるわ」

「ただの木精だぞ。抱きしめたかったら、そこのコランテトラにしがみつけ」

「コランテトラの木は抱きしめるにはもう太すぎるわ」

レイメリアはふっくらした唇を可愛らしくとがらせ、グレンはその姿が目に入らないようにそっぽを向いた。


やがて彼は彼女の望みどおり、切り落としたコランテトラの枝で、聖獣のオートマタを作ることになるのだが……。

赤い瞳を輝かせた〝炎の魔女〟は、白いモフモフした体を抱きしめたついでに、ちゃっかり用事も言いつけた。塔で働く魔術師でもある彼女は自分が留守にする間、グレンの世話をエヴェリグレテリエに頼んだのだ。

「ねぇエヴィ、あなたにお願いがあるの。グレンが起きたらすぐに朝食をベッドへ持っていってね。放っておくと食事も忘れて研究を始めるから」

「かしこまりました」

エヴェリグレテリエはもふりとした体を揺らして、言いつけを忠実に実行した。おかげでグレンは研究中に低血糖を起こさなくなった。その有能ぶりに味をしめたレイメリアは、居住区だけでなく師団長室の片づけも頼んだ。

「保管している素材はホコリがつかないように、床はチリひとつないように清めて。家具や扉など人がふれるところは、きれいに磨いてね。資料庫の掃除は時々でいいけれど、換気して湿度を保ち、年に一度は虫干ししてちょうだい」

「かしこまりました」

オートマタに何かを頼むぐらいなら、自分でやったほうが早い。それでもレイメリアはひとつひとつ根気よく、どういう状態が理想で、それを保つためには何をすればいいか教えた。うまくできると彼女は大喜びで、モフモフしたエヴィの体をぎゅっと抱きしめた。

「いいわね。上手よ、エヴィ」

彼女の言いつけを忠実に守り、エヴィはグレンに食事を運び師団長室を片づけた。足の踏み場もなかった部屋はどんどんスッキリして、錬金術師のウブルグ・ラビルは、おかしそうに腹を揺らして笑う。

「師団長室でもものに埋もれて、どこにいるかわからんかったグレンが、おかげで今はすぐ見つかるぞい」

仮面の奥でグレンは渋い顔をしたが、ため息をついただけで何も言わなかった。レイメリアは美しいが自由で気まぐれ、だれの手にも負えない。いずれ飽きたら元の生活に戻るだろう。父のアルバーン公爵だけでなく、グレン本人ですらまだこう考えていた。


——〝魔術師の杖〟さえ手にいれれば、彼女はここを出ていくだろう。


結局はグレンが根負けし、レイメリアが中庭でのテント生活をやめて居住区で暮らすようになっても、彼の態度はあまり変わらなかった。だが〝魔術師の杖〟を作るという、新たな挑戦は彼の心をとらえた。

「炎を操るのであれば金属の杖がよかろう。振り回しても腕に負担のかからぬような……」

ブツブツとつぶやきながら、グレンはレイメリアの腕や手の寸法を測る。書き散らすメモ書きのような設計図が、どんどん彼の手からあふれてきて、レイメリアは目を丸くした。

「グレン……ただの杖なのに、こんなに魔法陣がたくさんいるの？」

「魔術師であれば魔力は必須だが、内包する魔素が多い〝魔力持ち〟は、魔素を凝縮させると体を解くことすらできてしまう。つまり物質としては不安定な生体だ。杖は魔術の要《かなめ》となるだけでなく魔術師の分身、その存在を安定させる」

「私の分身ねぇ。それならきっと、その杖もあなたのことが好きになるわね」

「杖に好かれたいとは思わん」

自分が創るものについてはしゃべるが、それ以外にはそっけないグレンの態度も気にせず、レイメリアはふわふわとした赤い髪を、指でくるくるといじりながら楽しそうにしゃべった。

「あら、私がグレンのこと大好きなんだもの。髪の毛ひと筋だってあなたを想うわ。杖だってそうよ」

「なぜそこまで……」

グレンは本気でとまどった。錬金術の成果を求める客なら大勢いる。ずかずかと日常に入りこんできた彼女のおかげで、前よりも快適な生活が送れているけれど、それは大部分エヴェリグレテリエの働きによるものだ。

「そうね、最初は純粋な好奇心。あなたが作る杖が見てみたかった。それを持つにふさわしい魔術師になろうと、必死に努力したわ。でも中庭に住むようになって気づいたことがあるの」

「何をだ」

強引さはアルバーン公爵そっくりでも、学園でも賞賛された可憐さはそのままに、レイメリアはやわらかくほほえむ。

「私ね、あなたが何をしていても、私のことなんかちっとも見ていなくとも、あなたを見ているのが楽しいわ」

「は⁉」

ぼさぼさの銀髪は伸びっぱなしで身なりにもかまわず、着たまま寝ることもある白いローブはヨレヨレ、しっかりした骨格で背は高いものの、猫背で体つきはどこかバランスが悪い。そんな男を彼女は楽しそうに見つめていた。


ある日仕事を終えて塔から戻ったレイメリアは、テーブルに盛られた皿いっぱいのフルーツに顔をほころばせた。

「おかえりなさいませ、レイメリア様」

「まぁ、エヴィ。頼んでいたものを用意してくれたのね。どれもみずみずしくて、とってもおいしそう！」

もふもふした体を揺らしながら、体をすりつけてくるエヴィを彼女がなでていると、グレンが渋い顔をする。

「フルーツなど腹の足しにもならん。水っぽいだけだろう」

「あら、疲れて帰ってきた時、食べるとリフレッシュするのよ。色鮮やかで目にも楽しいし」

あいかわらずそっけないグレンに、かわいらしく唇をとがらせた彼女は、赤い瞳をいたずらっぽく輝かせて、白い指でぷっくらした紫のテルベリーをつまみあげた。

「それに……『あーん』ってしたいわ！」

「……は⁉」

困惑したグレンにはかまわず、レイメリアはポイっとテルベリーを自分の口にいれ、その芳醇な香りと甘さをしっかり味わってから、さっそくフルーツを選びはじめる。

「エヴィにいろいろ用意してもらったの。甘く熟したテルベリーもおすすめだし、さわやかな酸味のピュラルもいいわね。それとも歯触りのいいミッラ……グレンの好きなコランテトラには、まだちょっと早いのよね」

「待て。『あーん』とは、あの『あーん』のことか？」

「そうよ、その『あーん』」

いつも人の話をろくに聞かないグレンが、自分に注意を向けたから、レイメリアはそれだけでうれしい。

「あれは……母親がおさなごにやるものだろう」

グレンは本気でとまどっているが、レイメリアはきょとんとして首をかしげた。

「あら私、リメラやアイシャにもよくやるし、ごくたまにアーネストやニルスにもやるけど」

親しい間柄だから食べさせるので親友たちだけでなく、顔を真っ赤にしてイヤがる従兄や弟にも容赦しない。彼女の「あーん」を断れず、いつも困ったようにもぐもぐと口を動かすみんなに、彼女はいつも満足げにほほえんだ。

「グレン？」

期待に満ちた視線を黙って受けとめていた銀髪の男は、やがてあきらめたようにため息をついた。

「……ミッラでいい」

無機質な白い仮面に男が手をのばし、女は花がほころぶような笑顔になる。エヴィはそっと中庭に出ていった。

赤や紫、オレンジの彩り豊かな果実に細く白い指が伸ばされ、やがてシャクリ、シャクリと咀嚼《そしゃく》する音が居住区に響く。

「……もういいだろう、どれだけ食わせる気だ！」

しばらくしてたまらず声をあげた男に、女は謝りながらころころと笑った。

「あっ、ごめんなさい。グレンが『あーん』ってしてくれるのがうれしくて」

顔をしかめた男がふたたび仮面に手を伸ばすと、女は紅玉のような赤い瞳で、ガラス玉のような青灰色の目をのぞきこみ、彼に身を寄せてせがむようにささやく。男はようやく彼女の顔をきちんと見た。

「ねぇ、私にも食べさせて？」

問いかけるような眼差しで何かを待つように、女はふるりとした赤い唇を少しひらく。男が節くれだった長い指を伸ばし、器に盛られたミッラを取ろうとすると、女の白い手がそれをとめた。

「そっちじゃないわ」

細い指が熟したテルベリーをつまみあげ、半開きだった男の口にほうりこむ。さっきまでのクセでついそれを受けとめた男の唇に、そのままゆっくりと女の柔らかいそれが重ねられた。


今日も居住区が面する中庭では、コランテトラが風にさやさやと葉を揺らしている。手に持った布でひとつひとつ、窓の金具を磨いていたソラは、ふと風の揺らぎを感じてまばたきをする。人間にとって二十年という歳月は長くとも、樹齢五百年の樹木にとっては、ついこの間のできごとだ。

やがてふわふわとした赤茶の髪を右サイドで束ねた娘が、はずむようにして元気よく帰ってきた。彼女を主にしたことでエヴェリグレテリエは、ソラという名のお菓子作りが得意なオートマタになった。

「ただいま。ソラ、わたしの留守中とくに何もなかった?」

「おかえりなさいませ、ネリア様。とくに何もございません。フルーツがたくさん用意してありますよ」

教わった通りにソラがほほえめば、ネリアは濃い黄緑の瞳をキラキラと輝かせ、うれしそうに顔をほころばせる。

「やった。ありがとう、ソラ!」

ネリアはソラが居住区に用意したフルーツを、そのまま食べたりジャムにしたり、スイーツを作ったりと楽しそうに使う。今もさっそくテルベリーの実をつまんでは、くふくふと幸せそうな笑みをこぼす。帰ってきた彼女のために、ソラはさっそくお茶の準備をはじめた。加熱の魔法陣を敷いた上にポットを置き、お湯を沸かして茶葉を蒸らす。

「どうぞ」

器用にピュラルの皮をむき、中の果実をほおばる娘の前に、ソラはことりと湯気のたつティーカップを置いた。

娘は目を閉じてカップに注がれたお茶の香りを、胸いっぱいに吸いこんでにっこりする。

「ん~いい香り。ソラはお茶を淹れるのがホントに上手だね!」

『いいわね。上手よ、エヴィ』

ソラはふと顔をあげ、中庭で風に揺れるコランテトラの葉を見つめた。寄りそうふたりが視線を交わす、仲睦まじい平和な光景……あれをまた見たいと思う。けれど娘が「あーん」をするのはまだ先だろう。

【中庭のコランテトラ】
エクグラシア建国の祖バルザムが、故郷から持ってきた種を植えた。エヴェリグレテリエは地に属する木精だが、風の影響下にある。レイメリアがいろいろ教えたおかげで、ネリアは居住区で快適に暮らせている。
※竜王の守護がコランテトラの木に与えられていることは、〝王族の赤〟のみに口伝で伝わる。

銀の傀儡師

グレンが幸せというものの形をようやく知ることができたのは、モリア山の遠征中にレイメリアが落盤事故で命を落とした後だった。彼女の死とともに、子どもの声が聞こえていた中庭は静かになった。彼は研究棟で倒れるギリギリまで仕事をして、居住区のベッドで死んだように眠る生活を続けた。ごくたまに、心優しい〝夜の精霊〟が眠る彼に夢を運び、頭の片隅にしまいこんだ世界を鮮やかに再現する。

『グレン、中庭にきて。レオとふたりで準備をしたの！』

『いったいどうした』

中庭へ続く扉をあけた彼女が勢いよくふりむき、赤い髪がふわふわと風に踊る。そのころころとした笑い声は、もう夢でしか聞けない。白く細い指がうれしそうに幼な子のほほをくすぐり、レオはくすぐったがって身をよじった。そのはじけるような笑い声を、いつまでも聞いていたいとグレンは思う。

『レオはね、とってもよく観察するの。だから形成魔法で花を作るのだって、ほら！』

『とうさま、見て！』

グレンの全身は降ってきた花に埋もれた。レイメリアから何度もやられたそれに、最近は幼い息子まで加わる。ぱっちりとした目鼻立ちは彼女に似ているが、瞳の色はグレンの母親と同じ黄昏だ。

『リルの花は香りがいいの。そうそう、ネリモラの花も忘れないで。じょうずよ、レオ！』

レオを見れば完全におもしろがって、クスクス笑っては花を咲かせる。このあいだ教えた術式はもう覚えたのか、指先からポンポンと花をだすだけでは飽き足らず、どれだけの高さから降らせるか挑戦しているらしい。ふたりで競争して作るから彼の体は、パレードの派手な山車みたいに全身が花だらけになった。

（ああ、自分は幸せだったのだ）

失ってはじめて、夢の中でそれを知った。無意識の中で幸せの残滓《ざんし》はハッキリとした形なのに、現実に戻ればその輪郭はとたんにぼやけて朧《おぼろ》になる。彼に人を愛することを教えた女性の顔も、だいじな息子の姿さえも。

『だいじょうぶよ、グレンもレオポルドも、私が絶対幸せにするんだから』

（レイメリア、きみがあらわれて自信たっぷりにそう言ってくれたら、すべてが元通りになるだろうに。いや、ならなくてもいい。ただきみにもういちど会えたら……）

ふたりに手を伸ばし抱きしめようとして、そこで無情にも朝がきた。


居住区の寝室で目覚めたグレンは、天井を見上げてまばたきをした。起きて浄化の魔法を使うのもおっくうだが、問答無用で魔法をかけてきたレイメリアはもういない。彼女の姿を再現する魔道具は壊れたままで、寝室の奥にある子ども部屋の床に転がり打ち棄てられている。

中庭や子ども部屋でよくエヴィと遊んでいた彼の息子は、迎えに来た公爵家の魔導車に連れていかれた。グレンには得られなかった母親の愛情を生まれた時から与えられ、彼から受け継いだ銀髪も月の光を紡いだように輝いていた。

（あの子に必要なのは私ではない。彼女が生まれた地で、健やかに育まれるだろう）

それが誤りだったと知ったのは、はじめてアルバーン公爵に招かれて、北の公爵領を訪れた時のこと。春を迎えるにはまだ早く、雪に覆われた公爵邸で再会した少年は、冷ややかな視線で彼をにらみつけた。まだ十代でもその硬質な美貌は際だち、怒りをたたえたその眼差しには既視感があった。

（とてもきれいな子だ……しかも私の母と同じ色の瞳をしている）

彼の願いどおりに公爵家で手をかけて育てられた子は、さらりとした銀髪には光の輪が浮かび、もう幼な子の細くやわらかい髪質ではなかった。光の加減で色を変える薄紫の瞳には優しさのかけらもなく、グレンに向けられた母の厳しい視線と同じだった。彼を後継者とは認めなかった、誇り高きサルジアの皇城に住まう銀の傀儡師……。

『皇家の傀儡師は私で最後。お前はどこへなりと行きなさい』

怒りをたたえた黄昏色の瞳で、母は毛虫でも見るように彼を切り捨てた。一生のほとんどを皇城で過ごし、外の世界を知らぬ母の、あの冷たい眼差しだけを覚えている。

精霊並みの感覚を持つグレンは、人が立てる耳障りな音も、予測できない動きで目の端をチラつくのも耐えられない。傀儡に囲まれた、皇族以外の人間がいない皇城での暮らしは快適だったが、そこに作るべきものは何もなかった。

グレンは皇城に置かれた精巧な傀儡たちをことごとく壊した。傀儡は痛みを訴えることもなく、崩れ落ちて動かぬガラクタと化し、母の怒りを浴びて彼は追われる身となった。どうやって皇城を脱出したかも覚えていない。

傀儡師と認められなければ皇族は、ただ魔力をささげ続ける一生を送る。皇城とそれに付随する施設だけでも、巨大都市を形成するサルジア皇都、そこを出たグレンはひたすら西を目指した。

——落ちこぼれの傀儡師としてではなく、ちがう者として生きたい。

とはいえ旅は過酷だったし、ひとびとの暮らしにもすんなりと溶けこめなかった。その存在感の強烈さゆえに、グレンはどこまでも異邦人だった。食べられる物を食べ、目の前にある物質の本質を探り、変容を司《つかさど》る錬金術にやがて彼は夢中になった。次々に新しい素材を試しては時に爆発させ、時に異臭騒ぎをひき起こす。

旅の連れ合いとなったウルア・ロビンスが必死に弁明する横で、次は何を作ろうかと考える。ウルア以外の人間など、覚えるだけムダだった。すべては彼にとって過ぎ去るもの……そう黄昏色の瞳をした母親でさえも。

エクグラシアに来て王城に迎えられても、彼はひたすら人とは距離を置いた。彼が開発した魔導列車はひとびとの暮らしを変え、その生活を飛躍的に向上させたというのに。だれからも称えられる功績にも、彼は関心を示さなかった。

レイメリアは音も立てず動くこともなく、資料室の片隅に置かれた椅子に座り、そんな彼を眺めていた。気のむくままに思索の旅をしたグレンが、資料を読み終えて満足して顔をあげれば、ようやく彼女と目が合う。

びっくりすると彼女はほほえみ、時には変な顔をしてみせた。彼が目を丸くすると、彼女はそれが面白いと言ってころころと笑う。それは意外にも不快ではなく、彼ははじめて見守られて安心するという感覚を知った。

グレンがベッドで身じろぎすれば、部屋の隅で静止していたエヴェリグレテリエが、まばたきをして赤い瞳をこちらに向けた。彼のまわりでかいがいしく働くオートマタは、レイメリアの言いつけを今もきちんと守っている。

「おはようございます、グレン様。食事をお持ちしますか?」

「ああ」

「かしこまりました」

鏡を見れば落ちくぼんだ目のやせこけた男がいる。銀の髪には目立たなくとも白いものが混じり、鋭い青灰色の瞳はどんよりと濁っていた。研究棟の一階でいつも緑に囲まれている、ヴェリガン・ネグスコとあまり変わらない。

『グレンが起きたらすぐに朝食を持っていってね。でないと食べずに研究に没頭しちゃうもの、お願いねエヴィ』

滑るように部屋に入ってきたオートマタが、運んできた焼き立てのパンとスープには、焼いた卵とベーコンに温野菜が添えてある。自分の生にすら関心がなかった男は、彼を愛した女性の遺志によって生かされていた。

エヴェリグレテリエの新しい体は、アルバーン領から戻ったグレンが、数日のうちに作りあげた。笑いもしない無機質な自動人形だが、それでも研究棟を動きまわる姿はあの子とよく似ている。

『帰ってきてすぐにレオの姿を探しちゃうの』

もう彼女が息子の姿を探すことはないというのに。それでも居住区を歩きまわり、中庭で水やりをするその姿は、なぜかグレンの心を和ませた。

朝食を食べ終えたグレンに、研究棟から戻ってきたエヴェリグレテリエが封筒を手渡す。

「グレン様にお会いしたいと、オドゥ・イグネルという少年が紹介状を持ってまいりました」

「オドゥ・イグネルだと……レオが私に？」

封筒の裏にある署名に、グレンは目を見開いた。学園にはウルア・ロビンスがいるから、何かあれば彼に聞けばいい。自分から接触するつもりはなかっただけに、レオポルドから連絡がきたのが意外だった。それには美しい書体で、世話になっている同級生に、何か仕事を与えてほしいと書かれている。イグネルという姓にはグレンも見覚えがあった。

『いいなぁ、王都の魔術学園で僕も学んでみたかった。そしたらちゃんとした仕事につけるだろ。僕はムリでもいつかさ、子どもたちには行かせてあげたいな』

旅の途中で出会った男はいつも、人懐っこい笑みを絶やさなかった。けれど何の気負いも殺気も感じさせず、あっさりと魔獣を屠《ほふ》るほどの腕を持っていた。そして昔グレンに語ったとおり、息子を魔術学園に入学させたらしい。

「奨学金で学園に通い、小遣いは自分で稼ぐか……よほどの根性がなければできまい」

「いまヌーメリア・リコリスが研究棟を案内しています」

「会おう」

「では師団長室に呼んでまいります」

師団長室にやってきたのは、こげ茶の髪に深緑の瞳を持つ少年で、肌の色はよく日焼けして浅黒い。先輩に譲られたダボっとした古びた紺色のローブを着て、緊張した顔には父親の面影がある。とりたてて特徴のない、警戒心を抱かせない平凡な容姿でいて……だれよりも危険な男だった。

森の奥でひっそりと水をたたえる、底知れぬ淵を思わせるオドゥの瞳は彼の父親と同じで、不思議そうにエヴェリグレテリエを何度も見ている。姿形はレオポルドそっくりだからだろう。そして彼が切りだした用件は、息子が書いて寄越したものとは違っていた。

「あなたにだって取り戻したい人間がいるはずだ。どれだけ時間がかかってもいい。僕は家族を取り戻す。グレン……あなたの知識と僕が父から受け継いだ術があれば、それが可能だ」

精霊の末裔イグネラーシェ、失われし一族の長が息子に伝えた術……グレンの心が動いた。

召喚

エルリカの街から借りた魔導車でも三日かかった、風が吹きすさぶ空と荒れ果てた大地には、人の気配はおろか生き物の姿さえ見当たらない。異世界に踏みこんだような錯覚さえ起こさせる。

「こんな何もない所に工房を造るんですか?」

グレンについてきたオドゥ・イグネルが、黒縁眼鏡のブリッジに指をかけて油断なくあたりを見回す。魔術学園に入学してから七年経ち、彼は一人前の錬金術師となっていた。交際していた令嬢との婚約もとりつけ、立ち居振る舞いもすっかり洗練された今は、都会育ちの青年と何ら変わらない。

我が子に続いてユーティリス王子の成長を止めた、錬金術師団長の暴挙は王城に衝撃を与えた。糾弾されたグレンは申し開きもせず、王都にいづらくなった。もとより師団長の座にそれほど未練はない。レイメリアの手記を手に各地をめぐり、やがてデーダス荒野にやってきた。

「そうだ。地表は何もない。だが地下にはサルカス山地に源を発する、魔素をたっぷり含んだ豊かな水流がある。〝生命〟を扱う研究には水が必要だからな。素材の調達には苦労するだろうが、転移陣で王都と結べばよい」

オドゥはパッと目を輝かせて眼鏡から手を離すと、やわらかなほほえみを浮かべた。

「もちろん僕も手伝います。王都の研究棟では手狭だと思っていましたから」

「……時間はかかるぞ。婚約者とはどうなっている。ユーティリスの件で気まずくなったのではないか?」

オドゥは少しだけ眉をさげて困ったように笑った。契約は第一王子が願ったことだが、体面を重んじる貴族の令嬢と婚約していた彼は彼女の実家に呼びだされ、結婚は認めず婚約者と距離を置くように迫られた。

「『錬金術師として一人前になるまでは』と待ってもらってます。他は全部彼女のいうことを聞いているのに、何が不満なんだろうな。魔術師になれば彼女の実家も喜んだでしょうが、レオポルドの下で働くのはイヤですね。王都から遠く離れたデーダスなら、いい気分転換にもなります。工房の完成が楽しみだ」

こげ茶の髪をかきあげて、地平線に目をやったオドゥは投げやりに答える。今回の騒動で彼には何の落ち度もないが、「これまでの援助は手切れ金がわりにくれてやる」と宣言された。王都を離れた今も、婚約者には毎日エンツを送っているが、会いにこないオドゥへのグチが増えた。遠からず自然と婚約は解消されるだろう。

婚約者はレイメリアのように家を飛びだす気はなく、両親に祝福されて大聖堂であげる、華やかな挙式を希望していたから。いくらオドゥに夢中でも、彼女は自分の生活を変える気などなかった。

（何か……彼女の実家が態度を変えるようなすごい発見があれば）

ふと浮かんだ考えを、オドゥは頭を振って追いだした。デーダスにきてまで王都のことで頭を悩ませる必要はない。何もない荒野の清涼な空気は、荒《すさ》んだ気分さえ吹き飛ばしてくれた。最初は荒野にそのままテントを張ってキャンプで暮らし、工房が造れそうな地下空洞を見つけて、地上に二階建ての小さな家を建設した。

「こんなことなら建設関係のバイトもしとけばよかった」

オドゥはボヤいたけれど、力仕事で夢中になって体を動かせば、何もかも忘れられた。魔導列車が走る線路の建設にも携わったグレンは、ただ黙々とエルリカの街から運んだ材料に、術式を刻み組み立てていく。研究棟にこもって錬金釜を操るのとはまったく違う生活をして、数ヵ月で建てた家の外装はふたりでペンキを塗った。

荒野にぽつねんと建つ小さな家は、重要な研究施設にはとても見えず、屋根の上には風見鶏がくるくると回る。

工房に付属した住居はドアを開けると暖炉のあるリビングで、小さな収納庫があるカウンターキッチンと、グレンが使う書斎と寝室がある。階段を数段あがった中二階の小部屋は、丸い窓のそばにオドゥのベッドを置いた。

工房の建設はもっと大変だった。サルカス山地からの豊富な地下水流を利用するため、ぽっかりとあいた空洞にさまざまな計器と魔道具、それに水槽を持ちこむ。大きなタンクにはカナイニラウから採取した〝命の水〟、棚には国王からゆずられた竜玉や各地から集めた素材がならぶ。

素材や術式のメモを散らかすグレンのかわりに、オドゥがそれらを整理して片づけ、ファイルにまとめた。ふだんの彼は快活な青年で、王都のエヴェリグレテリエとも連絡をとり、さまざまなバイトを経験した器用さで、ふたりの食事まで用意した。工房の作業を終えると地上で食事をとり、暖炉の前でも熱心に討論を重ねる。

「素材がそろっても、魂をいれる器がいる。イチから創るのは大変だし、僕たちは赤子がほしいわけじゃない」

「〝死者の蘇生〟には星が持つ生命力そのもの……〝星の魔力〟が必要となる。それに耐えられる体は、エクグラシアでは見つからん。魔力持ちが死すれば肉体を残さず魔石になる。それは故人の尊厳を守るための術だ」

グレンも仮面を外し、ふたりはだいぶ打ち解けて過ごしていた。暖炉を見つめるオドゥの瞳が昏く陰る。

「……僕は家族の魔石すら持っていない」

「呼び戻しに魔石は必要ない」

オドゥは頭を振って立ちあがり、暖炉に薪をほうりこむと、少しだけ窓の外を吹く風の音に耳を傾けた。

「たとえばだけど……サルジアの皇族なら〝星の魔力〟に耐えられる体を持つ？」

「……………」

答えないグレンをふり向いてオドゥは問いを重ねる。

「死霊使いの術はもともと、そのためのものでは？」

サルジアの呪術師は魔道具師よりも数が多い。それだけ呪術はひとびとの生活に結びついている。だが死霊使いの術は秘匿され、皇家のみに伝えられた。皇帝のために生みだされた蘇生術は、だからこそ権力闘争で真っ先に失われたと言われている。

「いってみるかな、サルジアに」

オドゥがぽつりと漏らしたひとことに、老いた錬金術師はハッとして顔色を変えた。

「まて、オドゥ。鉄壁の守りを誇る皇城に住む者たちなど、姿を見ることもかなわぬ。それこそ不可能だ」

「じゃあ、どうやって器を手にいれるんです」

歯を食いしばるようにして顔をゆがませたオドゥに、グレンはようやく悟った。

（やれ、といわれれば実行する気だったのか……）

錬金術師団長グレン・ディアレスは、世間からは我が子すらも研究に使う冷酷な男と見られている。何のためらいもなく「器を手にいれろ」と命じる、そうオドゥにも思われていたのだろう。

グレン自身はそう孤独でもなかった。彼にはレイメリアの魔石もあるし、離れて暮らすとはいえ彼女の忘れ形見もいる。錬金術の研究に打ちこんだ人生は、好きなことしかやらない贅沢が許されていた。

（オドゥにはカラスの使い魔と眼鏡以外、何も残されていない。そのことがこんなにもこやつを苦しめるのか……

だがサルジアに行けばおそらく、オドゥは戻ってこない）

しばらく考えてグレンは口を開いた。

「仮説にすぎないが実体のない精霊ならば、星を渡れるとされている。星の軌道を計算してみよう。精霊たちが星を渡るときに使う航路を、通れる器が見つかればあるいは……」

「つまり異界から器を召喚すると？」

その提案に驚いたオドゥは目をみはった。

「そうだ。万にひとつ、いやそれ以下の確率だが、この世のものならざる肉体なら死者の魂との親和性も高かろう」

「本当にそんなことが……」

希望なのか期待なのか、オドゥの深緑をした瞳が、暖炉の光を受けてふしぎな色に輝いた。

「やりましょう、グレン。僕たちは不可能を可能にする、奇跡を司る錬金術師だ」

オドゥの目をサルジアから逸らせられれば、グレンはそれでよかった。召喚には膨大な魔力が必要になる。計算すればするほど、不可能だと思い知ることになる。いずれはオドゥも納得するだろう。

（召喚が成功すれば使える素材はそろっているが……万が一にもそんなことはあるまい）


――だが、奇跡は起こった。


その日、研究がひと段落したグレンはいつものクセで、机に置いたペリドットを手にとった。エルリカの街をふらついていて、たまたま立ち寄った店で見つけたものだ。ビロード敷きのトレイにずらりと並んだ石から選んだのは、色合いも透明度も極上のもので、店主は彼を勝手に上得意とみなした。

魔導ランプに石をかざせば緑黄色のきらめきは、在りし日の彼女のまなざしそのもので、それをのぞく青灰色の瞳を柔らかい光で照らす。何とも言えない懐かしさがこみあげてくるが、ただそれだけだ。

（すべては通りすぎるものだ）

その感覚はグレンが故郷を離れたときから、ずっと彼にまとわりついていた。この石によく似た瞳の持ち主も、そうして彼の前から消えてしまい、豊かに色づいていた彼の世界はまた色彩を失った。

『グレン、私は必ずあなたの元へ帰るわ』

彼女は嘘をついたわけではなく、その言葉は本心だったのだろう。だが……。

「守れぬ約束はするものではないぞ、レイメリア」

約束とは生者だけのものだ。グレンは自分の胸を押さえた。レイメリアと交わした、あの子のために〝魔術師の杖〟を作る……それだけが、彼に残された約束だった。

「それまではオドゥにつき合ってやろうと思うたが……」

オドゥは失われた死霊使いの術を研究し、〝死者の蘇生〟で家族をとり戻したがっていた。持ち前の器用さで、王都の生活にもすぐとけこんだ少年にとって、それが生きる希望でもあった。

時は戻らない。だからこそより強く願う、死者との対話を。かなうならばその眼差しに宿る、命のきらめきをもう一度目にして、その手にふれてぬくもりを感じたい。グレンにも理解できる感情だから、彼はオドゥを捨て置けなかった。

（あやつにイグネラーシェの真実を伝えるべきか……オドゥ・イグネル……お前こそがイグネルの希望なのだと）

そのとき壁にとりつけられた計器がすさまじい警告音を発した。

――ビビーッ、ビビーッ！

工房のすぐそばで世界がひっくり返るほどの、強力な物質転移が行われようとしている。

「……まさかオドゥか⁉」

グレンは石をほうりだして立ちあがり、黄緑のペリドットはコロコロと床に転がった。それにもかまわず地上への転移陣に飛びこみ、老いた錬金術師の姿は工房から消えた。

地上に現れたグレンが目にしたのは、荒野に敷かれた巨大な魔法陣。時空を操る術式はすでに動きはじめ、魔法陣のまわりには稲光が走っている。その中央に眼鏡を外したオドゥが立っていた。彼の左目だけが爛々と金色に輝き、手には膨大な計算式を記した書物が握られている。放たれた〝闇の魔力〟が、魔法陣の中で渦巻いていた。

「何ということだ……精霊用の時空転移陣を勝手に作動させるとは」

「星の周期的に、今をおいて他にないんだ。あんたも知ってるだろう！」

怒鳴りかえすオドゥの顔が苦痛にゆがむ。魔力値がすさまじい勢いで上昇していて、彼ひとりの魔力ではもちそうにない。魔素をすべて失えば、魔力持ちの体はあっけなく霧散する。レイメリアがそうだった。

「命を捨てるつもりか、オドゥ！」

「僕にとっては価値のない人生なんだよ。家族をみんな失って取り戻せない……それぐらいならっ！」

「王都にはお前の婚約者がいるだろうが！」

オドゥは笑った。彼女からのエンツは途絶え、こちらから送ってもはじかれる。今の彼はただ、刑の執行を待つだけの囚人だ。そう仕向けたのが自分とはいえ、学園時代の淡い想いも、すべてなかったことにされるのは悲しかった。

「理論は完璧なんだ。あとは実行するだけ……僕が死んだらグレンが完成させればいい。死者を呼び戻すための器を、この地に召喚する。我が願いを具現化せよ。エレス！」

オドゥの叫びとともに、刻まれた〝結実紋〟に魔力が注がれる。魔法陣の上を暴れ回っていた魔素は、集約し精緻な術式を形作っていく。すでに展開して動き始めた、時空転移陣を止めることは不可能だった。

「愚か者！」

グレンの怒号は大地を揺るがすような轟音にかき消された。鉄槌のような打撃音が激しく鳴り響く。死者を弔う鐘の音にも、生者を呼びこむ福音にも聞こえるそれは、立っていられないほどの魔力圧でふたりを押しつぶす。

（希望を……オドゥに『生きたい』と思わせるだけの希望が必要だ……このまま死なせはせん！）

地を這いながらグレンは自分の胸をつかみ、体の奥底から魔素をよびだした。死なない程度に魔力を絞りだす技術は、サルジアで身につけたもの。ミストグレーの瞳が光り、彼の全身から魔力が立ち昇る。

魔力不足から欠損していた術式を補い、完全な形を大地に描きだしたそのとき時空がゆがんだ。突如として起こったすさまじい爆発と閃光、熱風となって押し寄せる炎と衝撃破が、グレンたちを襲った。

ところが彼らの身を砕くかと思えたそれは、彼らの体をすり抜けていった。すでに時空がずれて、異界とのつながりが切れたのだ。一瞬だけ見えた炎は熱を失い、魔法陣の中で霧散した。

デーダス荒野に吹く風にはもう熱はなく、力を失った魔法陣の中央には、魔力を使い尽くしたオドゥが倒れて転がっていた。そしてそのそばに出現した、さっきまでなかった物体……それを目にしたグレンの声が震えた。

「異界からの召喚が、まさか本当に成功したのか……」

心臓がギリギリと背中まで痛む。グレンは全身の神経に術式をめぐらし、ぎこちなく手足を無理矢理動かした。異様な臭いがするそれは焦げた肉塊のようで、計器の反応値がこの世のモノではないと示している。

「これだけの大きさがあれば……しかし、ずいぶんと傷んでいる。まずは損傷してない部位を保護して、自己修復によりヒトの形をとり戻さねば……」

そこまでつぶやいて、グレンは動きを止めた。それはまるで生まれ落ちた赤子のように叫んでいた。脳に直接届く、まったく意味がわからぬ言語の羅列。今この場で聞かぬかぎり、二度と聞く機会はないだろう。

はじめて耳にする異界の言葉に、グレンは興奮を抑えつつ、知るかぎりの言語解読の術式をほどこした。異界からこぼれ落ちしモノに呼びかけようとして、何を聞くべきか一瞬ためらう。その間にも声はどんどんか細く小さくなっていく。

「生きたいか?」

かけられたのはたったひと言。ピクリと肉塊が動いたような気がした。小さくともハッキリとした返事があった。

『イキタイ』

その答えに考えるより先にグレンの体が動いた。このような目にあってもなお〝生〟を望み、力の限り叫び声をあげる存在に、必要な魔法陣をどんどん紡《つむ》ぎだしてかぶせていく。事態は一刻を争った。命令に応じて工房が、唸りをあげて稼働し始め、タンクの水が水槽を満たしていく。意識をとり戻したオドゥの驚愕した叫びが聞こえる。

「グレン……何を⁉」

彼が何をしようとしているか、長年研究をともにしたオドゥにはわかったのだろう。

「体表面が八割がた失われてる。それはじきに死ぬ……放っておくんだ!」

「まだ間に合う。カナイニラウの海水をもとに錬成した液に漬け、傷ついた皮膚の修復をうながし、欠損した部位を補えば……オドゥ、手伝え!」

何かにとりつかれたようにグレンは動いた。曲がったまま硬直した指で、なぜ懸命に術式を紡ぐのか彼にもわからない。なぜこれほどまでに、この〝命〟を救うために必死になるのか。異界から取り寄せた稀少な素材とはいえ、ただの研究材料にすぎない。だが急速に弱まりつつある命の炎を、どうしてもこの世界につなぎ留めたかった。

「やめろ、グレン。それは〝素材〟……必要なのは体だけだ。魂はいらない！」

オドゥが決死の形相で必死に這ってくる。眼鏡が飛んだ彼は、左目が金色の光に染まったままだ。

「せっかく異界から招喚した肉体なんだぞ。そいつを助けるな！」

血を吐くような叫びだった。家族をとり戻したいという、オドゥの望みにグレンが手を貸したのは、それが彼にとって生きる動機になると思ったからだ。命を捨てさせるために、無謀な挑戦をさせたわけではない。

（これが……この娘を救うことが必ず……オドゥ、お前の〝希望〟となる！）

「生きたい……と、この娘は言った。だからわしはこの娘を助けると決めた」

そう決断したグレンの宣言にオドゥは目を見開いた。

「そんな……いままでの研究は何のために。それは肉体を失った魂を呼び戻すための〝器〟だ。この世ならざる者の肉体、あれほど探し求めた〝死者の蘇生〟に必要な素材じゃないか！」

「生かしてやる。お前も……この娘もな！」

老錬金術師の手から鮮やかに展開された魔法陣を見て、オドゥがぼうぜんと力なくつぶやく。

「三重防壁……」

物理、魔法、状態異常……すべてから守られた体は、外部からの攻撃をすべてはじく。止まりかけた心臓にグレンはためらいもなく、最愛の女性が遺した魔石を使った。

「レイメリアの魔石を〝星の魔力〟とつなげる媒体とする。欠損した部位は補ってやらねばなるまいが……低温槽で修復をほどこせば、あとは『生きたい』という意志がこの者を生かすだろう」

幸いなことに、必要な素材はすべてそろっていた。治癒魔法では急速に再生した組織が、いびつになる恐れがある。低温にしてわざと生体機能を低下させ、ゆっくりと組織を修復していくのだ。

それはまったく新しい、未知の領域への挑戦だった。何日眠らずに作業したかわからない。力尽きて倒れたグレンが意識をとり戻すと、体には毛布がかけられていた。そばには無精ひげを生やしたオドゥが、低温槽をにらむようにして座っていた。その横顔にしわがれた声で呼びかける。

「オドゥ、あれはどうしている」

オドゥは返事をするのも煩わしそうに、ふりかえりもせず舌打ちをして答えた。

「……無事だよ。それより何か腹にいれなよ、あんた三日間眠りっぱなしだった」

グレンは自分の体内に魔素をめぐらせていく。心臓の魔石化は徐々に始まっていた。体を動かすのに術式が必要になるなど、王都に置いてあるオートマタとたいして変わらない。今回の召喚で寿命はまた縮まったろう。

(レイメリア……またきみに会う時が近づいたな)

グレンはふと笑った。レイメリアの魔石は失われたというのに、彼の気分はとてもよかった。だがひきつれたような笑いが、オドゥをいらだたせたらしい。疲れのせいかギスギスした態度で、口調もぞんざいになる。

「ったく、笑う元気があるなら、さっさと起きて手伝えよ。あれの世話が大変なんだ」

毒づくオドゥの目はクマができ、落ちくぼんでやつれていた。ずっと作業をしていたのだろう。

「わしを殺したそうな目をしているな」

「あの三重防壁は、あんたが死んでも解けない。解除したいけど使うなら、きれいに修復した方がよさそうだ。すごい生命力だよ。まだ男か女かもわからないけど。だから今あんたに死なれちゃ、僕も困るんだよ」

ぶっきらぼうにずい、と押しつけてくる魔力ポーションを受けとり、飲み干せばグレンの眼に鋭い光が戻る。王都で長年、錬金術師団を率いてきた男の顔がそこにあった。

「そう、か……」

グレンが娘の声をふたたび聴いたのは、組織の修復が進んで手足の形がハッキリしたころだ。素材の調達にでかけたオドゥは工房にはいなかった。

器として召喚しただけあって、この地に住まう人間とよく似た骨格をしていた。レイメリアにどことなく似てしまったのは魔石の影響だけでなく、グレンがよく知る女性が彼女しかいなかったせいもある。もっとも頭蓋骨は丸くて下あごの骨も細く、彼女よりも幼くて優しい顔立ちになった。

『そこにいるのはだあれ？　わたし、おうちに帰れる？』

明らかに水槽のそとで作業する彼を認識している。彼女のいう『おうち』の概念が脳に直接流れこんできた。黒いドアを開けて入り口で靴をぬぎ、手に持った荷物には小さな人形が揺れている……それを見おろして娘の足が止まった。

『帰り……たい』

体だけをここに置き、娘の意識は異界へと引き戻されようとしていた。心臓と一体になった魔石の発する波動が、それだけで弱くなる。グレンはあせりつつも必死に呼びかけた。

「わしはグレン。お前を助けた者だ」

『……………』

返事はなく、娘の意識はまた混濁の中に飲みこまれた。それからというもの、水槽で娘が目覚めるたびに、彼は「グレン」と名乗った。それを何度かくりかえすうちに、娘はようやく彼の名を覚えた。彼女は目覚めると泣きながらだったり、叫びながらだったり、ときには歌うように、そこにいるか確かめるように彼を呼ぶ。

『グレン』

「起きたか」

ある日、脳に直接響く声に返事をすれば、はじめて娘はグレンに要求してきた。

『グレン、お話して』

「ではこの世界について教えてやろう。きっとお前は忘れてしまうだろうが」

『忘れちゃうの？』

「今のお前は無意識下……まどろみの中にいる。覚醒すれば思いだすことはできまい」

『それでもいい……聞きたい』

『生きたい』と叫んだのと同じ強さで、『聞きたい』と声を響かせる娘はきっと、好奇心旺盛な性格なのだろう。赤ん坊のごとき無邪気さと無謀さを兼ねそなえ、徐々に学習していく慎重さも好ましかった。

「ではわしの知る限りの話を。からくり仕掛けの傀儡が守る巨大な皇城、ドラゴンが守る精霊の祝福を受けた王都、人魚の王国にある珊瑚に彩られし泡の王宮、水の迷宮に眠る都市や砂の迷宮にある魔石鉱床、北の山でさざめくミスリルたち。植物たちが戦う樹海に囲まれた火の山、大地を揺るがす魔獣の群れ……まだあるぞ。どれから話そうか」

『えっとね……』

ぼさぼさの銀髪は伸びっぱなしで白いものが混じり、着たまま寝ることもある古びたローブはヨレヨレで、あちこちがほころびている。老いた体はあちこちに痛みがでて、心臓の魔石化も始まっていた。

それでも娘に話を聞かせるときのグレンは、青みがかったミストグレーの瞳に生気があふれ、よく通る低い声で力強く語った。かってその足で大地を踏みしめ、前だけを見つめて歩きだした時のように。娘が疲れて眠るまで、彼はいつまでも……この世界について語り続けた。

目覚めた娘

助けてくれた錬金術師グレンから、〝ネリア・ネリス〟と名づけられたわたしはある日、眠っている間に地下の工房から地上へと移されていた。目覚めて見慣れぬ木製の天井にとまどい、横たわるベッド脇に小さな丸い窓があるのに気づく。あわてて身を起こせば、ぶ厚い窓ガラス越しの風景は少しゆがんで見え、その下にただ果てしない荒野が広がっている。

目を凝らしても地上には何もなく、暗闇に慣れたわたしの目をとらえたのは、故郷の空では絶対ありえない天体だった。銀河のグラデーションが鮮やかに彩る星空に、またたく無数の星を従えるようにぽかりと浮かぶ月をみて、わたしは息をのんだ。ぺたりと指をつけた窓ガラスはひやりとして、指のまわりだけが白く曇る。

「月がふたつ?」

ギシギシと階段を上る気配がしてすぐ、ノックの音が遠慮がちに響いた。返事をするとボサボサの銀髪がトレードマークの、老いた錬金術師がドアから顔をのぞかせた。その顔を見るとわたしはいつだって、彼を質問攻めにせずにはいられない。

「グレン……わたし、工房から出られたの？」

地下では妖しく光ってみえたミストグレーの瞳は、地上だと年相応の濁りを帯びていた。

「いずれ移すつもりだった。体を元どおりに動かすには、辛いリハビリをせねばならん。地下の工房でやるよりは、地上のほうが気も紛れるだろう」

「早くない？」

わたしの回復はまだ不完全で、思うように体を動かせない。ここの基準からすると、わたしの体は弱くてもろく、ふつうに生活できるまでには時間がかかるらしい。

「工房にひとりで残すたびに、泣きそうな顔をしていたのはどこのどいつだ」

「だって……寂しいから。それにグレンの話を聞くのは楽しいんだもん」

「やれやれ、もう一生分話した気がするぞい」

彼にとってわたしの質問に答えることは、いちじるしく気力を消耗するようだ。気の毒だけど逃がすつもりはなかった。それは好奇心のせいでもあり、彼が必要以上の情報をなかなか明かさないせいでもある。

「どうして月がふたつもあるの？」

聞いてから質問のしかたを間違えたと気づく。ここでは月がふたつあるのはあたりまえなのだ。

「それがどうした。この世界が魔素で満ちるためには月の存在が不可欠だ。ふたつの月が干渉することで、魔術による事象の改変が容易になる」

「つまり？」

「ふたつの月があるからこそ、この世界では魔法が使える」

魔術は願いをかなえるために紡ぐもの、錬金術は変容を司り奇跡を起こすもの……何度聞いてもピンとこない説明がまた始まりそうで、わたしは頭をふって彼の言葉をさえぎった。

「そういうことが聞きたいんじゃなくて、わたしの故郷では月でウサギがお餅をつくの」

「あそこに生きものがいるのか？」

グレンは驚いたように、窓の外に浮かぶ月へ目をやった。

「伝説だよ。あのふたつの月にまつわる話はないの？」

「ふむ。あれは親子だという話なら伝わっている」

「親子なんだ……」

ふたつの月はどちらも、わたしの知る〝月〟よりもっと大きい。ミストグレーの瞳で彼はじっとわたしを見おろす。

「魔法にはあまり関心がないのか。覚えれば便利じゃぞ」

「そのうちね」

いつもグレンが浄化の魔法できれいにしてくれるから、わたしはこの世界でお風呂に入ったことがない。

「目覚めたなら下に連れていってやろう」

抱きあげる腕は力強く、わたしはグレンに運ばれるのに慣れっこになっていた。体を緊張させると運びにくいらしいから、力を抜いて身を預けると、背が高い彼は身をかがめて小さなドアを抜けた。

階段をおりれば大きな暖炉と、その前に置かれた安楽椅子が目にはいる。けれど脇の小机にうず高く積まれた本や資料、そのすべてが広げっぱなし置きっぱなしで、わたしは目を丸くした。

「ここ、物置？」

「ものがちょいとばかり多いが、この部屋がいちばん広い。お前の部屋は片づけてあったろうが」

「あれは片づいているというより、『何もない』というんだよ」

「いずれエルリカの街に、お前も連れていってやる。そこで必要なものは買えばいい」

「街があるんだね。それも楽しみだけど、まずは外に行こうよ、月が見たいな」

グレンは気が進まなそうだった。

「まだ外気に対する体の反応もわからん。工房からだしたばかりだし、環境に適応できるように術式を調整せねば」

「ねぇ、ちょっとだけ」

「〝ネリア〟……お前はいずれわしの手には負えなくなりそうだ」

わたしを抱えたグレンは大げさにため息をついた。この老錬金術師は親切を通り越して、わたしに甘い気がする。

望みが多少ワガママなものでも、ボヤきつつ彼はかなえてくれる。帰りたい……という望み以外は。

彼はわたしをしっかりと毛布で包み、ぶつぶつと呪文を唱えて空気の膜で覆うと扉へむかう。デーダスの家は老錬金術師が創りあげた、ひとつの完結した世界で彼はその中心だ。彼が近づくだけで家のあちこちで魔法陣が作動し、術式を光らせて魔素が走る。工房もこの家も彼が仕掛けたからくりで、まるで生きものみたい。

ギシギシときしむ音を立て、外へ通じる扉が開く。わたしの前にひろがるのは地平線まで広がる、ただ見渡すかぎりの荒野だった。まわりには民家など何一つなく、荒野のなかにぽつねんと建つ一軒家、それがグレンの家。

それはある意味絶望的な光景なのに、わたしは夜空に目を奪われた。煌々《こうこう》と輝くふたつの月は、冷たくも優しい光で世界を照らしている。その輝きのむこうでは、さまざまな等級の光を放つ無数の星々が、空一面を覆いつくしていた。圧倒的な質量の星空は砂漠でなら、私の世界でも見られるかもしれない。

「寒いか？」

「ううん」

気づかわしげにたずねるグレンに、わたしは首を横に振る。魔法もかけられた体は寒さを感じないのに、息をするのが苦しくなる。肺に流れこむ見知らぬ世界の空気は清涼で澄みきり、ただひたすら乾いていた。

この荒野を走りだしたいのに、毛布にくるまって抱えられるわたしは、まるでミノムシみたいだ。星々を従えるようにして夜空を渡る、大きくて丸いふたつの月は、ひとつの実感を重く突きつけてくる。

（もう帰れないんだ……）

乾ききったこの世界で、水は自分の内側から湧いてきた。いちど嗚咽《おえつ》となってのどの奥から漏れだしたものは、口からも目からもあふれて止まらない。こぼした涙はデーダスの乾燥した大地に、吸いこまれて消えていった。

グレンは泣き続けるわたしを静かに部屋へと運び、ベッドに寝かせて脈をとり、体温を測って術式を調整する。彼はいつもとても大切にわたしの体を扱った。どんなに泣きごとを言おうと癇癪《かんしゃく》を起こそうと、彼の態度は変わらなかった。その晩はじめて使うベッドで、わたしは彼が唄う子守歌を聴きながら、ふたつの月を見あげて眠りに落ちた。

ふたつの月もあちらの世界にはない迫力だけれど、蒼穹《そうきゅう》に浮かぶ太陽も容赦なく地上を炙《あぶ》り、荒野に生物の姿はない。雲すらめったに見られない乾燥した大地は、単調な光景かと思えばそうでもない。

朝と夕では太陽が染める世界の色はくっきりと変わり、特に夕暮れどきの空はオレンジから朱、朱から紫、そして深い藍色へと、移り変わりゆく色彩の変化が楽しめる。魔法陣に守られた家のまわりに吹く風は穏やかで、庭に置いた椅子に座り、わたしは飽きずに黄昏《たそがれ》色に染まった空をながめた。

使いかたを教われば、日常で使う魔道具はすぐに使えるようになったし、デーダスでの生活はそれほど不便でもない。グレンの書斎で本を読みながら、わたしはこの世界でどう暮らしていくかを考える。

「文化とか……そんなに変わらないのかな」

最初は世界が緑色に見えたぐらいだし、脳がそう錯覚しているだけかもしれない。この世界とあっちとで共通点を探し、ちがうところは理解しようとする。わたしの質問にグレンは、ひとつひとつ根気よく答えてくれた。

順調にリハビリが進んで体が動くようになると、家のことも気になりはじめる。階段をトコトコ下りてリビングに行けば、グレンがごそごそと食事の準備をしていた。ここでの食事はカンパンのような数種類の、パサパサした保存食を選んでポリポリかじる。ないよりはマシだけど、かむと口の中から水分が取られた。

何か飲まないと食べにくくて、自然とお茶当番はわたしになった。空気が乾燥しているから、お茶を淹《い》れるのは加湿器がわりだ。汲んだ地下水をポットにいれ、グレンが敷いた加熱の魔法陣にのせる。しゅんしゅんと沸いたお湯の中でゆっくりと茶葉が開き、香りとともに蒸気が部屋に広がる。

グレンはお茶の淹れかたを知らなかった。というより興味がなかったのだろう、スープをすくうためのクレードルいっぱいに茶葉を盛り、これまたドラム缶みたいなでっかい鍋に、放りこもうとしたのをあわてて止めた。

「茶とは水を媒体にして乾燥させた素材から、エキスを抽出するものではないのか」

「そうだけど……そうじゃないよっ。グレンてば、お茶を淹れたこともないの?」

お茶をたしなむというのは、もっとこう優雅で上品な至福のひと時なはず。ドラム缶みたいな大鍋に材料をいれてかき混ぜるのは、河川敷でやる芋煮会などでみる光景だ。ボサボサした銀髪の頭をポリポリかき、グレンは首をかしげる。

「旅ではいつも連れが淹れていた。あやつは茶を好んだからな」

「お連れさんが大鍋を使ったとしたら、暖をとりたかったんじゃないかなぁ。王都ではどうしてたの？」

「何もせずとも茶はでてくる」

「何その便利生活」

生活能力がまるでなさそうなグレンが、王都でどんな暮らしをしているのか、まったく想像がつかない。気をとりなおしてお茶を飲み、わたしはエルリカの街に行く話を思いだす。

「ねぇグレン、エルリカの街にはいつ行ける？」

「地上の気候に慣れてからだ。三日前もノドを腫らして熱をだしたろう」

「そうだけど……新しい服がほしいの」

グレンが用意した服は生地の質がよくて、肌触りもいいけれどサイズがまちまちで、デザインにかわいさのカケラもない。街にいくなら服だけでなく、生活を彩る小物もほしいし、今の何もない生活から脱出したい。

部屋にあるクローゼットはほぼカラで、家具はきしむベッドと手作りした木製の机と椅子だけ。壁にはぶ厚い窓ガラスがはめられた小さな丸い窓と、顔が映せるぐらいの縁飾りがついた楕円の鏡がかかっているのみだ。

かわいいとは思うけれど、鏡に映る自分の顔にはまだ慣れない。大きな鏡があったら逆に困りそう。とくにペリドットを使った瞳を見るのは苦手だった。グレンは何やらつぶやいて、大真面目にメモをとる。

「ふむ。魔力を使った体温調節ができんとなれば、衣服で調節するしかない。あと数回熱を出してからだな」

「なぜ熱を出すのが前提なの？」

「お前は魔力をきちんと使えんし、腹がすくとすぐ泣く。この世界で厳しい環境に、魔力持ちは魔素を体に巡らせて適応する。精霊の力を継ぎし者たちは風邪などひかんし、数日飲まず食わずでも平気だ」

「そんなこと言われても。世界に満ちるとかいう、魔素の存在だって感じないもん」

「異世界からこぼれ落ちた体は、この世界からすれば異物だ。免疫系の術式をきちんと構築せねば、自然体系から排除される」

「わたし……排除されちゃうの？」

さっぱりわからない話に不安になれば、グレンはため息をついた。厳しい光を放つミストグレーの瞳は変わらないけれど、なだめるような穏やかな声になる。

「そうはならん。どのような抵抗があろうと、自分で〝星の魔力〟とのつながりを解かぬ限り、この世界からお前が失われることはない。熱が下がるまでの時間は、だんだんと短くなっている。体がこの世界を学習しているのだ」

「うん……」

デーダスを吹く風を肌で感じるように、体内を巡る魔素を感じられたらきっと、心の奥底にある不安はやわらぐだろう。気持ちを切りかえてお茶を飲みほし、わたしは目の前にある問題を片づけることにした。

「じゃあそれまでは、今ある服に自分で手を入れるしかないかぁ。グレン、ここに針と糸はある？」

「あるにはあるが、使いこなせるのか？」

グレンの返事に、わたしはムッとして言い返す。

「何をおっしゃいますやら。夏休みに家庭科の宿題で、浴衣《ゆかた》だって縫ったんだから！」

ばっちゃに大部分手伝ってもらったとはいえ、それを着て夏祭りにでかけたのはいい思い出だ。浴衣は裁断さえ済ませてしまえば、あとは直線縫いをひたすらやるだけ……ということは黙っておく。

グレンは縁飾りのついたビロード張りの箱をだしてきた。見るからに高級そうな箱のフタをそっと開けると、中には月光を閉じこめたような銀色に光る針とハサミ、それに虹彩をはなつ細い糸が納められている。

「グレン……この針、めっちゃ高級そうだけど？」

「〝妖精の銀針〟はローブにほどこされた魔法陣を補修する魔道具じゃ。気位が高く機嫌が悪いと糸すら通せぬ」

ハサミや針の手に持つ部分には、まるで芸術品みたいに蔓草らしき凝った意匠《いしょう》が彫られている。ため息がでるような美しい光を放つ針には、穴がどこにも開いてない。

「なんでそんなもん持ってるかなぁ。わたしがほしいのは服にちょっとタックを寄せたり、すそ上げしたり、ボタンをつけたりするだけの、ふつうの針と糸なんだけど」

「そんなものはここにはない」

ほつれたヨレヨレのローブを着ているグレンを見て、わたしはあきらめた。そもそもこの高級針だって、持っているだけでろくに使われてなさそうだ。ところが糸の先端をいくら針頭に近づけても、表面を滑るだけで糸が通らない。

「むむむ……糸が通せない」

針チャレンジに三回挑戦して、三回とも失敗したわたしは、がっくりと肩を落とした。

「焦らんでもゆっくりやればいい。茶のおかわりはどうだ」

「そうする……」

エルリカの街デビューがいろいろと遠すぎる。街に行けたらいつか、この国にある王都にも行ってみたいのに。なぐさめてくれるグレンとふたりで、わたしはしょんぼりとお茶を飲んだ。


お茶を飲み終えてひと息ついたら、カップを片づけてもういちど針チャレンジだ。わたしは白いカップに手を伸ばす。

「カップはわたしが片づけるよ」

グレンが何度も使って見せてくれたから、浄化の魔法はちゃんと覚えた。最低限の生活魔法は覚えたほうがいいと、教えてもらったのだ。使うのははじめてだから、わたしは緊張して唇をなめた。

「えっと……〝浄化の魔法〟!」

術式の線がきれいに光り、魔法が発動した次の瞬間、手にあったカップがボシュッと音を立てて消えた。

「……グレン？」

首をかしげて彼をみれば、彼もあごに手をあてて首をひねっている。

「ふむ。魔素の出力が強すぎたか。表面の汚れだけを浄化すればいいのだが、ここまできれいに分解して消し去るとは。修復の魔法陣でも再生できまい。後で術式を調整してやろう」

「オネガイシマス……」

お気にいりというほどでもないけれど、さっきまで使っていたカップは再生不能らしい。魔法を使いこなすにはまだまだ修行が必要なようで、わたしは軽くショックを受ける。

気をとり直してふたたび、わたしは針を手にとった。魔力を使わない手仕事なら、きっとうまくやれる。針に糸を通すことさえできればだけど……。針をにらんでいたら、指先になぜか不思議な振動が伝わった。

「あれ、なんだか針が小刻みに震えているような……まぁ、いいか」

驚いたことに今度は、針頭に近づけた糸が吸いこまれるようにして針に通る。どこにも針穴はないのに糸はしっかりホールドされ、指でひっぱれば糸がスルスルと動いてとても使いやすい。

ためしに雑巾を縫ってみると、針はチクチクスイスイと進んでいく。これなら今ある服の直しもできそうだ。

「え、すごく縫いやすい。わたし妖精の銀針と仲良くなれたかも！」

「ほぉ」

いちど協力的になった針は、わたしの求めに応じていろいろな物を縫ってくれた。服だけでなく浄化の魔法がへタなわたし用の布巾《ふきん》、花瓶敷きや鍋敷き、窓につけるカーテンまで。部屋を飾れるのもうれしかったし、収納魔法を覚えてからは収納鞄を縫うのにも役立ってくれた。

「この針……なんて素直でいい子なんだろう！」

わたしはすっかり針と仲良くなったつもりだったけれど、浄化の魔法で消し飛んだカップを目の当たりにして、怯えた針が従順になったと知ったのは、だいぶ後のことだった。


そうやって始まったデーダスでの生活で、わたしはどうしても新鮮な野菜が食べたくなり、グレンに無理を言って地下水を利用した畑も作ってもらった。荒野で水はすぐに蒸発してしまうし、昼は灼熱でも夜は恐ろしいほどに冷えこむ。

育てられる作物は少ないけれど、緑があるだけでもわたしはホッとした。乾燥した大地で育つ多肉植物に、きれいなピンクの花が咲いたのがうれしくて部屋に飾れば、グレンは不思議そうにそれを見ていた。

「それは皮をむいて食うためのもんじゃぞ」

「知ってるけど、花がかわいいんだもの。グレンだってそう思わない？」

香りはないけれど鮮やかなピンクの花にみとれていると、グレンはそれをじーっと観察してから首をかしげた。

「そうか、植物の生殖器がお前には『かわいい』のか」

──そうだけど……そうじゃないよっ。

「もういい。グレンに『かわいい』を理解してもらおうとした、わたしがまちがってたよ」

何となくやるせなくなり、部屋にあったクッションを、乱暴にぼふぼふと日に干す。わたしがホコリで涙目になると、グレンは「浄化の魔法があるのに」と、またもや不思議そうにしている。

──そうだけど……そうじゃないんだよぉぉっ。

文化の違いなのか性格の不一致なのか、ときどき夜空に浮かぶふたつの月に向かって叫びたくなった。

「ところで明日はエルリカの街に行ってみるか？」

「えっ、行けるの？」

ぎゅるんとグレンをふりむけば、彼はのけぞってからうなずいた。

「免疫系の術式も問題なく働くし、体温調節もマシになった。そろそろよかろう」

「やった！」

わたしは二階に駆けあがるとクローゼットから、手作りの収納鞄を取りだす。リハビリを兼ねて家を片づけがてら覚えた、収納魔法を応用したものだ。リビングに駆けおりて〝ほしいものリスト〟をもういちどチェックした。

「服でしょ、ヘアゴムもほしいし、タオルとかも」

「ひゃごむ？」

「髪を束ねる伸縮性のある輪っかだよ。リボンとか最悪ヒモでもいいんだけど……」

ヘアゴムひとつあれば髪も束ねられる。言語解読の術式はわたしの言葉もこの世界にあるものなら、それっぽい単語に変換してくれるけれど、変な発音で首をかしげるグレンを見るかぎり、どうやらヘアゴムはなさそうだ。

「あと部屋に置ける小物に調理道具……鍋っぽいものがほしいの！」

「鍋？」

「野菜が採れるようになったんだもん。鍋ひとつあればいろいろ作れるじゃん」

加熱の魔法陣で調理しようとすると、なぜかわたしはいつも材料をケシズミにしてしまうのだ。

「浄化の魔法で消滅させたカップにくらべれば、だいぶ制御できるようになったではないか」

落ちこむわたしをグレンはそうなぐさめるけれど、とんでもない出力の電子レンジみたいだ。でも鍋さえあれば水もいれて、火力が多少強くても煮こめると思うの。ベーコンと野菜で、洋風の煮物やスープができそう！

翌日わたしは野心を胸に、グレンに連れられてエルリカの街に跳んだ。ところが転移するその瞬間まで元気いっぱいだったのに、いきなり変化した景色にわたしは目を回した。商店街のような通りには看板を出す店がいくつもあり、服だけでなくお菓子屋さんまである。心が弾む光景なのに耳の奥がぐわんと鳴り、立っていられずその場にへたりこんだ。

「うにゃ……ぐれ……」

グレンに助けを求めようとしても言葉にならない。まわりの景色がぐにゃりとゆがみ、視界がぐるぐるして今朝食べたものがこみあげる。そんな……せっかく街までやってきたのに。わたしが何でこんな目に……もういやだ！

「しっかりしろ、ただの転移酔いだ」

肩で荒く息をするわたしを支えて、グレンの落ち着いた低い声が聞こえる。けれど鼓動はますます速くなり、彼にすがりつく指先がどんどん冷たくなっていく。魔法陣を展開して体の具合をみた彼は、顔をしかめて首を横に振った。

「この程度で暴走しかかるとは……しかたない、眠らせて連れて帰る」

「そん、な……」

デーダス荒野からエルリカの街まで、魔導車でも数日かかるというし、つぎにいつ来られるかわからない。わたしの体を抱えるようにして、子守歌を唄いだしたグレンの口を、必死に伸ばした右手でむぎゅと押さえた。

「……ムグ⁉」

左手でいちばん近くの店を必死に指さす。そこはどうやら金物屋さんで。何かせめて買い物を！

「鍋！」

ひとこと叫んでそれきり、わたしは意識を失った。

目を開ければ見覚えのある木製の天井が見えて、身じろぎすればデーダスの部屋にあるベッドがギシリと鳴る。

「う……」

吐き気はおさまったけど、頭を動かそうとするとガンガンと痛み、まぶたの奥に閃光が走る。腕で目を覆ってうめいていたら、ギシギシと階段を上る音がして、少し開いたドアからボサボサの銀髪がそっと部屋をのぞく。

「落ち着いたか」

「グレン……わたし、転移酔いしたの？」

「転移酔いもだが、魔力暴走を起こしかけた。危うく街ひとつ消し飛ぶところだった。肝を冷やしたぞ」

「ごめん」

魔力の制御についてはグレンから、あんなに注意されていたのに。わたしはまだ不安定で、この世界にかろうじて引っかかっているだけだ。グレン以外のだれかとも話したかったし、お買い物だってしたかったのに。

「エルリカの街……もっと歩いてみたかった」

毛布をかぶってメソメソしていると、部屋に入ってきたグレンが、机にごそりと紙袋を置いた。

「回数を重ねれば慣れる。お前を背負っていたから、たいしたものは買えなかったが」

「え……」

毛布を持ちあげて目だけ顔をだせば、紙袋からは先端にカラフルなビーズがついた茶色いヒモと一輪挿し、そして金属の平たい鍋がでてきた。パエリア鍋みたいな両手持ちの浅い鍋は、わたしが抱いていたイメージとはだいぶちがう。

「鍋と一輪挿しは買えた。髪を束ねるヒモは使ってないからと、店主に新品を譲ってもらった」

「やっぱりヘアゴムはなかったんだ……これが鍋？」

まとまらないくせっ毛に困っていたから、見知らぬ人の親切がとてもうれしい。グレンが買った一輪挿しと鍋にヒモ、その日わたしの物は三つ増えた。ホントはミルクパンみたいな片手鍋か、煮込みもできる深めの鍋がよかったけど。

でもそうだ、ミトンを作ろう。その思いつきに希望がでてきて、毛布を握りしめたままでへらりと笑うわたしを見おろし、グレンは息を吐いた。

「ほしいものがあれば王都から取り寄せてもいい……焦らぬことだ」

「うん、ありがとうグレン」

ひと晩寝て元気になったわたしは、まずはベッドでチクチクとミトンを縫った。それから起きて壁にかかる楕円形の鏡を見ながら、髪を編むとヒモで束ねてサイドにまとめる。ほつれないよう先端にカラフルなビーズがついた茶色いヒモは、伸縮性もあって使いやすい。

「なかなかいいんじゃない？」

頭を軽くふるると赤茶色の髪がぽよぽよと跳ねる。ふわふわとしたくせっ毛を軽く指ですき、わたしはベッドで縫ったミトンを手に下へ降りた。キッチンで貯蔵庫をごそごそ漁り、ベーコンを取りだす。

「焼くだけなら、いけるかな？」

慎重に加熱の魔法陣を展開して置いた鍋に、切ったベーコンを放りこむと一瞬でケシズミになった。部屋に充満した煙にゲホゲホ咳こんでいたら、グレンが書斎からすっ飛んできて、家じゅうの魔法陣が作動した。

「何をやっとるんじゃ！」

「ゲホッ、ゴホッ、いや、料理以前の問題というか……火力の調節がね？」

すべてのドアや窓が開いて風が煙を外にだすと、ギシギシと家全体をきしませながら、パタンパタンとまた閉じる。浄化の魔法でカップが消し飛んだことを知るグレンは、なぐさめにもならないことをいう。

「鍋が熔けんだけでも、だいぶ進歩したぞ」

「料理に熔鉱炉並みの火力はいりませんっ」

こげた鍋を消滅させないよう、慎重に浄化の魔法をかけてから今度は水を張る。焼くのはあきらめて煮込み料理にチャレンジだ。ところがこれも加熱の魔法陣を展開すると、一瞬で水が沸騰して蒸発してしまう。部屋の加湿にはいいけれど、お茶を淹れるお湯ぐらいは、自分で沸かせるようになりたい。

「鍋が使えない……」

「どれ、わしがやろう」

そうして稀代の天才錬金術師グレンが加熱の魔法陣を展開し、わたしは食材を刻んでは鍋に放りこみ……ベーコンたっぷりの野菜スープができあがった。転移酔いから回復したばかりの体にも、優しい味わいのスープだ。

「うわー、苦労しただけに味が沁みるぅ」

涙ぐみながらスープを飲んでいると、こともなげにグレンがいった。

「魔力の制御が難しければ、温度調節の術式を追加するといい」

「そういうのあるなら早く教えてよ！」

ところがその温度調節の術式というヤツが、めちゃくちゃめんどくさい。構築するそばから崩れる術式に悪戦苦闘して、わたしはふと思いついた。鍋を魔道具にしてしまったらどうだろう。

「加熱の魔法陣と温度調節の術式を、鍋に刻んでしまえばいいんじゃ？」

魔法陣を展開しながら、自分ではよく感じ取れない魔素を注ごうとするからいけないのだ。グレンに教わって魔法陣を刻み、指先から微風を送るようなつもりでそっと魔素を流せば、いい感じに加熱してくれる調理鍋が完成した。

「ふむ。食い意地は魔力の制御を覚えるのに欠かせない……と」

グレンが変なメモをとり始める。ともかく調理ができるようになったのは大きな進歩だ。

「ねぇグレン、この世界に砂糖はあるの？」

「ある」

グレンの答えはシンプルだった。味覚にこだわらない彼からは、それ以上の情報は引きだせそうにない。

「だったら小麦粉とバターがあれば、お菓子が作れるのに。卵もあればいいけど……ねぇ、砂糖は貴重品？」

「貴重というのがどの程度かわからんが、ダテリスよりは安くパパロスよりは高い」

「くらべているモノが、何なのかよくわかんないけど。ええと、たとえば砂糖を使った甘いお菓子はあるの？」

わたしの言語を変換する術式はうまく働いたらしく、〝お菓子〟の意味はちゃんと伝わったようだ。けれど彼は顔をゆがめて心底まずそうな顔をした。

「あるにはあるが……あんな腹もちが悪くて、口の中に甘味が残るものが食いたいのか？」

「あるの⁉」

お菓子なんて何もない世界ではと疑っていたから、その答えを聞いたわたしは飛びあがった。

「あるなら食べたいですっ、腹もちが悪くていっぱい食べちゃって後悔する、口の中に甘味が残ってハミガキしないと虫歯になるものが、絶っ対、何がなんでも。どうにかして食べたいですうぅっ！」

あまりにも必死に迫るから、グレンが目を丸くして後ずさる。

「わ、わかったからそんなに迫るな。だが食べて後悔するものを、なぜわざわざ食おうとするのだ？」

「わっ、わたしだってわかんないけど。こ、この世界にお菓子があるなら、ひっぐっ、食べっ、食べたいでず……」

必死に訴えながら、なぜか涙がボロボロでてきて、しまいには号泣してしまった。

「うわあああぁん！」

グレンは青みがかったミストグレーの瞳をみひらいて、あっけにとられている。自分でもびっくりだった。サクサクのバタークッキーとか、食感が楽しいグミとかガムとか、キラキラの宝石みたいなアメちゃんとか、いつもコンビニでおこづかいに余裕があれば買うかな……ぐらいのお菓子が食べられないからって、涙が止まらなくなるなんて。

「おっ、お菓子はトキメキなんだよ、ごほうびなんだよ。えっぐ、がんばったときに自分で自分をほめたいときとか、うっぐ……つらいことがあったときに、これ食べて元気だそう……って、思えるんだよおぉぉ……うえぇぇん」

話しながらまた泣けてきたものだから、グレンはそんなわたしの様子に、いぶかしそうに眉をひそめる。

「それは……中毒性があるのではないか。そんなもの食べてだいじょうぶか？」

しまいには何かヤバいものじゃないかと心配された。


けれどそんなことがあって、王都にでかけると彼は何かしらお菓子を持って帰るようになった。ぶっきらぼうに「ほれ」と渡された紙袋には、いろいろな種類のお菓子が入っている。

「わぁ、また新しいお菓子だ。グレンが自分で買ってくるの？」

「……いいや」

（グレンじゃないってことは、だれかが買ってくれたのかな）

スーパーボールぐらいの大きさをした玉を、口にほうりこめばしゅわりと溶ける。

「ん、おいしい！」

自分だけ食べるのも気が引けて、グレンに勧めても彼は頑として食べなかった。けれどわたしのリクエストに従って、デーダスの家には調味料や材料が少しずつ増えていった。料理のレパートリーは増えたし、おいしければグレンだって文句を言わない。グリドルの試作機はそうやって改良を重ねていった。

【グリドル】

「とにかくまともなものが食べたかった」という、ネリアの強い意志により、異世界に誕生した魔道具。たこパとともに、エクグラシアに広まりつつある。朝ごはん製造機の強力なライバル。

※ヘアゴムはないと困る。くせっ毛の扱いに困ったネリアは、「ぬおおぉ！」とめっちゃ編みこみの練習をした。時間だけはたっぷりあった。ヘアブラシは絵を描いて説明し、グレンに取り寄せてもらった。

初等科教諭ウルア・ロビンス

ロビンス先生、お茶に誘う

魔法陣研究の第一人者ウルア・ロビンスは、フィールドワークを退いた現在、シャングリラ魔術学園で初等科教諭として勤務している。たまたま彼が本館の渡り廊下にさしかかった時、とつぜん金切り声が聞こえた。

「待ちなさい、ヴェリガン・ネグスコ。止まりなさい！」

見ると五年生担任のレキシー・ジグナバが浅葱《あさぎ》色の髪を振り乱して、いつもの知的なイメージをかなぐり捨て、紺色のローブを着た生徒を追いかけている。彼女は叫ぶやいなや、生徒の足元に魔法陣を放った。

「……チュギャッ！」

五年生のヴェリガン・ネグスコは展開した捕縛陣に足を取られ、バランスをくずしハデにずっこけ、そのまま地面にへちゃっと変な体勢で固定された。ビクビクと痙攣《けいれん》する彼の髪は紺だから、ローブを着た全身が紺色の塊だ。

それに近づいたレキシーが手をのばすと、ヴェリガンがおどおどと顔をあげ、次の瞬間にはローブの形が崩れた。そこからチリネズミがチュウチュウと鳴きながら逃げだし、ローブのフードをつかんだ魔女の顔色が変わる。

「なっ……おのれ！」

「ほう、自分のパパロッチェンをチリネズミに飲ませたのか」

感心したロビンス先生のつぶやきは、レキシーの耳に届いたらしい。浅葱色の髪を無造作に束ねた魔女は、彼に向かって不機嫌そうに鼻を鳴らすと、手にした紺のローブを乱暴にバサバサと振った。

「ロビンス先生……見ていらしたのなら、手を貸してくださいな！」

「いや失敬、私にもヴェリガン・ネグスコそのものに見えたのでね。まさかチリネズミとは」

「ホントにもう……とんだ野生児だわ」

「彼はおとなしい生徒だが、何かやらかしましたか？」

ロビンス先生が近づいて首をかしげれば、塔出身の教師で知的な美女と名高いレキシーは深くため息をついた。

「校舎内でパパロスを栽培したんです。彼は植物を育てるのが得意ですから」

「ほう、五年生にもなってパパロッチェン遊びを？」

彼が丸眼鏡の奥にある小さな目をぱちくりさせると、涼やかと評される魔女の目元がキッと釣りあがる。

「自分で使うんじゃありません。こづかい稼ぎで下級生に売りつけたんです！」

「なんと。あれの真髄《しんずい》は芋を捕まえるところにあるのだが……」

「パパロッチェンの真髄など、どうでもいいですわ」

さえぎったレキシーは怒り狂っていた。パパロッチェンは、狩る能力や薬草の知識、仕上げに使う魔法陣が、魔術学園の生徒たちには腕試しにちょうどいい。魔獣や小動物に変身するというインパクトから、毎年男子に流行る遊びだ。

材料の王都郊外に生息するパパロスという芋は、食用には向かず栽培されない。王立植物園のパパロスを狩るのは下級生にはハードルが高く、頼まれたヴェリガンがこっそり育てたのだという。

「ロビンス先生の部屋は校舎から離れてますけど、私の部屋は校舎の二階……教室の並びですもの。ここのところずーっと、あのひどいにおいに悩まされたんですから。あんなもの撲滅すべきです！」

「まぁ、そうカッカせず。私の部屋でお茶でも飲みませんか。ノドにいいティナのハーブティーがありますよ」

ロビンス先生の穏やかな口調にようやくレキシーは目つきをやわらげ、浅葱色の頭をふってため息をついた。活きのいい新鮮なパパロスたちが変身して逃げ回り、授業をめちゃくちゃにされたばかりだ。

「ありがとうございます、ロビンス先生。ともかく彼を見つけたら私に知らせてください。あんな野生児を塔に送りこんだら、私が魔術師団長のローラ様に何と言われるか」

「そうか、職業体験の季節でしたね」

丸めた紺色のローブを持ち、肩を落として校舎に戻っていくレキシーを見送り、ロビンス先生は校舎の裏手にある、木立に囲まれた自分の部屋へと向かった。途中、大きなガトの木が生えた場所で立ちどまった。

「やぁ、ここにいたのか、ヴェリガン」

木の根元にある、落ち葉がふり積もってできた山に話しかければ、そのてっぺんからガサガサ音がして、ヒョコっとヴェリガンが頭を出す。彼はローブを脱いだシャツ一枚の寒そうな格好で、キョドキョドとあたりを見回した。

「ジ、ジグナバ……せんせ、は」

「ご自分の部屋に戻られたよ。もう少したって落ちつかれたら、きちんと謝りに行きなさい」

ヴェリガンは〝緑の魔女〟を祖母に持つ〝森の民〟出身で魔力もある。植物に関する魔術の習得は、塔の魔術師ですら舌を巻くほどの実力なのに、実際の本人はなんとも残念な感じがする。

「何というかきみは……猫背といいボサボサ髪といい、私の古い知り合いを思いださせるな」

「？」

「いやまぁ、立ちたまえヴェリガン。レキシーにはフラれたから、きみにお茶をごちそうしよう」

木立に囲まれた部屋でロビンス先生は、寒そうにお茶をすするヴェリガンに、自分の古い上着を引っぱりだして着せた。彼の上着を着た猫背の男子学生は、背が高くひょろりとしており、若者らしい快活さはまるでない。

「さきほどチラッと聞いたが、きみは塔に行くのかい？」

「森へ……帰りたいけど、ばあちゃんが……ひとりで帰ってくるなって」

気弱な学生は眉をさげ、さらに体を縮こまらせた。全国から魔力持ちが集まる魔術学園で出会い、そのままゴールインするカップルもいるから、〝緑の魔女〟は自分の孫にそれを期待したのだろう。

「きみは竜騎士という柄ではないからな。塔ならば女性は多いし、魔術師というだけでもモテそうではあるが」

「せんせ……ど、やったら、女の子にモテますか？」

「私に聞かないでくれたまえ、専門外だ」

思春期の青少年にとっては深刻な悩みだから、何とかしてやりたい気持ちはある。けれど自分にもモテた記憶のないロビンス先生は両手を挙げた。ヴェリガンはうつむいてボソボソと言う。

「ジグナバせんせ……は『塔で教えてもらえ』と」

「プライドが高く気難しいという、塔の魔女たちがだす難題に耐えられれば、どこにいってもモテるとは聞くがね」

「ぼ、僕……がんばります」

魔術師たちは実力主義だから、その力が認められさえすれば、意外と受けいれられるかもしれない。魔術師団長のローラ・ラーラは強いカリスマ性があり面倒見もいい。ロビンス先生は彼の職業体験がうまくいくことを願った。

だが職業体験が始まってすぐに、レキシー・ジグナバとウルア・ロビンスは、魔術師団長のローラ・ラーラから呼びだされた。王城の通用門から同僚を引っぱって塔にやってきたレキシーは、赤や黄、青といった極彩色の花に覆われた魔術師団の尖塔に悲鳴をあげた。

「やっぱりだわ。ヴェリガン・ネグスコは何をやらかしたの⁉」

「ほお。実にカラフルだ」

のんびりと感心するロビンス先生を、レキシーは神経質そうにたしなめた。

「どうしてロビンス先生はそう、落ち着いていられるんですか！」

「おびえないでレキシー、なかなか見られない珍しい光景です。それに死者はまだでていない」

「ロビンス先生の基準は甘すぎですよ！」

塔の最上階にある師団長室では、魔術師団長の黒いローブに身を包んだローラが威厳たっぷりに座り、ヴェリガン・ネグスコはその前でブルブル震えていた。ローラは光り輝く金の瞳で、やってきたふたりの教師をジロリとにらむ。

「また今年は、とんでもないのをよこしたね」

「も、もうしわけ……」

「彼が何かしましたか？」

反射的に頭をさげようとしたレキシーをとめ、ロビンス先生は穏やかにたずねる。男装の麗人のように凛々しく、長い白髪をキリリと結んだローラは、面倒見のいいさっぱりした性格で、魔女たちからも慕われている。

「あいかわらずとぼけた男だね。来るときに塔の姿が目にはいらなかったのかい？」

「いい感じに極彩色の花が、咲き乱れておりましたな。窓から手を伸ばせば花が摘める、たまにはいいではありませんか」

ひょうひょうとした口調で、丸眼鏡をいじるロビンス先生にローラは顔をしかめた。

「それだけならね。風紀を乱したと竜騎士団に突きだしてもいいが、まだ学生だし塔にとっても不名誉な事件だ」

「不名誉？」

ローラはヴェリガンをチラリと見た。

「このガキは塔の魔女たちに頼まれて、惚れ薬を作ったんだよ」

「何ですって⁉」

飛びあがったレキシーがよろめいたところを、すかさずロビンス先生が支える。

「ウチの魔女に〝緑の魔女〟直伝のレシピを教えろと、コイツに頼んだのがいてね」

「ほほう、それはたしかに効果がありそうだ」

あいづちを打ったロビンス先生に勇気がでたのか、ヴェリガンが小さな声でボソボソとしゃべった。

「ほ……教えることはできないけど、作るぐらいなら……」

椅子の背に身を沈めたローラが、深いため息をつく。サルジアとの国境に近い樹海の民には、呪術の影響が強く残っている。残った惚れ薬は精査しなければならないが、いずれにせよ禁止薬の扱いになるだろう。

「それがまたとんでもない効き目でね、来春挙式するカップルがいくつも誕生したよ」

「何ですって⁉」

支えられてぐったりしていたレキシーが、またまた叫んで飛びあがった。

「そんなものがあるのなら私だって……いえ、何でもありません」

青い顔をした彼女は椅子にすとんと身を沈め、膝のうえで固く拳を握りしめた。ロビンス先生はふと心に浮かん

だ疑問を、ぶるぶる震える男子生徒にぶつけた。

「しかしヴェリガン、そんな知識があるのなら、なぜ今まで使わなかったのかね」

「ば、ばあちゃんが……『薬で人の気持ちをどうにかしようなんざ、男のクズだ』って。でも今回は……使うのは僕じゃなかったし。き、きれいな女の人たちにお願いされたら……うれしくて」

どんなにうれしくとも、惚れ薬はだれが使ってもダメである。

「いいかい、ヴェリガン・ネグスコ。『惚れ薬を作ってほしい』と女性に頼まれるのは、モテたことにはならない」

「ふぐっ……彼女たちが幸せなら……それで僕は……ヒック、ウェエエエン！」

ロビンス先生の冷静な指摘に言葉を詰まらせたヴェリガンは、椅子に座ったまま膝を抱えてさめざめと泣きだした。

「師団長室のソファーを濡らさないどくれ。まぁ、きっかけはどうであれ解毒しても気持ちは冷めず、魔女たちの大半は感謝している。困ったことにコイツを入団させろと嘆願まで出ているが……魔術師団への入団は認められない」

ショックでぼうぜんとしていたレキシーは、ローラの言葉にハッとした。

「ですが彼は魔力もじゅうぶんあり、植物の扱いに関しては〝緑の魔女〟仕込みです。塔の戦力になります」

「〝森の民〟の系譜がいくら貴重でも、魔術師を育てるのは手間がかかるし、扱いをまちがえれば〝緑の魔女〟から恨みを買う。それにあたしは叱ればギッとにらみかえすような、負けん気の強い子が好きだしね」

「ば、ばあちゃんに叱られる……ウッ、エッ、グスッ……」

叱られてへちゃっとしおれたヴェリガンに、それでも面倒見のいいローラはハンカチを渡してやった。彼女をにらみかえすどころか、べそべそと泣く姿に何ともいえず、この場にいる全員の力が抜けた。

「何というかきみは……猫背といいボサボサ髪といい、本当に私の古い知り合いを思いださせるな」

「あたしも同じヤツのことを考えたよ。こういった人材育成なんぞ何も考えてない、自分の好きな研究ばかりしているヤツに任せたらどうだい」

金の瞳をキラリと光らせた魔術師団長に、自分まで呼ばれた意味を知ったロビンス先生はため息をついた。

「そのために私が呼ばれたわけですか。では彼の入団が認められないのは、塔を覆う花のせいではないのですな」

「魔術師団では引き受けられないが、貴重な人材であることには違いない。能力的にこのまま野放しにもできない」

塔に属さない〝緑の魔女〟は呪術師に近く、その魔術は口伝で伝えられる。自分の後継者を王都に向かわせたのは、〝緑の魔女〟にとっても苦渋の決断だったろう。ひとびとの生活に合わせ、生まれて発展する魔術もあれば、消える魔術もあるのだ。

魔導列車が発達した現在は樹海の暮らしを嫌い、〝森の民〟のほとんどは樹海をでてしまった。ヴェリガンだけが農園を営む両親の生活になじめず、祖母の元で育てられたが……人におびえて植物とばかり会話する子どもになった。

サルジアとの国境に存在する樹海は貴重な天然の防衛線だから、エクグラシアとしても〝森の民〟の系譜を失いたくはない。ヴェリガンを故郷に帰すという選択肢はないが、そうすると彼をどこに預けるかが問題だった。

「進路指導は私の担当では……」

「おだまり。魔法陣について誰よりも詳しいくせに塔で働かないんだから。教師の仕事ぐらいちゃんとおやり。ウチに来たらこき使ってやるのにさ」

「教師の仕事もきちんとしておりますよ。魔術師などしたら本を書く時間がなくなるではありませんか。それに私の魔力量では広域魔法陣を展開できません。だからこそ魔法陣の効率化や極小化を研究したのです」

各地に点在する遺跡を調べて魔法陣の成りたちを調べるうちに、ロビンス先生はいつしか魔法陣そのものに魅せられた。ローラはまだ何か言おうとしたが、身を乗りだしたレキシーにそこでさえぎられた。

「そうですよ、ロビンス先生はすばらしい研究者です。教師として慕う生徒も大勢おりますわ！」

「ありがとう、レキシー」

同僚からの援護に、ロビンス先生は照れくさそうに礼を言った。〝森の民〟が使う言語は特殊だから、エクグラシアの公用語が苦手なヴェリガンは、王城で働く文官にも向かないだろう。そうするとやはり……。

塔の師団長室を見回し、ロビンス先生は涙の止まったヴェリガンをうながして立ちあがった。

「きたまえ、ヴェリガン・ネグスコ。塔から研究棟はすぐそこだ。歩きながら彼にエンツを送ろう」

ふたりが出ていった師団長室に、浅葱色の髪をした魔女レキシーが残された。束ねた長い白髪をはらって、ローラはかっての部下に向かって眉をあげた。

「まったく……何やってんだい、レキシー」

「はい、まことに私の指導不足で……」

小さくなる彼女を実に残念そうに眺め、ローラは盛大にため息をつく。

「それじゃない。ウルア・ロビンスの魔法陣に惚れたから、あんたは塔を辞めて魔術学園の教師になったんだろ」

魔法陣の話になったとたん、レキシーは少女のようにほほを染め、美しい瞳をキラキラと輝かせた。

「はい、そうです。ロビンス先生の魔法陣は本当に繊細で、術式の配置も美しくてすばらしいのです！」

世界各地の遺跡をめぐり、精霊言語たる古代文様にまで精通しているウルア・ロビンスは、だれもが認める魔法陣研究の第一人者だ。研究熱心な魔女レキシー・ジグナバは、彼が記した魔法陣に惚れこんだのだ。塔を辞めて学園に就職し、そして……それっきり何の報告もない。ローラはイライラしたようすで、レキシーをうながした。

「そういって塔を出ていってから、もう何年にもなるけれど。学園であんた何やってんだい？」

「教職について数年たちましたが、とまどうことばかりです。五年生は進路を決めるだいじな学年ですし、今年はヴェリガンをはじめ特に手を焼いてまして」

「あんたがクソまじめな教師ってのは、塔での仕事ぶりからも予想はつく。で、ロビンスとはどうなってんだい」

悩ましげに報告するのをさえぎってローラが質問すると、レキシーはうれしそうに顔をほころばせた。

「このあいだ、ロビンス先生のお部屋におじゃましたんです。そうしたら……」

「いいね。そういうのを待ってたよ。で？」

金色の瞳を輝かせて身を乗りだしたローラに、レキシーはとっておきの出来事を話した。

「極小魔法陣を見せていただきました。小さな魔法陣にびっしりと刻まれた精緻な術式に、私ったら興奮しすぎてノドが枯れてしまって。感動もお伝えできずに困っていましたら、なんとのど飴をくださったんです！」

「のど飴……」

「そうしたら『つぎはノドにいいティナのハーブティーを用意しておきましょう』といわれまして……あら？どこかでレキシーはロビンス先生に、「私の部屋でお茶でも飲みませんか」と誘われた気がする。いったいいつの話だったろうか。首をひねる彼女から視線をはずし、窓の外に流れる雲をぼんやり眺め、ローラは深く長いため息を空中に吐きだした。

「ヴェリガンの薬が必要なのは……他ならぬあんたかもねぇ」

「その件に関してはおまかせください。二度と彼が変な薬を作らないよう、私がキッチリ目を光らせます！」

塔でも「知性的で涼やかな美貌の持ち主」と評判だったレキシーだが、今は教師としての使命感に燃えていた。

ローラは残念そうに肩を落として、かっての部下を眺めた。

「あぁ、うん。クソまじめなあんたが、バカみたいに仕事してるのが目に浮かぶよ」

「まぁっ、さすがはローラ様、何でもお見通しですわね！」

うれしそうにほほを染めるレキシーに、ローラは「そうじゃないんだけどねぇ」と小さくつぶやいて首をふった。


そんな師団長室でのやりとりなど知らず、塔をでたロビンス先生はヴェリガンを連れ、中庭から通用門に抜けた。奥宮の横にある通路を歩いていけば、ドラゴンが降りられるぐらいの広場がある。その向こうにみえる三階建ての建物が錬金術師団の研究棟だ。エンツを送っても返事はないが、彼はあの中にいるはずだ。

「さぁヴェリガン、ここが錬金術師団だ」

「れ……錬金術？」

錬金術どころか魔道具にもあまりなじみがないヴェリガンは、紺色の瞳でオドオドと建物を見あげた。入り口に立つと白いもふもふした聖獣が姿をあらわす。ロビンス先生は赤い瞳と白い毛並みが美しい聖獣に、穏やかに話しかけた。

「エヴィ、エンツは送ったが……グレンに会えるかね？」

「こちらへどうぞ」

おどろいたことに聖獣は言葉を話し、ヴェリガンたちを案内して廊下を進む。重厚な師団長室の扉をロビンス先生がノックすると返事があった。扉を開けば白い無機質な仮面をつけた銀髪の男が師団長室の椅子に座っている。

「ロビンスか、何の用だ」

「やぁグレン、来年卒業する魔術学園の五年生を連れてきたよ。彼を入団させることはできるかね？」

なぜかロビンス先生は「五年生」を強調し、グレンはそっけなくそれに返す。

「五年生か。なぜ錬金術師になりたい。お前は錬金術で何を望む」

「あ、あの……ぼ、僕は」

ヴェリガンははじめて会う仮面の錬金術師に、さっそくびびっていた。自分が錬金術師になれるとも思えず、緊張のあまりしゃっくりが出そうになり、ぶるぶる震えながら彼は拳をにぎりしめた。

植物と話ができるだけの役立たず……そういってだれもが彼に失望する。青灰色の瞳が冷ややかな、この錬金術師だってきっとそうに違いない。だれかに頼ってもらえて役に立てるなら、それを精一杯かなえたいのに。

「ぼ、僕は故郷の森に……樹海に帰りたい。錬金術なんか……知ら、ない！」

ヴェリガンは泣きながら叫んだ。ロビンス先生が目を丸くしたが、知ったこっちゃない。涙と鼻水でぐしゃぐしゃになった叫びは、仮面の錬金術師に届いているかもわからない。だがグレンは彼の言葉に反応した。

「樹海……〝森の民〟か」

「だけど……ばあちゃんがっ、ひとりで帰ってくるな、って。だから帰れない！」

なぜこんなところで切々と訴えているのだろう。だが無機質な仮面相手のほうが、ヴェリガンは話しやすかった。

「僕が、ひとりになるから、ダメだ……って。植物さえ、そばにいれば……僕はひとりじゃ、ない、のに！」

植物はどんなときも優しいが、人は彼にとても冷たい。人は怖い。王都にでてきて、人に囲まれれば囲まれるほど、彼は孤独になった。だが王都のどんな緑も、故郷の樹海ほど濃密な気配がない。

風にうなる枝葉のざわめき、地中で根がびきびきと伸びる音、つぼみが開く瞬間のポンと弾むような音、木の幹を流れる水音……どんなに耳を澄ましても、王都の暮らしでは感じられない。うなだれるヴェリガンにグレンの声が降ってくる。

「故郷を失くした者はさまよい続ける……私のようにな。だがお前は故郷を見失っているだけだ」

錬金術師団長でありながら、素性の知れないグレンの故郷がどこか、ヴェリガンには見当もつかない。けれど錬金術師になったたって望むものは得られない。そのとき白い聖獣のオートマタがすっとグレンに近づいた。

「なんだ、エヴェリグレテリエ」

真っ白な体のなかで目だけ赤いオートマタは、まばたきもせずグレンをじっと見つめて提案する。

「グレン様、研究棟の一階に空き部屋がございます。そこの管理を任せましょう」

「ふむ……たしかにあの部屋は、管理する者もなく荒れているな」

樹海に住まう民は植物を従える力を持つ。契約によりエヴェリグレテリエの主はグレンだが、その魂は中庭に生えるコランテトラの木精だ。〝緑の民〟を気にいったらしい。それに一階の空き部屋は、かつて温室だった。

「よかろう。入団を許可する」

そのままヴェリガンはオートマタに連れていかれ、しばらくして戻ってきた彼は、あっさりと入団を受けいれた。帰り道でロビンス先生は、念のため彼の意志をもういちど確認した。

「きみは錬金術には興味がなかったのでは？」

ヴェリガンはもじもじと紺のローブをいじって、ひょろりとした体をくねらせた。彼の瞳にはなぜか、キラキラとした希望の光がまたたいていた。

「な、中庭のコランテトラに頼まれて。温室のコたちが元気ない、って。あとあの人……奥さんも、子どももいたって教えてもらって。それなら僕にも望みが……」

「それは……」

ロビンス先生はレイメリア・アルバーンをよく知っている。グレンに恋をした彼女のような女性が、ほかにいるかといえば絶対にいない。だがようやく希望を持てた青少年の夢を、壊したくなくて彼は黙った。


びくびくしながら研究棟で働き始めたヴェリガンは、仕事に慣れると職場の快適さがとても気にいった。とにかく人に会わないし、ポーション作りは祖母を手伝っていたから、素材の扱いも手慣れている。

錬金術師たちは割り当てられた仕事をこなしたら、残りの時間を自分の研究にあてる。彼は時間ができれば自分の研究室で植物たちと過ごし、故郷の樹海とはちがう、好みに合わせた植生の温室を造ることにした。

相性をたしかめながら植物を組み合わせ、その声を聞いて空気の流れや湿度を管理すれば、彼にとっても昼寝がしやすい、居心地のいい空間になった。毛布を持ちこんでもグレンは何もいわないから、本格的にハンモックもつるした。

（僕の居場所ができた……）

とはいえヴェリガンはまだ、この研究室にだれかを招くなど考えもしなかった。ほかにすることがないから、働きはじめて五年もすれば家が買えたけれど、ほとんど帰らず研究室に寝泊まりして、植物たちのささやきに耳を傾けた。

※グレンはヴェリガンに中庭への立ち入りを認めなかった。ネリアが師団長になってから、かいがいしく中庭の手入れを始めた彼について、ソラは「当然ですね」と働かせている。

ロビンス先生、お茶を飲む

ヴェリガンの件で呼びだされてから五年後、レキシー・ジグナバとウルア・ロビンスは、ふたたび魔術師団長のローラ・ラーラに〝塔〟へ呼び出された。王都三師団のひとつ魔術師団の本拠地である塔、その最上階には赤い花のステンドグラスを窓にはめた師団長室がある。

「あああ、こんどはヌーメリア・リコリスの件で呼びだされるなんて」

「いや、懐かしいね。ヴェリガン・ネグスコがやらかして、ローラから呼びだされたのが五年前だったか」

「どうしてロビンス先生はそう、落ち着いていられるんですか！」

「おびえないでレキシー、夏の職業体験は無事に終わったと聞くよ。それにごらん、今回は花も咲いてない」

「ロビンス先生の基準は甘すぎですよ！」

長い白髪をキリリと結び、魔術師団長の黒いローブを着たローラは、威厳たっぷりに座ったまま、やってきたふたりの教師をジロリとにらむ。金の瞳が光り輝いているのは彼女が怒っているときで、レキシーはその眼光にすくみあがった。ローラの前には灰色の髪と瞳を持つヌーメリア・リコリスが、紺のローブを着てうなだれて座っていた。

「これはいったい、どういうことだい」

「も、もうしわけ……」

「彼女がどうかしましたか？」

反射的に頭をさげようとしたレキシーをとめ、ロビンス先生は穏やかにたずねる。ローラは深くため息をつくと、気づかわしげにヌーメリアを見た。

「こっちが知りたいよ。ヌーメリアはあたしが見つけて王都に連れてきて、学園に入学する前から面倒をみてきた子だ。勉強熱心だし成績も問題ない。職業体験だってうまくいった。なのに魔術師にならないというんだよ」

「何ですって⁉」

飛びあがったレキシーがよろめき、ロビンス先生がすかさずそれを支えて、うつむくヌーメリアに話しかけた。

「ヌーメリア・リコリス、私の記憶によればきみは、入学時から魔術師を目指していたはずだが」

「……すみません。怖く……なったんです。魔術師になるのが」

紺色のローブに身を包んだ女生徒は、膝にそろえた手をぎゅっと握りしめ、消えいりそうな声で返事をする。ふだんからおとなしい生徒だが、今日はとくに顔色が悪い。師団長のローラは肩をすくめ、ヌーメリアと教師たちに宣告した。

「こういうわけさ。残念だがやる気のないヤツに、魔術師団の門は開かれない」

「そんな、私が話してみますから。たしか魔術師団の職業体験を終えたあと、あなたは五年ぶりに帰郷していたわね。そこで何かあったの？」

浅葱色の髪をしたレキシーが、心配そうに顔をのぞきこんでも、ヌーメリアはうつむいたまま、何も答えず首をふるばかりだ。長い指を優雅に組み、ローラは重々しくかつての部下に告げる。

「いいかいレキシー、魔術師は『願いをかなえる者』だ。この子は自分の願いすらかなえる気がない」

ヌーメリアの肩がビクリとふるえたが、うつむく彼女は顔をあげようともしない。ロビンス先生は立ちあがった。

「それならここにはもう用はないでしょう。私たちは失礼しますよ」

「ロビンス先生！」

「レキシー、まずは彼女に食事をとらせましょう。ひどい顔色だ……よければごいっしょに」

「えっ、ええ」

そこでレキシーはようやくヌーメリアの顔色に気づく。ハッとした彼女はすぐに五年生担任の顔に戻った。

「ヌーメリア、ムリに話す必要はないけど……私たちはあなたの味方よ。失礼しますわ、ラーラ師団長」

「ああ」

三人を見送った魔術師団長ローラ・ラーラは、椅子の背に深く身を沈めた。ヌーメリアのやつれたようすも心配だが、クソまじめな元部下と丸眼鏡のとぼけた男は、いったいどうなっているのだろう。

「あのふたり……すこしは進展したのかねぇ。それにしても後継者探しはまたふりだしか。どこかに叱ればギッとあたしをにらみかえすような、負けん気の強い子はいないかねぇ」

ローラは師団長室の窓から、空に流れる雲をぼんやりみあげ、残念そうにため息をついた。


塔をでて水路のある中庭をゆっくり歩きながら、ロビンス先生はレキシーに話しかける。

「さてとレキシー、どこにいこうか」

「でしたら、王城の食堂が近いですわ」

王城で働くスタッフ向けの食堂は、メニューも豊富で食事もおいしい。食事時でなくとも頼めばお茶の用意もしてくれる。塔で働いていたときはレキシーもよく利用したけれど、ヌーメリアは沈んだ声をだした。

「私、人の集まる場所はあまり……」

「ヌーメリア、本当に元気がないのね」

実は失恋したばかりのヌーメリアは、何か食べる気力すら湧かなかった。自分と別れてつき合いだしたカップルを見たくないばかりに、目標としていた魔術師団への入団まで断った。そのことでさらに落ちこんでいた。

「ふむ、人のいない静かな場所か……」

ロビンス先生は考えるようにあごをなで、中庭から研究棟へと続く通用口に目をやり、それからエンツを唱えた。


錬金術師団に入団して五年、ヴェリガンの研究室はいつのまにか、見事な生態系を作りあげていた。空間魔術まで応用し、外から見た以上に広い室内では、やわらかいホウメン苔がびっしりと地面を覆い、中央にはガトの巨木がすくすくと育つ。

毎日ちょこちょこ手をいれて、最近では月光蝶や虹色トカゲといった、生物まで棲みつくようになった。そして今、ヴェリガンはホウメン苔につっぷして、死体のように寝ていた。

「やぁヴェリガン・ネグスコ。グレンを訪ねたついでに、ちょっと顔が見たくてね」

「ひっ、ろ、ロビンスしぇんしぇ!?」

びっくりして飛び起きたヴェリガンは、動揺して思いっきり舌をかんだ。魔術学園で世話になった先生たちには、彼としては二度と会いたくない。とくにいつも浅葱色の髪を振り乱し、彼を追いかけてくるジグナバ先生は恐ろしかった。ところが思いだした瞬間、その魔女はあらわれた。

「まぁヴェリガン、あなたちゃんと働いているのねぇ。安心したわ！」

「ふぇっ、じ、ジグナバしぇんっ、ヒィック！」

尻もちをついたまま、しゃっくりをして後ずさりするヴェリガンに、ロビンス先生がかんたんに説明する。

「いきなりすまない。来年卒業する魔術学園の五年生を連れてきたよ」

「しょう、なんれふか……」

ろれつの回らなくなったヴェリガンは、先生たちの後ろにひっそりと立つ、紺色のローブを着た少女にようやく気づいた。魔術学園の五年生ならたぶん年は十六、彼より五つ下だ。液体を封じた小瓶を鎖で首にかけている。

（お、女の子が……僕の研究室に女の子がいる！）

「研究棟にこんな空間があるなんて……ステキ」

少女は灰色の瞳で珍しそうに室内を見回している。ヴェリガンの胸の鼓動が早くなった。ほめられたのは研究室だが、自分のことみたいにうれしい。彼女の言葉をくりかえし脳内再生してしまう。

（女の子の声がする……『ステキ』って聞こえた……『ステキ』って……）

「……ヴェリガン？」

ぽやーんと少女に見とれているヴェリガンに、ロビンス先生がふしぎそうに目の前で手を振った。

結局ヴェリガンがもじもじしているあいだに、どこからともなくエヴェリグレテリエがピクニックシートを持って現れた。ふわふわと弾力のあるホウメン苔のうえにシートを敷けば、苔がクッションになって座り心地もいい。エヴェリグレテリエがお茶を用意する横で、少女の名はヌーメリア・リコリスだと紹介された。

古びた三階建ての建物にある研究室は静かで、さっきまで泣きそうにしていたヌーメリアも落ち着いたようだ。シートのうえにはビスケットや軽食もならべられ、教師たちもゆったりとくつろいでお茶を飲んでいる。

「まさかこんなところで、ミモミのハーブティーが飲めるなんて」

レキシーが感心すると、ロビンス先生もにこにことあいづちを打つ。

「レイメリア・アルバーンから、『研究棟にはピクニックセットがある』と聞いたのを思いだしてね」

ヌーメリアはうつむいたまま、両手でカップをにぎりしめてぽつりとつぶやいた。

「おいしい……です」

だれとも目を合わさずうつむく彼女に、話しかけられないヴェリガンはチラチラと視線を投げる。職業体験は受けていないが先ほどグレンと面会し、正式に入団を認められたという。つまりは研究棟でも彼の後輩になる。

「まぁ消去法だがね。気が変わったら断っても、グレンなら気にせんよ」

「いいえ……ご心配おかけしました」

その声は消えいりそうで、どうにかしたいけれどヴェリガンはすぐに、何もできないことに気がついた。

「彼女はきみの後輩になる。めんどうを見てやってくれたまえ」

「よ、よろしく……」

かろうじてうなずけば、そのときはじめて少女が笑顔になった。

それは晴れやかな、咲きこぼれるような笑みではないけれど、ヴェリガンの心にポッと火を灯した。

「ありがとうございます……ヴェリガンさんて優しいんですね」

「ど、いたしまして……」

(僕のこと優しいって……優しいって……優しいって……)

貴重なほめ言葉を脳内再生しながら、彼がぽやーんとしているあいだに、お茶を飲み終わった二人は帰っていった。

翌年、学園を卒業したヌーメリアは、ヴェリガンと同じ薬草専門の錬金術師に師事した。それでも彼が彼女と話す機会はほとんどない。灰色の魔女は他人と目を合わさないようにして、うつむきがちに早足で歩く。彼がちゃんと眺められるのは、いつもうしろ姿だけだ。

(いいんだ。彼女がそこにいる……それだけで僕の心は温かくなる。けれど彼女をもっと笑顔にできたらいいのに)

ヌーメリアは地下にある研究室にこもって仕事をし、ときどき工房にいる師匠に報告をする。研究に打ちこむさまは痛々しいぐらいだが、自分も研究棟で無心に作業をして救われたから、ヴェリガンは何もいえない。覚えることは山のようにあり、それを必死にこなすだけでも日々はすぎていく。

見習いの彼女は何種類もの毒を作り、その性質を調べる……ただコツコツとそれを続け、毒を封じた小瓶をお守りみたいに身につけていた。あれから温室にやってくることはないが、初対面のときよりずっと顔色がよくなった。時間の経過が癒やしになることもあるのだ。

研究棟の仕事はクオード・カーターが仕切るようになっていた。ヴェリガンとほぼ同時期に入団した彼は、魔道具師から転職した異色の経歴を持つ。ギラギラとあふれる野心を隠さず、何でも積極的にとりくむ彼は、カタツムリのようにのんびりしたウブルグ・ラビルを差し置いて、副団長の地位を手にいれた。

ある日ヴェリガンは、ヌーメリアがこげ茶の髪をした少年を連れて、研究棟の廊下を歩いているところにでくわした。彼女の足がピタリと止まり、うつむきがちにあいさつをする。

「こんにちは……ヴェリガン」

少年は人懐こそうな笑顔で、ヴェリガンに愛想よく笑いかけた。

「はじめまして。シャングリラ魔術学園一年生のオドゥ・イグネルです。ええっと……素材の調達とか仕分けを、お手伝いさせてもらえることになりました。奨学金で通っているので、割のいいバイトを探してたんです」

「そ、そう……よろしく」

ヴェリガンは、出入りが厳しく制限されている研究棟に、職業体験もまだの一年生がいることに驚いた。しかもヌーメリアが珍しく彼に話しかけてきた。

「私も奨学金で学園に通いましたから、何だか身近に感じてしまって。そういえばはじめてここを訪れたとき、ヴェリガンの研究室でお茶をいただきましたね」

ヌーメリアが灰色の目を、やわらかく細めてふふっと笑い、ヴェリガンの心臓がどくんと跳ねた。

「そ、だったね……」

ドギマギして返事をする彼に、オドゥは「ふうん？」と、ちょっと面白そうな顔をした。

ロビンス先生とカレンデュラの茶葉

魔術学園の図書室でロビンス先生は、魔獣の図鑑を物色していた一年生のオドゥ・イグネルにでくわした。

「やぁ、オドゥ。魔獣について調べているのかい？」

奨学金をもらう彼は成績もいい。実技がきちんと身についているし、座学の飲みこみも早くて、要領のいい生徒という印象だ。オドゥは深緑色をした目をちょっと丸くして、ポリポリと顔をかいた。

「レオポルドからアルバーン領にでる魔獣の図録を借りたんです。だから僕もカレンデュラの魔獣を教えるって約束してて。ちょうどいいのがないかと探してました」

ロビンス先生は書架から一冊の図鑑を取りだした。

「それならこれはどうかな。絵がきれいだし、魔獣の習性も書かれている」

「わ、ほんとだ。ありがとうございます」

にっこりして本を抱えたオドゥに、ロビンス先生は口ひげをさわりながらたずねた。

「きみとレオポルド・アルバーンは仲がいいのかね」

「僕が学園で迷子になったとき、助けてくれました。体が小さい彼に体術を教えたし、部屋にも遊びにいきます」

それを聞いたロビンス先生は、丸眼鏡の奥にあるつぶらな瞳を丸くした。

「彼に体術を教えたのはきみか⁉」

「そうです」

きょとんとしてロビンス先生をみあげるオドゥは、奨学金をもらって学園に通う優秀な生徒だ。礼儀正しくて教師たちからの評判もいい。それ自体はいいことだが、イグネラーシェ伝統のレビガル狩りを知る者としては捨て置けない。

「きみの教える体術は危険すぎないか⁉」

「でもレオポルドは体も小さいし、学園に通うのは魔力持ちの子です。父から教わった体術は、相手の勢いを利用して攻撃をかわします。自分の怪我を最小限にして敵の動きを止める。護身術みたいなものですよ」

すらすらと説明するその言葉だけを聞けば、一瞬そうかなと思いそうになる。けれどもロビンス先生は難しい顔をした。あんなケンカっ早い生徒に、彼が体術を教えるのは危険すぎる。

「いや、しかし……あれは指一本で、かんたんに人を殺すことができる。その自覚はあるのかね」

「あ、やっぱりそうなんですね。人に使うのは禁じられていたから、そうじゃないかと思ったけど」

あっさりとうなずいて、オドゥは首をかしげた。

「僕が教えたのは防御だけですし、だいじょうぶですよ。防御と攻撃はちがいますから」

「そういう問題じゃない。もしトラブルがあれば必ず私に報告しなさい」

オドゥは軽く肩をすくめただけだった。そろそろうるさい教師から解放されたいのだろう。

「わかりました。けれど僕が体術を教える前から、レオポルドは保健室の常連です。治癒魔法ですぐに傷を治してしまうけれど……僕のおかげでレメディ先生の仕事はずいぶん減りましたよ」

その顔にはどちらかというと、ほめてもらいたいぐらいだと書いてある。ロビンス先生はため息をついた。悪びれないところがオドゥは父親によく似ているが、それについては口にしなかった。

「もしも彼が何かトラブルに巻きこまれたら、きみにも事情を聞くよ」

「はい」

快活に返事をして帰っていくオドゥを、見送ったロビンス先生は窓に目をやり、学園の裏にひろがるうっそうとした木立を眺めた。

「イグネラーシェか……グレンと旅したころを思いだすな。そうだ、カレンデュラの茶葉が家にまだあった！」

状態保全の術式をかけて大切に保管してある茶葉を、ロビンス先生は家に帰ったら探すことにした。

寮へ戻ってきたオドゥは、さっそく本棚からレオポルドに借りた本を抜きだした。図書室で借りた本を鞄から取りだすと、本を二冊持って廊下にでる。授業が終わるとすぐに教室をでていった銀髪の少年は、きっと部屋にいるはずだ。

簡素な木のドアをノックすると、すぐにレオポルドはでてきた。紺色のローブはすでに脱ぎ、質のいい生地で仕立てた白いシャツにループタイを締めている。人形のように綺麗な顔をした少年が、オドゥの顔をみて小首をかしげると、細い銀髪が揺れて光がこぼれた。長いまつ毛がふちどる瞳は、黄昏色の空を映したような神秘的な色をしていた。

「レオポルド、借りた本を返しにきたよ。今日は学園の宿題がそれほど出なかったし、きみといっしょに見ようと思って、図書室から本を借りたんだ」

「どうぞ」

ボーイソプラノの澄んだ高音で返事がある。耳と腕できらりと輝く魔力制御の護符は、ひとつひとつがとても高価らしい。首につけたチョーカーだけが異質な鈍色で、今はシャツに隠れていた。

ドアのそばに吊された真新しい紺色のローブや、さりげなく置かれた高級な魔道具以外は、オドゥの部屋ととくに変わらない。ベッドと勉強机に椅子、作りつけの本棚とクローゼットがある。

「座って」

椅子をすすめたレオポルドは茶葉の袋をあけ、ころんとした形をした乳白色の魔導ポットに、ふたさじすくって入れた。水の魔石を使ったポットは魔力を注ぐだけで、常に熱いお湯が満たされる。カップを温めてから時間を計り、お茶を注いで香りをたしかめ、彼はうなずくとオドゥをふりむいた。

「砂糖はいれる？」

窓からのやわらかな日差しが銀の髪や護符をきらめかせ、陶磁器のような白い肌に輝きを添える。その様子をぽかんと見ていたオドゥに、レオポルドは黄昏色の目をまたたいて首をかしげた。

「あ、ごめん。ふたついれて！」

「サーデ」

呼び寄せた砂糖をふたつ、ぽとりぽとりと入れたカップを受けとり、オドゥはうれしそうにまくしたてた。

「なんていうかさ、本格的っていうか僕が見たこともないお茶の淹れ方で、仕草も流れるようにきれいだし、カッコいいと思って……びっくりしたよ！」

「淹れ方で味が変わるから」

照れくさいのかぼそっと返し、レオポルドは自分のカップを手にベッドへ腰かけた。

「これが借りてた本。アルバーン領にでる魔獣の説明も詳しくて、挿絵《さしえ》もすごくきれいだ。図書室の本よりずっとよかった」

「公爵邸の書斎から適当に持ってきただけだ」

オドゥが持ってきた本を渡すと、レオポルドは淡々と返事をして本棚にしまった。

「公爵家の蔵書かぁ、やっぱりすごいや。僕のはさ、学園の図書室から借りたやつなんだけど……カレンデュラの魔獣が載ってるって、ロビンス先生が教えてくれたんだ。これをいっしょに見ようと思って」

「ロビンス先生が?」

レオポルドはオドゥが持ってきた本をのぞきこんだ。人形のような外見をからかう相手には、遠慮なく向かっていく負けん気の強い少年も、気さくに話しかけるオドゥとはすんなり打ち解けた。無口でほとんどしゃべらなくとも、生き物が好きで魔獣にも興味があるらしい。ふたりはそれぞれの故郷にいる魔獣について、教え合う約束をしていた。オドゥは持ってきたレビガルの甲羅を彼に渡した。

「きょうはさ、レビガルの甲羅を持ってきたよ。父さんと行った狩りの話をした時、見たいって言ってたろ?」

「レビガルの?」

黄昏色の瞳が好奇心できらめいた。ゴツゴツした硬い甲羅のカケラを、手のひらにのせて指でなでて眺める。

「よかったらやるよ。そのかわり僕がここにきたら、今みたいにお茶を淹れてくれないか?」

交換条件をだすのはオドゥのクセだ。平民の孤児であっても、気兼ねなくつき合うために対価を用意する。そうすれば断られることはない……彼なりの処世術だった。レオポルドはためらうように眉を寄せた。

「でも貴重なものだろう?」

「だれにでもやるわけじゃない。これはイグネラーシェの男にとって、強くなるためのお守りなんだよ。きみは強くなりたいんだろう?」

「……なりたい」

銀髪の少年はぽつりと言って、手で甲羅を握りしめた。それからというもの、オドゥは部屋にくればお茶を淹れてもらい、ふたりでそれを飲みながら本を読む。もっぱら話し好きなオドゥがしゃべり、無口なレオポルドはそれを聞くのが習慣になった。

ロビンス先生は家から持ってきた、カレンデュラの茶葉をふたつの袋にわけ、ひとつをオドゥ・イグネルに渡した。

「手に入れたのはずいぶん昔だがね、状態保存の術式をきちんとかけていた。寮生活ではお茶を飲むのも、いい気分転換になるからね」

「ありがとうございます。山にいけばきっとまだ……野生の木が生えていると思うけど」

驚いた顔で受けとり、オドゥは言葉少なに語ると、袋をギュッと握りしめた。

「いずれ自力で戻れるようになる。いまは力をつける時だからね」

「はい……」

残ったもうひと袋の茶葉を、彼は研究棟にいる古い知り合いに持っていくつもりだった。ところがちょうどそこへ五年生担当のレキシー・ジグナバが通りかかった。

「あら、ロビンス先生、生徒にお茶をあげていたんですの？」

「ええ、そうです。あー……茶葉はまだあるので、よければレキシーも飲みませんか？」

「まぁっ、ぜひ！」

いつもロビンス先生は同僚のレキシーをお茶に誘うときは、ちょっとだけ茶葉に気を使う。けれどそんな彼女は袋にほどこされた、状態保全の術式に気を取られていた。

（等間隔に引かれた術式の線といい、芸術品みたいに美しいわ。そうだわ、お茶を飲んで『気に入った』と言えば、袋ごとくれるんじゃないかしら）

オドゥはもらった茶葉をレオポルドの部屋に持ってきた。彼が持ってきたのは貴族があまり飲まない、カレンデュラの山で摘んだ茶葉を蒸し、揉んで日に干して乾燥させただけのものだ。

「やぁレオポルド、今日はさ……僕が持ってきたお茶でいいかな？」

「オドゥの？」

「うん、さっきロビンス先生からもらったんだ。『きみの故郷のお茶だ』って。この部屋にある茶葉みたいに発酵させてないから、きれいな色がでるよ。沸騰したお湯より、もう少し低めの温度で淹れるんだ」

オドゥはそういって魔導ポットのところにむかう。この部屋にある高価な魔道具を扱うのは、最初ちょっと緊張したけれど、何度かやらせてもらって使いかたにはもう慣れた。術式を操って適温にして、茶葉を放りこんでしばらく待つ。

オドゥの手でそっと置かれたカップを見おろして、レオポルドはお茶の色を静かに観察したあと、ひとくち口にふくんでこくりと飲みくだす。光のかげんで色を変える黄昏色の瞳が、驚いたようにきらめいた。

「甘い……」

目を丸くした銀髪の少年に、こげ茶の髪をした少年は人懐っこく笑った。目を閉じてお茶を飲めば、窓から射しこんだやわらかな光がほほにあたり、学生寮の部屋から一瞬で故郷の村に戻ってきたみたいだ。

「これが本来のお茶の味なんだよ。もちろん僕は、きみが淹れてくれるお茶の香りも好きだよ。父さんが仕事から帰ってくると、母さんがいつもこのお茶を淹れて、家族みんなで飲んだんだ。父さんから土産《みやげ》話を聞きながら……」

楽しそうに話していたオドゥはそこで言葉を切り、何かに耐えるように口をつぐむ。しばらくたってから、ようやく出した声は少しだけ硬かった。

「だからこのお茶は……ひとりで飲みたくないんだ」

銀髪の少年はそんな彼を無言でじっと見て、手元の茶碗に視線を落とした。香りや味は記憶と結びつく。レオポルドにとってはふたりですごすこの時間が、やわらかな甘味の記憶となるだろう。それはオドゥも同じで。

「飲みたくなったら、ここにくればいい」

ぽつりとつぶやかれた言葉に、オドゥはちょっとだけ目を見開いて「そうだね」と笑った。

黒の皇太子

赤の儀式

大陸の西にある魔導大国エクグラシアでは今年、ユーティリス第一王子がシャングリラ魔術学園に入学する。榛色の髪に日に透かした琥珀の瞳を持つ十二歳の少年は、王妃によく似た繊細で優しげな顔立ちだ。

「ユーティリス殿下、おはようございますっ！」

成人して補佐官に選ばれたテルジオが、朝から張りきって入室すると、起きたばかりの王子はうるさそうに顔をしかめた。ぶすっとした顔で頭をガリガリかき、指先にあたる寝ぐせを気にしながら、王子は彼に文句をいう。

「テルジオ……お前はどうしてそう、朝から元気なんだ」

「殿下こそ学園初日なんですから、張り切ってください。さては昨夜も遅くまで魔道具いじってましたね？」

「ああ、まあね……だいじょうぶ、ちゃんとやるよ。どうせ初日は顔合わせと学園内の見学だけだろ？」

ふわぁ、とあくびをするユーティリスにテルジオが眉をあげた。このガキンチョまたやりやがったな……と思ったけれど口にはださず、鏡で自分のネクタイが曲がってないかチェックし、キリッとさわやかな笑顔をつくる。

「今年はサルジア皇国から皇太子が留学してきますし、ちゃんと仲良くしてくださいよ」

「ああ、それね。正直、めんどうだな……ついてないよ。できたら学園では羽を伸ばしたいんだけど」

用意された真新しい紺色のローブにはときめくが、学園ぐらいのんびり過ごしたい。なのに王子の仮面を貼りつけたまま、国賓級の相手に気を使うことになった。王城で育ったユーティリスには、第一王子という肩書きが時々うっとうしい。将来の進路は〝エクグラシア国王〟一択なのが、ぜいたくな悩みとはいえ一番の不満だった。

「何いってんですか、両国の関係を深めるチャンスですよ。皇太子とはいい関係を築いてください」

「……向こうもそう言われているだろうな」

「何かいいました？」

「いいや、べつに」

(サルジアから来たリーエン皇太子……どんな子だろう)

隣国にあるサルジア皇国は〝大地の精霊〟の加護がある広大な領土を持つ大国だ。大陸の覇者というべき国の皇太子が、近年魔導大国と呼ばれるようになったとはいえ、こんな辺境のエクグラシアで学ぶ必要などなさそうだ。

伸びをしたユーティリスは大きくあくびをして、肩をぐるぐる回すと紺色のローブに手を伸ばした。

エクグラシア全国から魔力持ちが集う、シャングリラ魔術学園は王都八番街にある。魔術理論に術式、魔獣学や薬草学などが学べ、学生寮だけでなく歴史的な魔道具が展示された資料館もある。そこで十二～十六歳の成長期に増大する魔力の制御を覚え、その使いかたを学びながら、生徒たちは将来の進路を決める。

ユーティリスが付き添いの補佐官と学園の門をくぐれば、新入生らしい子がチラホラいた。両親といる子や、学生寮から上級生に連れられて来る子もいる。国王夫妻はこの場におらず、だれかに話しかけたかったが、テルジオに止められた。

「まずはダルビス学園長にごあいさつを。リーエン皇太子ともそこでひき合わされます」

「……わかった」

着慣れぬ紺色の生地が重たくて、ユーティリスはローブのすそを気にしながら、校舎の階段を上って学園長室に向かう。ひと呼吸おいて重厚な扉をノックすると、中からでてきた学園長は笑顔で彼を迎えた。

「おお、ユーティリス・エクグラシア……入りなさい、きみにぜひとも紹介したい人物がいる」

「失礼します」

少し緊張して入室すると学園長室の大きな机の前に、エクグラシアでは珍しい黒髪の人物がふたり、紺色のローブを着て立っていた。小柄なほうがパッと顔を輝かせ、しっかりとしたよく響く声で彼の名を呼ぶ。

「きみがユーティリス・エクグラシア?」

第一印象で「きれいな子だ」と思った。体の線は細いのに顔立ちはキリッとしている。精霊の血をひくサルジアの民には、美男美女が多い。背はユーティリスよりもすこし高く、サラサラした黒髪はツヤがあり、前髪は眉にかかる程度で後ろは短く刈り、キリリとした目元は涼しげで、黒曜石《こくようせき》のような瞳には知性のきらめきがある。

「僕はリーエン・レン・サルジア、従者のレクサといっしょにサルジアから留学してきた。よろしく頼む」

「ようこそエクグラシアへ。僕はユーティリス・エクグラシア。きみたちを歓迎するよ」

握手をすれば手の指は長く優美で、節くれだったところもなく、剣ダコのある彼の手とは違う。いっしょにいるレクサという黒髪の少年は十五、六歳で、リーエンよりも年上のようだが、同じ初等科に入るらしい。感情の読めない冷めた目つきで、ユーティリスを観察するとおざなりに頭をさげた。

「レクサと申します。私のことは気にしないでいただきたい」

「レクサ……きみも授業に参加するんだよ。従者だからって壁際で控えるとかなしだからね」

「承知しております」

苦笑したリーエンに、紺色のローブを着ても武人のような雰囲気があるレクサは、思いっきり『不本意』と書いてあるような顔でうなずく。やりとりを見守っていたダルビス学園長が、芝居がかった仕草で大きく腕を広げた。

「エクグラシアの若獅子と未来のサルジア皇帝が、ここシャングリラ魔術学園でともに学ぶ。両国にとってこれほど喜ばしいことはない。何かあればいつでも学園長室に来なさい」

「ありがとうございます、ダルビス学園長」

リーエンはにっこりして学園長に礼を言い、レクサの目には見下すような冷めた光が宿る。もっとも彼は口を閉じていたから、ユーティリスの思い過ごしかもしれないが……同じ主従でもテルジオとの関係とは違うようだ。補佐官になったばかりのテルジオは、テキパキと万事にそつがなく、めんどうな仕事も楽しそうにやる。

それにテルジオならだれかを見下したりしない。まわりからいいコンビだと思われるのは納得いかないが、そばにいるのがレクサだったらユーティリスはきっと困るだろう。長いつきあいなのかリーエンは、そんな従者でも受けいれているようだった。

講堂で行われた入学式では、ダルビス学園長がまずユーティリスを、つぎにサルジア皇太子リーエンを紹介した。本来ならひとりで行う新入生あいさつはふたりが壇上に並び、生徒たちだけでなく保護者席にまでざわめきが走った。

「あれがサルジア皇太子……」

「まさしく〝精霊の化身〟ではないか」

学園長室で話したときは、親しみやすい少年といった雰囲気だったリーエンは、壇上に立ったとたん雰囲気が一変した。その場にいる全員の注目を浴びても、堂々と臆《おく》することなく中央に進みでて、壇上からひとりひとりの顔に視線を合わせ、よく通るしっかりした声であいさつする。まだ十二歳でも彼には王者の風格があった。

「私はサルジア皇太子リーエン・レン・サルジア。エクグラシアで学べることをうれしく思う。ここではただのリーエンだ。学園ではともに助け合っていきたい、よろしく頼む」

見守っていたユーティリスは、両親がこの場にいなくてよかったと思った。父は後で彼の気に障ることを言いそうだし、母は何かしら心配するだろう。リーエンの横ですっかり霞《かす》んでしまった彼は、つっ立っているだけの子どもだった。


サルジアから留学生……それも皇太子がやってくるなど、エクグラシア建国五百年の歴史でもはじめてだ。王城に戻ったユーティリスが奥宮で紺色のローブを脱ぐと、付き添っていたテルジオは手放しでリーエンをほめた。

「いやぁ、リーエン皇太子、すっごくカッコいいですねぇ。明朗快活、頭脳明晰、眉目秀麗、血統秀逸、弁舌さわやかとなれば……彼が帰国したら追いかける者もいそうですね」

「そうだな」

元気のないユーティリスにテルジオが目を丸くする。

「あれ、珍しく素直ですねぇ。だいじょうぶ、殿下の成長はこれからですよ！」

「僕はこれでもがんばってるんだよ！」

テルジオは気にせず受け流し、魔術学園のローブにさっと浄化の魔法をかけて片づけ、お茶の用意を始めた。こんなとき彼は必要以上に、ユーティリスの気持ちに寄り添うことはない。

「いいじゃないですか、殿下は子どもっぽくても。むしろあの子かわいそうに、すっかり大人の顔してましたよ」

「子どもっぽって……え、大人の顔？」

ソファーに座って文句をいおうとして、ユーティリスは補佐官の言葉尻が引っかかった。テルジオは何も考えてなさそうな顔でフンフンうなずきながら、手際よく用意したティーカップに、流れるような手つきでお茶を注ぐ。

「皇国ならではでしょうが、あのレクサという従者は、いつでも主のために命を捨てる覚悟です。そんな人間に張りつかれるのって、当人にとっては重荷ですよ。まだ十二なのに何背負わされてるんだか。皇太子は気を使ってましたが、従者が態度を変えない限り、あのふたりは平行線のままでしょうねぇ」

「重荷でしかない……テルジオ、お前ときどきすごいな」

「えっ、やだなぁ殿下、そんな今さらなこと」

ユーティリスは素直に感心したが、テルジオのドヤ顔には、やっぱり何だかムカついた。


魔力も豊富なリーエンは魔術の扱いも巧みで、はじめて習う内容でも理論を理解すると、すぐに応用までやってしまう。魔術学園でわざわざ習うことなどなさそうだが、休み時間も教師を捕まえて熱心に質問する。ユーティリスも努力する性格だから、親しくなるのにそれほど時間はかからなかった。

「ねぇ、ユーティリス」

「ユーティ、でいいよ」

呼びかけられてそう応えれば、キリッとした顔立ちのリーエンは「ユーティ」と口の中で転がすようにつぶやく。

「ユーティか……でも僕は〝ユーティリス〟という音の響きが好きだ。そのままでもいい？」

「もちろん。ふだんは何して過ごしてる？」

「今のところ学園と寮の往復かな。学園の中だけでも探検しがいがあって、ロビンス先生の部屋にもお邪魔したよ」

「先生は魔法陣研究の第一人者だからね。いまは学園に落ちつかれているが、エクグラシア各地の遺跡をまわって古代の魔法陣を調べられたというよ。家は学園の部屋よりもっと魔法陣だらけらしい」

「それはすごい、いつか訪問したいな！」

ユーティリスが知っていることを教えれば、物静かで落ち着いた少年に見えたリーエンは、黒曜石のような瞳に熱がこもり力強く輝く。体術や運動はユーティリスが得意だが、魔術の扱いや芸術的なセンスは彼が優れていた。ふたりのときはなぜかレクサも姿を消し、放課後も互いの弱点を補うようにして教えあい、ときには助け合って成績を競った。

母国語ではない文献を必死に読もうとする彼のために、ユーティリスも遅くまで図書室にこもった。日が沈んで魔導ランプの明かりが灯ると、一冊の本を三日かけて読み終えたリーエンが、満足そうにため息をつく。

「ここで学んだ知識を早く持って帰りたいよ。精霊言語たる古代紋様にこの国独自のものがある。僕がエクグラシアに学ぶべきだと言っても、耳を貸さなかった頭の固い連中だって、この魔法陣を見ればひっくり返るさ」

「喜んでくれるのはうれしいけど、きみが帰ってしまうのは寂しいな」

本を片づけるために立ちながら、ユーティリスが本心からそう言うと、それを聞いたリーエンは驚いた顔をした。

「ほんとにそう思ってくれる？」

「思うよ。僕も君と友達になれてよかったと思うから」

「……ありがとう」

小さな声でつぶやいてほほを染めるリーエンに、ユーティリスは急に照れくさくなって話題を変えた。

「それよりお腹がすいたな。学生寮の食堂で何か食べようか」

本当に空腹だったわけでない、ただもう少し話がしたかった。

「いいね。僕は寮なのにきみは王城に帰るから、ふだん全然話せない。いっしょに食事ができるなんてうれしいよ」

うれしそうに顔をほころばせるリーエンの笑顔は美しく、やはり見る者の心を騒がせた。

テルジオに「夕食は寮で食べる」とエンツを送り、寮ではレクサも合流した。ふたりの会話に割って入るかわりに、レクサは料理のトレイを運んで、リーエンの前にそっと置く。

「リーエン様、こちらを」

「ありがとうレクサ。食器は自分で下げるから、あとは自由にしていいよ」

リーエンが笑顔をむけると、レクサはチラリとユーティリスに視線を走らせ、無言で頭をさげて離れていった。

今日のメニューはスパイスに漬けてソテーした肉、つけあわせはホクホクした揚げトテポに、シャキシャキした食感が楽しい、刻んだディウフとタラスのサラダ。ピュラルのゼリーがデザートについて量もじゅうぶんある。

だがユーティリスは、リーエンの前に置かれた皿の異様さが気になった。育ち盛りの生徒たちのために、食堂でバランスよく作られた彩も鮮やかな料理、それらすべてにつつかれた跡があり、まるで食べかけを渡されたみたいだ。

「それ……」

「あ、うん。彼は毒見もしてくれてて。ここの食堂を信用してないとかじゃなく、ただの習慣だから気にしないで」

本人は気にならないのかサラリと言って食べ始めたけれど、食欲が失せたユーティリスはもっぱら話の聞き役になる。

「こないだパパロッチェン勝負をやったんだ。レクサは嫌がったけど、自分以外のモノになるって新鮮だった。授業でやった転移マラソンも面白かった。学園にもいろんな場所があるって発見したし、遊びながら魔力の使いかたを覚えるってすごい発想だよ。僕の国では魔力は精霊に与えられた力で、遊びに使うなんて思いもしなかった」

「なんだか僕より学園生活を楽しんでいるね」

竜王との契約を控えたユーティリスは、リーエンと過ごす以外はその準備に追われている。うらやましくなってそう言えば、皇太子は一瞬きょとんとしてから、見る者をドキリとさせる、涼やかで美しいほほえみを浮かべた。

「当然だよ、このために必死でエクグラシア語を覚えた。言語的には似ているけど……おかしくない？」

少し心配そうにリーエンは、長くて細い指を自分のノドに手をあてた。心を騒がせるほどの美貌というのは、罪作りだとユーティリスはぼんやり考える。

「とても滑らかだと思うよ」

ユーティリスが保証すると、パッと顔を輝かせた口元から白い歯がのぞいた。

「よかった。きみとこうして話せるだけでも、言葉を覚えたかいがあるよ。忙しいのはわかっているけど、時々でいいからこうして一緒に食事をしたい。きみと話すのはとても楽しいんだ」

「もちろんだよ。僕から声をかけるべきだったね。きみが楽しく過ごしてくれたら僕もうれしいよ。どうしてわざわざエクグラシアで魔術を学ぼうとしたの。サルジアのほうが大国だし歴史も古いのに」

「……ユーティリスはせっかちだなぁ」

リーエンは食事をする手をとめず、パンをつまみながらクスッと笑った。

「せっかち……」

「そういうのはもっと親しくなってから話すものだよ」

「なんだい、それ」

はぐらかされた気がして、思わず不機嫌な声がでた。うまく感情を隠せないユーティリスに、リーエンは食事をする手をとめ、ナイフとフォークを置いて黒曜石のような瞳を彼にむけた。

「僕は目的を持ってここにきたけれど、そうでなくともきみと友人になりたい。だからその話はあとでいいんだ」

その目に宿る強い光にユーティリスは息をのみ、少ししてから返事をした。

「僕たちはもう友人だよ。だって学園では同じ学年だし、卒業まで五年間いっしょだ……そうだろう?」

なぜか泣きそうな顔でリーエンは、きゅっと唇をかみしめる。

「うん、そうだね。よかった……これを機に留学生たちが、互いの国を行き来して学ぶようになったら最高だ。いつかきみにもサルジアにきてほしいな……とても大きくて美しい国だよ」

食堂の窓から遠い空を見つめる、リーエンの涼やかな横顔はとても美しい。ここは彼にとって異国で、レクサがいるとはいえ彼はひとりきりなのだと気づき、ユーティリスは少年らしい素直さで同い年の異邦人に問いかけた。

「リーエン、何か困っていることはある?」

「たくさんあるよ!」

「え……」

勢いよくふりむいて答えたリーエンは、眉をさげてとっても残念そうにため息をつく。

「学びたいことが多すぎるんだ。寝てる時間だってもったいないのに、夜がきたらベッドに行かなきゃいけない」

「……寝たほうがいいよ」

ユーティリスだってよく魔道具をいじってやらかしては、テルジオに同じことを言われるけれど、それについてはすっとぼけた。リーエンは目を見開いてほほをふくらませ、不満そうに形のいい唇をとがらせる。

「きみもレクサと同じことをいうね」

「当然だろ」

レクサがテルジオそっくりの表情で文句を言うところを想像して、ユーティリスは自分を棚にあげて彼に同情した。

食事を終えたリーエンは寮の玄関まで、王子を見送ると寮の自室に戻った。学生寮の部屋は基本的に同じ造りで、王族だろうと平民だろうと割りあてられる部屋に差はない。ただ備品は自由に持ちこめるから、彼の部屋には異国情緒あふれる調度品が置かれていた。さっそく部屋を訪れたレクサの報告に、彼は表情を曇らせた。

「錬金術師団長グレン・ディアレスには面会を断られました。彼の息子はレオポルド・アルバーン、筆頭公爵家の人間です。昨年魔術学園を卒業し王都魔術師団に所属、来年成人したら最年少で師団長に就任するとか」

「グレンがムリなら彼の息子でもいいと思ったが、エクグラシアの筆頭公爵家で塔の魔術師か……僕には近づくチャンスがないな。銀の錬金術師か魔術師、せめてどちらかと話ができれば……」

「来年になれば公爵家から令嬢がひとり、学園に入学してきます」

「それじゃ遅いかもしれない、ユーティリスの線から近づくしかないか……何といってもこの国の第一王子だ」

眉をよせて考えこんだ彼に、レクサは心配そうに忠告した。

「あまり彼に近づかれるのは……どうかご自分のお立場をお考えください」

顔をあげたリーエンは黒曜石の瞳をきらめかせ、決意をこめてレクサを見返した。

「わかっている。だがお前の指図《さしず》は受けない。何としてもグレン・ディアレス、またはレオポルド・アルバーンと話がしたい。そのために僕は命がけでここにいるのだから」

平和で穏やかに見える日々が続いたある日、ユーティリスはきれいに箔押しされた、王家の紋章入りの封筒を皇太子に渡した。レイメリアに続き久しぶりに、〝王族の赤〟となる〝契約の儀〟、それがもうすぐ行われる。慎重な手つきで封を開けて中の文面に目を通し、リーエンは黒曜石のような目を驚きに見開いた。

「これ……竜王との〝契約の儀〟に、僕がレクサと参加してもいいの？」

「うん、きっときみも興味があると思って。ちゃんと師団長会議で許可もとったよ」

もういちど真剣な表情で、手にした招待状を読むリーエンの唇がかすかに震えていた。

「もちろんだ。こんなの見るチャンスがあるなんて。ありがとうユーティリス、本当に感謝するよ。師団長たちも参加するんだね」

「うん。王族たちに三人の師団長が参加するよ。竜騎士団からはデニス・エンブレム、錬金術師団からはグレン・ディアレス、そして魔術師団からはローラ・ラーラとレオポルド・アルバーン」

それを聞いたリーエンはぎゅっと目をつぶり、自分の胸に招待状を押しあてて息を吐くと天を仰いだ。

「それなら僕にも彼らと話すチャンスがあるかな。少しでいいから、言葉を交わしたい」

「わかった、テルジオに確認しておくよ」

「うん。ユーティリス……何から何までありがとう!」

まるで泣きそうな表情で感謝するリーエンに、離れたところでそれを見ていたレクサが、ぎゅっと眉を寄せた。

「成人しなくても〝王族の赤〟になれるんだね。そのタイミングはどうやって決めるの?」

「僕とふたつ下の弟は在学中に契約する予定だ。魔術学園で〝消失の魔法陣〟を覚えれば、いつでも儀式はできる」

「〝消失〟の魔法陣?」

首をかしげたリーエンに、ユーティリスはエクグラシアで常識になっていることを教えた。

「エクグラシアでは強い魔力を持つ者は、死したあとに体を解いて、魔力を凝集させた魔石のみを遺す。〝消失の魔法陣〟についてはロビンス先生が詳しいよ。魔法陣研究の第一人者だし」

ユーティリスの答えが思いがけなかったのか、リーエンはレクサと顔を見合わせてから問いかけてくる。

「ロビンス先生って……僕らの担任をしているロビンス先生のこと?」

「そうだよ」

そのとたんリーエンは泣き笑いのような表情をして、つややかに輝く自分の黒髪をくしゃりと握りしめた。

「そうか……ははっ、まさかロビンス先生に聞けばよかったなんて。僕は何をやっていたんだろう」

「リーエン?」

「よけいなことをリーエン様の耳にいれないでいただきたい」

リーエンの言葉を不可解に感じているとレクサが口を出し、ユーティリスはムッとして言い返した。

「レクサ、リーエンが大切なのはわかるけど、学園生らしいふるまいも身につけてくれ。でないとここで孤立する。サルジアに帰ればもう僕たちとは関係ないと、考えているのかもしれないが……」

「お前たちに何がわかる、西方の蛮族《ばんぞく》めが！」

「レクサ」

従者のはなった暴言に、主であるリーエンが指をすいと滑らせた。ユーティリスには判読できないサルジアの魔法陣が展開し、レクサは蒼白な顔色で膝をつく。

「お前、僕に恥をかかせたね？」

「お許しを、リーエン様……私はっ」

慌ててユーティリスが止めに入り、人形のような感情のない瞳で、従者を冷たく見おろすリーエンをとがめた。

「リーエン、サルジアでは魔術を使って人を痛めつけるのか？」

「……あぁ、そうだった。ここはエクグラシアだったね」

怒りをたたえていた黒曜石の瞳は、まばたきとともにふだんの落ち着いた光をとりもどす。魔法陣が解けてグラリとした従者の体をユーティリスが受けとめると、リーエンは肩をすくめて苛立ったように吐き捨てた。

「サルジアでは皇家の者が、魔力で人を支配するのは当然だよ。だって僕らは〝精霊の末裔〟だから。魔力がある者は支配するか、されるかだ。ドラゴンに守られているきみたちには理解できないだろうね」


ロビンス先生の部屋は、校舎の裏手にある古びた小屋のような建物で、うっそうとした木立に囲まれている。部屋には学園の図書室にはない本や、彼の著作もたくさん置いてあり、それ目当てでやってくる生徒も多い。窓辺に立っていたロビンス先生は、熱心に魔法陣をノートに書き写す生徒に、丸眼鏡の奥から小さな目をくりくりさせた。

「驚いたよ。まさかサルジア皇太子であるきみが、これを覚えたがっていたとは」

「はは……そうですよね。でも僕はこれを知るために留学したのです。ありがとうございます、ロビンス先生。僕に〝消失の魔法陣〟を教えていただき感謝します」

リーエンは筆記具をかたづけて、術式を写しとったノートを閉じ、立ちあがって先生に礼を言う。

「その目的を聞いてもいいかね。その魔法陣はサルジアから逃れた魔力持ちが、死してなお支配され、その体を利用されないために編みだしたものだ。彼らはそれほど〝死霊使い〟に怯《おび》えていた」

「………」

「ロビンス教諭、サルジアを侮辱する気か！」

無言になったリーエンのかわりに、そばにいたレクサが鋭く声をあげても、ロビンス先生は引かなかった。膨大な魔素を内包する魔力持ちは、死してなお戦力となる。その軍団は〝死霊使い〟に忠実で、敵地において〝魔力暴走〟をひきおこせば、周囲に壊滅的な被害を与えたという。

「侮辱ではない。その魂さえ刈りとってしまえば、物言わぬ死者はかんたんに使役できる。〝死霊使い〟が率いる軍団は、戦場に倒れた屍を飲みこみ膨れあがる。自分の体が兵器となり、故郷に刃を向けるなど恐ろしいことだ」

「そのような妄言……聞き捨てならぬ！」

抗議しようとしたレクサを手で制し、リーエンはロビンス先生に向き直り、しっかりした低めの声で話しだす。

「それは過去の話ですし、先生らしくない誇張も含まれています。〝死霊使い〟の術はもっと素朴なものでした。彼らが使役できたのは血縁者など近しい身内だけ……自分の家族を守りたいという〝死者の願い〟を叶えたのです」

「ならば自らの体に魔法陣を刻むほどに〝死霊使い〟の術を恐れた者たちは、彼らに近い血族ということになる」

難しい顔をしたロビンス先生が、今まで誰も口にしなかった可能性を指摘した。リーエンははじめて聞いたとでもいうように目を見開き、口元に手をやって「ふふっ」とおかしそうに笑みをこぼした。

「その憶測……とてもロマンチックですね。だとしたらユーティリスと僕は遠い親戚かもしれない」

「リーエン様、おやめください。西方の蛮族と血が近しいなどと……ロビンス教諭も口を謹んでいただこう。もしもここがサルジアであれば、重い処罰を課せられる」

おどけた返事をしたリーエンをレクサがたしなめ、ロビンス先生に厳しい視線を向けたが、魔法陣研究の第一人者で、世界中を旅した男もひるまなかった。

「幸いなことにここは私の研究室でね。レクサ、きみは反対しないのか。彼はいずれ皇国の頂点に立つ身だ。この魔法陣をその身に刻むことを、反対する者もいるのではないか？」

「それは……」

鋭い質問に気まずそうな顔でレクサが口ごもり、リーエンがふたりのあいだに割ってはいった。

「先生、レクサをいじめないでください。彼がいなければ僕はここに来ることも許されなかった。レクサ、僕のワガママにつき合ってくれて感謝している。留学の目的はほぼ達成できたし、あとは学園生活を気楽に楽しもうじゃないか」

「リーエン様……」

とほうに暮れたような顔をするレクサに、リーエンは安心させるようにほほえみかけた。


エクグラシアを守護する竜王と、統治者であるエクグラシア王族との契約は精霊契約に近い。竜王の魔力にふれると、生まれつきの色がどのようなものでも、髪と瞳の色が赤く染まる。

〝契約の儀〟当日、ユーティリスは補佐官のテルジオを連れて、〝竜王神事〟で使うのと同じ祭壇にやってきた。サルジア皇国の正装を着たリーエンとレクサが、赤い髪の獅子王アーネストの左に座っていた。金糸と銀糸でびっしりと刺繍された華やかな色彩の衣装は、エクグラシアの王族など霞《かす》んでしまうほどの豪華さだ。

ギュラアアアァ！

大きな影が上空を横切り、竜騎士団長のデニス・エンブレムが緑の髪をなびかせて、青みがかった鱗の竜王ミストレイとともに壇上に降りたつ。魔術師団長のローラ・ラーラと、まだ見習いのレオポルド・アルバーンは祭壇の脇で待機し、白い仮面をつけた錬金術師団長グレン・ディアレスは、国王アーネストの右に座っている。

ドラゴンの守護を受けるエクグラシアでは、王族の価値は血筋よりも〝竜王との契約者〟となれる点にある。竜王に認められるために、歴代の〝赤〟はあの手この手でドラゴンをねじふせ契約を結ぶ。心配性のリメラ王妃は「まだ早い」と最後まで反対し、とても儀式を見ていられないのだろう、王族席にその姿はない。

（まぁ、いいさ。リーエンが来てくれたし。それにしても竜王が相手じゃ……無様なところは見せられないな）

ユーティリスは軽い足取りで、ミストレイに見入っている同級生たちに駆けよった。リーエンは間近で見るドラゴンに本気でおびえているようで、レクサも緊張したようすで巨体を見あげている。

「きてくれてありがとう、リーエン、レクサ！」

「ユーティリス、きみの格好……僕はもっとこう……おごそかな儀式だと想像していた。だいぶ違うみたいだ」

「ああ、訓練着のことか。あまり動きを邪魔しない服のほうがいいんだ」

ユーティリスは鍛錬のときに着る簡素な訓練着姿だ。リーエンが首をかしげると耳飾りがしゃらりと揺れた。

「いったい何をするんだい？」

「きみが『面白い』といっていた学園でやる転移マラソン、あれが必修なのはこのため。竜王との追いかけっこだ」

不安そうなふたりを安心させたくて笑って見せると、留学生たちは驚いたようだ。

「転移マラソン……あれにそんな意味が？」

ユーティリスは軽く準備運動をしながら説明する。

「僕みたいな子どもがドラゴンとまともに戦っても勝てない。けれど己を竜王に認めさせなければならない。だから転移でひたすら逃げてスキを狙うんだ。そして竜王の生き血を飲めば契約完了だ」

「生き血……〝精霊契約〟でおこなわれる〝血の約定〟と逆なのか。自分の血ではなく、竜王の生き血が必要とは……だから人間のほうが魔力の干渉を受けるのか、髪と瞳が赤く染まるのはそのせい……」

彼の説明にリーエンは、真剣な表情でつぶやきながら考えこんだ。

「そういうこと。転移マラソンよりは荒っぽいかもね。僕らはただドラゴンに守られているのではないと、きみたちに知ってもらえると思うよ」

そこで言葉を切り、ユーティリスはミストレイに見入っていたレクサに話しかける。

「魔術師団が結界を張るし竜騎士も護衛につく。けれどドラゴンは山だって崩せる。用心してくれ、レクサ」

ハッとしたレクサは武人らしく顔をひきしめ、両の拳を合わせてユーティリスに、サルジア流の礼をした。

「ご武運を……」

「ありがとう。ドラゴンの足元で暮らそうなんて、僕のご先祖様はとんでもないことをよく思いついたよな」

「気楽にやれユーティリス、お前がダメでもカディアンがいるし、王家で〝赤〟をだせなくともレオポルドがいる」

緊張をほぐそうとしたのかアーネストの無神経なひと言で、リーエンの視線が待機するレオポルドに向けられ、ユーティリスはムッとした。キラキラと輝く銀髪を背に流した長身の青年は、ラーラ魔術師団長につき従っている。重要なのは血筋じゃない、かわりはいくらでもいる……そう父に言われた気がして、やつあたりのような感情が湧く。

（僕じゃなくてもいいなら、なぜあいつは〝赤〟の儀式を受けない。自分で名乗りをあげればいいだろう！）

成人したら師団長に就任すると言われているレオポルドからは、離れていても魔力の圧をひしひしと感じる。学園時代から天才といわれる彼の魔術は力強く、竜騎士団でドラゴンに乗る訓練も受けているという。努力してもそのぶん、相手はもっと先をいく。いつまでたっても追いつけない、それを認めるのは面白くなかった。

「殿下、気をつけてください。ミストレイは竜王としてはまだ若いやんちゃ坊主です。手こずるかもしれません」

テルジオもさすがに心配そうだ。

「わかってる。じゃあ僕はそろそろいくよ」

「まって！」

壇上に向かおうとしたユーティリスを呼びとめ、立ちあがったリーエンが駆け寄ってくる。長くて白い指を伸ばして彼の顔にそっとふれ、両手でほほを包むようにして至近距離で顔をのぞきこんだ。間近で見る黒曜石の瞳は、吸いこまれそうなほど美しい。

「きみの顔をよく見せて。染まる前の瞳をよく見ておきたい。放課後、窓辺に座っているとき、きみの瞳は金色に輝く。太陽の光を閉じこめたみたいな、温かい琥珀色がとてもきれいなんだ」

「そう？」

「陽が透けるとキラキラと光る榛色の髪だってやわらかくて、僕はまっすぐな黒髪だからうらやましかった」

白い指がためらいがちに、そっと髪にふれた。そんなことをきれいな顔で真剣に言われたら、ユーティリスだって顔が赤くなる。ポーッとしそうになって、興味深そうに見守る父に気がつき、我に返って身を引いた。

「ありがとう、じゃあいってくる」

「気をつけて」

前髪から離れた指を捕まえ、だいじょうぶだと笑顔でギュッと握れば、リーエンの指にも力がこもる。考えが合わないこともあるし、生まれ育った境遇も似ているようでまったく違う。それでも純粋に心配してくれるのが伝わってきてうれしかった。

（そうだリーエン、きみが見ている……僕は竜王との契約をやり遂げてみせる！）

ユーティリスは一歩一歩、祭壇へ続く階段を上った。逃げだしたいのに見られていると思うだけで、カッコつけたい気持ちが湧く。壇上では緑の髪をなびかせた竜騎士団長デニス・エンブレムが待ちかまえていた。

「ようこそユーティリス殿下、〝赤〟の儀式へ。われわれ師団長も手を貸しますし、心配いりません。ミストレイの機嫌がよければ、きっと早くカタがつきますよ」

白い歯をみせて笑いかける竜騎士は、感覚共有のスキルが発動しているからか、目つきがドラゴンぽくなる。穏やかな口調がかえって不気味だった。視線を動かしてミストレイを見あげれば、金の瞳がすがめられた。

「竜王から見たら僕はちびっ子だろうな」

自虐的につぶやけば、デニスは首をかしげて正直に答える。

「どっちかというと虫ですかねぇ。踏みつぶそうとしても、チョロチョロ逃げ回るし」

「虫……」

ちっぽけな虫。目が合った蒼竜からは、まさしくそんな感じが伝わってくる。サルジアの皇族は支配者であると教わり、エクグラシアの王族はドラゴンから「オマエ、虫」と教わる。竜王にとって〝赤〟の候補は、血を飲みに時々やってくる虫に近い。うざったくてはたき落としたい。

（とてもリーエンには教えられないけどね）

ユーティリスはため息をついて、青いドラゴンの巨体をみあげた。

ヴォオオオオオォ！

竜王の咆哮《ほうこう》が祭壇から発せられた。魔術師団長ローラ・ラーラがすかさず魔法障壁を展開し、レオポルド・アルバーンがそれを補助する。風の波動により魔法障壁がビリビリと震えた。ミストレイの巨体が空に浮かびあがり、祭壇にひとり立つユーティリスに向かって急降下した。

「あぶないっ！」

リーエンの叫びと同時に、ユーティリスの足元に転移魔法陣が展開する。祭壇の端に転移した瞬間、ミストレイの体が転移後の輝きを失いつつある魔法陣をすり抜け、竜王がイライラしたような雄叫びをあげた。

ギュラアアアアァッ！

渦を巻いて吹き荒れる風がユーティリスを襲う。とっさに展開した防御魔法ごと切り裂くように、今度はかまいたちが四方八方から襲いかかる。観覧席からは壇上のようすが見えなくなった。

「あれがドラゴン……」

青ざめるリーエンにアーネストが教えた。

「まだ序の口だ、雷を使っていないからな。〝赤〟の候補に選ばれると、鍛錬もみっちりやらされるから心配ない」

ドラゴンの爪や牙を転移魔法でよけながら風の攻撃も受け、一方的にユーティリスがなぶられる展開だ。魔術師たちが守る空間で傷だらけになって、ミストレイと追いかけっこしながら逃げる姿に、ようやくレクサが言葉を発した。

「ずいぶんと荒っぽい儀式なのですね。生き血を飲むなどとても……命の危険もあるのでは？」

「そのために竜騎士団長が騎乗している。竜王が本能のままに殺そうとしたら彼が止める。まともにやったら勝てないから、みな知恵を絞る。肉弾戦にみえるが頭脳戦だ。バルザムの血統であろうと、竜王に認められなければ国王にもなれぬ。俺はあいつのことは心配していない。指導役たちも口をそろえて『大丈夫』と保証したからな」

国王らしい突き放した言いかたに、レクサは目をむいた。たったひとりでドラゴンの暴れる檻に、我が子を放りこむなど正気の沙汰ではない。獅子王と呼ばれる男も、そうやって〝赤〟に染まったというのか。

バチバチバチバチッ！

魔術師たちが守る結界のなかで火花が散り、ユーティリスの小さな体ははじけ飛び、ザザッと祭壇の床に転がった。

「ユーティリス！」

リーエンが叫んでも倒れたままの、その体に向かってミストレイが急降下する。ズウウゥン……と地響きを立てて、竜王の大きな足が祭壇を踏みつけ、悲鳴をあげたリーエンを、がしっとアーネストが支えた。

「いやあああぁっ！」

「落ち着かれよ、あれは王族に伝わる〝身代わりの幻術〟だ。ユーティリスではない！」

「ちが……う？」

隣にいたアーネストの声におそるおそる顔をあげ、リーエンが目にしたのは、骨も肉も砕けたユーティリスの死体ではなかった。ドラゴンの頭上で逆光になってよく見えないが、日射しを浴びて白刃がきらめく。

ミストレイの真上に転移したユーティリスが、全身の体重をこめて真っ直ぐに、翼の根元に刃を突きたてる。研ぎ澄まされ、錬金術師たちにより強化されたミスリルの刃は、吸いこまれるように竜王の体に沈んだ。

ギャオオオオゥッ！

怒りの咆哮をあげたミストレイが、魔法障壁にぶち当たりながら暴れまわる。刃の柄を握りしめたまま、ユーティリスは振り落とされまいと必死で翼にしがみついた。

（一滴……一滴でいいんだ！）

滑らかなドラゴンの鱗はしがみつくのに向いてない。焦れば焦るほど、つかみどころがなく手が滑る。いま突き立てた刃が本当に、竜王の体を傷つけられたのかもわからない。それでも必死に押しこんだ。

魔法陣を展開して腕ごと刃にしっかりと固定し、ユーティリスは暴れるミストレイから、振り落とされそうになるのを必死に耐えた。暴れまわる竜王に騎乗するデニスと、一瞬だけ目が合う。師団長たちは見守るだけだが、彼らのサポートがなければ、子どもの彼が竜王と渡りあうなど、とてもできない。

ギュラアアアアァッ！

デニスの目を通してユーティリスの姿が見えたのだろう、ミストレイがひと際大きく咆哮をあげ、一気に上昇に転じた。魔法障壁に囲まれた空間に嫌気がさして、上空へと飛翔をはじめたのだ。飛ぶ方向が定まったことで、安定した足場にぐっと体重をかけ、ユーティリスは自分の腕ごと刃を引き抜き、すかさず転移陣を展開した。

転移すればズンという衝撃があり、足が祭壇の床をとらえる。手にした刃の赤く濡れた先端を口にくわえ、舌で血を舐めとると鉄臭い味がする。吐き気をこらえてゴクリと飲みくだし、王族に伝わる契約の魔法陣を展開した。

全身の血が沸騰するような感覚に襲われながら、必死に術式を紡いだユーティリスは魔法陣を発動させる。竜王の守護を願い、ともに暮らす許しを請う……契約自体はシンプルなものだ。

「我はユーティリス・エクグラシア、竜王と守護の契約を結ぶ者、〝赤〟となる者なり！」

叫んだきりその場で意識を失い、ユーティリスはバタリと倒れた。

「ユーティリス……ユーティリス！」

自分の名を呼ぶ声がだんだんハッキリとして、意識をとり戻した彼が目を開ければ、涙で顔をグシャグシャにしたリーエンが彼をのぞきこんでいた。

「リー……エ……」

「無茶苦茶じゃないか、こんなの！」

「うん……そう、だね。バカ、みたいだろ？」

泣きじゃくるリーエンを安心させるため、笑おうとしたのにうまく顔の筋肉が動かない。

「バカなんかじゃないよ、ユーティリス。それに琥珀《こはく》色も好きだったけど、鮮血のような赤い瞳も僕は美しいと思う」

「ありがとう。結局、僕はひっくり返ったままだったけど……師団長たちとは話せたかい？」

「それどころじゃなかったよ。でもいいんだ」

ユーティリスの赤く染まった瞳をみて、リーエンは首を横に振り、泣き笑いのような表情を浮かべた。


手当てを受けたユーティリスは、ミストレイが落ちついてから、リーエンとレクサを竜舎に連れていった。怖い思いをさせた罪ほろぼしのつもりだったが、間近で見るドラゴンにふたりとも興奮していた。

「祭壇では恐ろしいとしか思えなかったけど、こうして見ると……とても美しい生き物だね！」

「すごい……」

リーエンは感嘆のため息をもらし、武芸をたしなむレクサはドラゴンだけでなく、訓練する竜騎士たちにも心奪われていた。モリア山で採掘されたミスリルから作られた鎧は、ドラゴンや魔獣から採れる素材で強化されている。冴え冴えとした月の光を思わせる輝き、それを身につける鍛え抜かれた体躯《たいく》は、正直言ってむちゃくちゃカッコいい。

「五年生になれば職業体験がある。レクサは竜騎士団を体験したらどうかな」

「そんなことが、できるのですか⁉」

驚いた表情で勢いよくふりかえるレクサは、そうしているとドラゴンに憧れるただの少年だ。

「うん。留学生が参加できないってことはないと思うよ。あ、リーエンがいっしょじゃないと難しい？」

「いえ、そんなことは……」

王都三師団に入団するのは魔術学園の生徒であっても難しい。ほとんどの卒業生は街の魔道具師や王城の文官など、魔力を生かした別の仕事につく。だからこそ希望すれば、だれでも参加できる職業体験を楽しみにしている。

「そうですね……機会があれば。とても強くて美しい……これが〝風の精霊〟の力を継ぐ生き物……」

レクサは憧れをにじませた、何ともいえない切ない表情でドラゴンを見あげた。

「せっかくだからドラゴンに乗ってみる？」

「いいのですか？」

竜騎士団長のデニスに頼んで、おとなしいアガテリスを用意してもらう。リーエンは地上に残り、ベテラン竜騎士のダグ・ゴールディホーンが、ユーティリスとレクサのふたりを乗せて飛んだ。天高く舞いあがったドラゴンの背にしがみつき、レクサは眼下に広がる王都を眺めた。

「すごい。転移門にも驚きましたが本物は格別です！」

興奮して目を輝かせたレクサに、ほほに三筋の傷痕があるダグ・ゴールディホーンは豪快に笑う。

「そうだろう。ドラゴンの背から世界を見ると、何もかも違って見えるからな」

「リーエンを置いてきてよかったのかな」

地上で竜騎士たちといっしょにいるリーエンはもう点だ。レクサはとくに気にする様子もなくうなずいた。

「ここにはリーエン様が死んでも得する者はいません。逆に安心です」

それきり沈黙したレクサに、ユーティリスは遮音障壁を展開して問いかけた。

「レクサ、僕に何かできることはないか？」

「何か、とは？」

逆に問いかえされる。踏み込めないもどかしさを感じながら、なるべく誠意が伝わるように言葉を選んだ。

「竜王と契約したぐらいじゃ足りないかもしれないけど、僕もリーエンやきみのために、何かできたらなって」

もしもリーエンが皇太子じゃなかったら、この国に残ってもいいのではないか。そこまで口にはしなかったけれど、彼の言葉に少し考えて、レクサは意外な人物の名前を口にした。

「ならば錬金術師団長グレン・ディアレスかアルバーン公爵公子、レオポルド・アルバーンに取り次いでいただきたい」

「え……グレンはともかく、なぜレオポルドを？」

とまどったユーティリスの心などおかまいなしに、レクサは一度会っただけのレオポルドをほめまくる。

「リーエン様はお話しされたがっています。我が国では魔力量やそれを扱う術の巧みさが評価されます。サルジアではドラゴンを忌避《きひ》する者も多いが、彼ならば王族に血筋が近くとも〝赤〟ではないし、外見も精霊の末裔たるサルジアの民に好まれます。リーエン様の隣にもふさわしい方だ」

ユーティリスはレクサの言葉に、頭をガーンと殴られたようなショックを受けた。できたら味方にしたかったのに、それ以前の問題で、はっきり対象外と言われたようなものだ。

「……つまり僕では不適格だと」

「あなたは殿下の友人です。殿下も大切にされていますし、それでじゅうぶんでしょう」

それでじゅうぶん……あっさりしたレクサの返答は、レオポルドの知らないところで、ユーティリスの心に対抗心を植えつけた。レクサの態度はだいぶやわらかくなり、ポツポツとサルジアの話をする。

「サルジアは大国といっても、皇都以外は昔ながらののどかな生活です。国民の大部分は牧畜や農業で生計をたて、ひとびとは何かあれば呪術師を頼ります。良縁探しから病気の治療、仕事の成功など、対価さえあれば精霊は願いを叶えてくれます。呪術師はその仲立ちをするのです」

「へぇ、暮らしの中に根づいているんだね。呪術師という職業が僕にはピンとこないけど」

ユーティリスが首をひねっていると、レクサはあきれたような顔をした。

「リーエン様も呪術師であられますよ」

「えっ、そうなのかい？」

「皇家の呪術師は精霊と対話ができます。だからこそサルジアは大陸の覇者なのです。けれどエクグラシアにきて驚いたのは、呪術は一般的ではないのに精霊の気配が濃いことです」

「精霊の気配が濃いって……〝夜の精霊〟の祝福のこと？」

「それだけでありません。吹く風や川を流れる水にも精霊の気配を感じます。ひょっとしたらリーエン様にはシャングリラのほうが、皇都より暮らしやすいかもしれません」

そういったきり、レクサは黙ってしまった。遮音障壁の内側で彼が漏らしたのは、きっと本音だろう。サルジアの皇都は王都シャングリラよりもずっと大きい。見知らぬ異国の風景に、ユーティリスも思いを馳せた。

鈍色のチョーカー

サルジアは〝大地の精霊〟の血をひく人の子が支配する土地。そこに住まうひとびとから見ると、凶暴な植物がはびこる樹海を越えた、邪悪なドラゴンが支配する西のエクグラシアは、辺境の野蛮な国とされていた。

レクサやリーエンみたいに、ドラゴンを恐れながらも憧れる気持ちがあり、互いに理解しいいところを見つけようとしていけば、国境があっても交流は深まっていく、ユーティリスはそう楽観的に考えていた。どちらの国にもいいところも悪いところもある。目をそむけたくなる醜い場所や、心を奪う美しい景色だってあるように。

それらをお互いに学んでいくこと……気の長い作業だがユーティリスとリーエンふたりで、協力しあえば未来はきっと、今よりもずっとよくなると信じていた。けれど相手の存在を認めず、存在すら許せないという意志は、もっと深く地中にはびこる根のように、密やかで力強いのだと思い知ることになる。


『サルジアには〝王族の赤〟を殺すための毒がある。〝呪いの色〟と呼ばれるその〝赤〟は、エクグラシアの王族が竜王と契約したときに染まる〝赤〟によく似ており、相手の心臓に届けばまちがいなくその動きを止める』

王城の裏手にある研究棟の師団長室で、その一節を読んだヌーメリアは顔をあげた。彼女の向かいには、文章を持ちこんだ補佐官のテルジオ・アルチニが緊張した顔で座り、仮面をつけた師団長のグレン・ディアレスがそれを静かに見守っていた。

「〝呪いの赤〟……私の知らない毒ですね。エクグラシアには存在しません。けれど心臓の動きを止めるということは、刺激伝導系に作用する致死性の高いものだと思われます」

「解毒剤を作ることは可能ですか？」

「どんな毒なのか……材料が何かわかれば……この記述だけでは難しいです」

困ったように眉をさげ、自信なさげにヌーメリアは師団長のグレン・ディアレスに目をやった。世界中のあらゆる毒に精通している彼女だが、〝王族の赤〟のために作られた毒が、どんなものか見当もつかない。無言でふたりのやり取りを聞いていた、仮面の錬金術師グレンがようやく口をひらいた。

「ドラゴンと契約した〝王族の赤〟は〝竜の血〟に守られるため、そのままでは損なうことは難しい。毒物のほかに呪術で付加をしている。それ自体が意志を持つように動き、息の根を止めにくる」

「ひぃっ、何とも執念を感じる毒ですね」

おびえるテルジオに、グレンは仮面の奥から鋭い視線を投げかけた。

「〝精霊〟には時間の感覚がなく、何百年たとうと関係ない……ドラゴンを害虫とみなし、除虫薬を用意するようなものだ。これがエクグラシアに持ちこまれた可能性が？」

「あ、いえ……念のためです。だから私が調べていることも内密に願います」

テルジオから見てもユーティリスとリーエンの関係は良好だが、毒味を欠かさないリーエンの習慣は、サルジアから持ちこまれたものだ。用心するに越したことはない。グレンはヌーメリアに問いかける。

「気になるか？」

いつもはおとなしく引っこみ思案な彼女も、未知の毒に心を奪われていたせいか、気おくれせずに返事をした。

「はい、ドラゴンに対し特異的に反応する何かを用い、〝竜の血〟による守りを呪術付加によってすり抜けるのであれば、物質の特定は可能かと。実物が手元にあれば、術式の解析もできますが……」

「ただの毒なら自然物だが、それには人間の想いが付与されている。その想いを紐解くことだな」

灰色の魔女は真剣な目でもういちど文面を見つめ、胸元の小瓶をぎゅっと握りしめる。

「毒は攻撃であり守りです。手にいれた者は……安心すると思います。これがあれば脅かされることはないと……

そう、何よりもドラゴンが怖い。この毒はそのために作りだされた……殺意も願いのひとつですから」

「王城に呪術を付加した物を持ちこむのは難しい。警戒すべきは魔術学園だろう、あそこはある意味緩いからな」

背筋がゾクゾクとするような話を、錬金術師のふたりは淡々としている。もっと早くここに来るべきだった……

テルジオはそう思った。研究棟へきたきっかけは、ユーティリスに相談されたからだ。

「グレン・ディアレスかレオポルド・アルバーンに、リーエンと話をさせられるだろうか」

「えっ、なぜです？」

「リーエンが話したいみたいだ。なぜかわからないけど……僕より頼りになるんだろう」

そういいながらも、むくれているユーティリスにテルジオは思った。

（あ、こりゃへソ曲げてんなぁ）

負けず嫌いの彼は、レオポルドの名がでてきたことが気にいらないのだろう。

（とはいっても……修行中の見習い魔術師じゃ、会わせる理由がないよなぁ。錬金術師団長を当たってみるか）

だが錬金術師団にエンツを送っても、受けとるのはエヴェリグレテリエで、事務的なやりとりしかできない。取り次いでもらえず困ったテルジオは、錬金術師団に入団したばかりの、後輩のオドゥ・イグネルを頼ることにした。

それほど親しくはないが、魔道具の修理をするオドゥなら、王城でつかまえることができた。

「ふうん、ただ『話がしたい』だけじゃ会ってくれなそうだから、テルジオ先輩これを持っていきなよ」

王城の禁書庫に保管してある書物を、いくつか閲覧させるのと引き換えに、オドゥからアドバイスをもらい、〝呪いの赤〟について記した文献を持って、テルジオは研究棟を訪れたのだ。

魔術学園の一、二年生のカリキュラムはゆるめに組まれている。魔力が伸びてくる成長期に無理をして、魔力暴走が起きたら大変な騒ぎになるし、それぞれ属性のちがう〝魔力持ち〟は慎重に育てられていた。

いきなり高等な術式を覚えさせず、遊びながらだんだん体を魔力に慣らしていく。それでも魔術学園では、いつもどこかでだれかが何かをやらかして、教室が凍りついたり窓ガラスが吹っ飛んだりする。

「飛ばしすぎじゃないか、リーエン。五年かけて学べばいい内容を、きみはこの一年で終えるつもりか？」

自習室でユーティリスが声をかけると、リーエンは困ったように眉を寄せて顔を曇らせた。

「ああ、うん……不安なんだ。いつ帰国が命じられるかわからないからね、学べるうちに学んでおきたくて」

不安に思う事情が何かあるのか、とは聞けなかった。ぴったりと張りつく従者にこれまでなかった国交、サルジアには留学を快く思わない者もいるらしく、リーエンの言動にはときどき不穏な気配がする。

「そうなっても、僕が教科書やノートをきみに送る。卒業証書だってもらえるよう、学園長にかけあうよ」

びっくりして顔をあげたリーエンは、それから少し動揺したように黒曜石の瞳を揺らした。視線を落として唇をかみしめると、すこし間をおいて小さな声でささやいた。

「……ありがとう。でもまずは現実にならないよう祈ってて」

「それはもちろん」

ふわりとリーエンがうれしそうに笑うだけで、ユーティリスも心が弾む。レクサに向けるような、気づかう笑みじゃないのが、なんとなくうれしい。自習室の窓から外を眺めながら、黒髪の少年は静かにつぶやいた。

「王都に響くドラゴンの咆哮にもだいぶ慣れたよ。あれは本当にただの鳴き声なんかじゃなくて、大地を揺るがせるような雄叫びなんだね。最初はこの世の終わりかと思った」

「あの咆哮がシャングリラの民にとっては、無事に一日を終えた合図なんだ。窓ガラスがビリビリ震えるのにも慣れっこさ」

リーエンはユーティリスが図書室から借りた、〝魔道具大全〟に目を向けた。

「ユーティリスは本当に魔道具が好きだよね」

「うん、魔道具は暮らしを楽にしてくれるし。とくに駆動系の仕組みを眺めるのが楽しいな」

「いずれはきみもエクグラシア国王になるんだろうけど……そうでなかったら、魔道具師になるのがいいかもね」

同じような境遇だという気安さが、ユーティリスに本心をしゃべらせた。

「そうだね。できたら一日中、魔道具をいじり倒したいよ。リーエン、きみは何かやってみたいことある？」

「僕？」

黒曜石の目がまたたいた。キリッとした涼やかな顔が、眉をさげると寂しそうにみえた。

「かなうなら……」

「うん」

空には白竜が白銀の鱗をきらめかせて飛んでいる。ささやくような小さな声は、ユーティリスの耳だけに届いた。

「何でもいいんだ。そのへんに生えている雑草でもいい……僕はこの国で生まれたかった」

「リーエン……」

ゆるく頭を振って、サルジアの皇太子は話題をかえた。

「すまない、忘れてくれ。ところで相談なんだけど、来週ダンスの授業があるだろう？」

魔術学園の卒業パーティーにダンスはつきものだ。初心者でも卒業までにはそれなりに踊れるよう、魔術学園ではダンスの授業がある。ふだん厳しい魔術の訓練を受ける生徒たちにとっては、気楽に参加できる授業だった。憧れの上級生と踊るチャンスもあるから、参加する者はみんなソワソワしている。

「ああ、うん。あるね……それが何か？」

「サルジアでは男女がふれ合って踊ることはないから、こんな風習があるなんて知らなくて。僕はまるっきり初心者なんだよね。それでレクサ相手に練習しようとしたら、あいつは僕より背が高いうえにダンスが苦手で」

イヤな予感がしていると、リーエンは黒曜石のような美しい瞳をキラキラと輝かせ、軽い調子で頼んできた。

「ユーティリスなら僕よりちっさいし、女子のパートをお願いしたいんだ！」

「ちっさいはよけいだよ！」

ユーティリスは真っ赤になって叫んだ。父アーネストは元竜騎士だけあって背が高く、がっしりした体つきをしている。成長すればああなる可能性はあるが、父みたいにむさ苦しいのはイヤだと感じる微妙なお年頃だ。

「たのむよ。あとでサルジアから持ってきた珍しい魔道具をひとつ、きみに見せてあげるから」

「……わかった」

気にせず交換条件をだして頼んでくるリーエンに、ユーティリスはわざとゆっくりため息をつき、なるべくもったいぶってうなずいた。『珍しい魔道具』という言葉に、あっさり釣られたと見透かされたくなかった。魔道具いじりが好きなことは、もうバレていたけれど。

「ありがとう！」

パアッと顔を輝かせたリーエンの笑顔に、心臓がドキリと跳ねたユーティリスは、あわてて自分に言い聞かせる。

（サルジアの魔道具が気になるだけだ！）

机や椅子に移動してもらい、中央で向かい合わせに立つ。エクグラシアで男女が組んで踊るダンスは、ふたりの距離がとても近い。自分の左手をリーエンの右手と合わせた瞬間、ちょっとした違和感を抱く。

（手が小さい……武道をやってないせいかな、指は長いのに手のひらは小さい）

合わせた手も、腰に添えられた左手も小さいと感じる。相手の肩に置いた自分の右手から服越しに伝わる感触に、ますます違和感が増していく。精霊のようにきれいな顔と目を合わせれば、漆黒のツヤがある髪の持ち主は、黒曜石の瞳で彼を見つめている。困惑するユーティリスにはおかまいなしに、相手は涼しい顔をしていた。

音楽はなし、リズムを刻みながらゆっくりとステップを踏み、絡めていた指先をほどいてひっかければ、ユーティリスの体がくるりと回った。何度かターンを決めながら互いに視線を外さず、体の向きが戻ればまた指を絡ませる。リーエンの動きはぎこちなく、踊りきる前にステップをまちがえて、ユーティリスの足に被害がでた。

「てっ！」

「ごめん……」

困ったように眉を寄せて謝る黒髪の少年に、赤い髪の少年は首を横にふる。

「体の軸をブレさせず、ステップの順番をまちがえなければちゃんと踊れる。もういちど最初からやろう」

「たのむよ。あのさ、さっき……」

「何？」

何か言いかけたリーエンに眉をあげて聞き返せば、はにかむようにして答えが返ってきた。

「クルッときみがターンしたの、うれしかった。ターンを終えたきみと目が合うとドキリとしちゃったよ」

僕もだよ……という言葉を飲みこんで、もういちどユーティリスは相手の伸ばした手をとった。ステップのまちがいも減り、動きがだいぶ滑らかになるころには、ふたりともしっかり汗をかいた。リーエンが息をはずませる。

「すっかりつきあわせちゃったね。ありがとうユーティリス、これでだいぶさまになったかな」

「来週の授業くらいはイケるだろ。リーエン、ひとつ聞いていいか」

「うん？」

汗をぬぐって楽しそうに笑うリーエンにそれをたずねることで、ふたりの関係がすっかり変わってしまうことも覚悟しながら、ユーティリスは踊るあいだずっと抱いていた疑問を口にする。

「きみは女の子だろう、なぜ男のふりなんか……皇位継承のためか？」

「……どうして急にそんなことを」

彼の質問にリーエンの顔から表情が消え、しばらくしてから硬い声で聞かれた。ローブを着ていればわかりにくいけど、体術の心得もあるユーティリスには、骨格からくる差はごまかしようがない。

「服の上から触れただけだけど、肩や手の骨格とか筋肉のつきかたで。少食だし華奢だとは思っていたけど、女の子だと考えればふつうだ。きみは武術の授業ではかならずレクサと組むね。だれかに体をさわられることを避けるため？」

どうして初対面ですぐに気づかなかったのだろう。リーエンはまつ毛の長い、キリッとした顔立ちの美しい少女だ。だれも疑問に思わなかったことが不思議だった。同時に自分も気づいたのは、竜王と契約してからだと気づく。

（〝赤〟は人には感知できない微妙な違和感を感じとれるのか……）

「……それを口にすることで、きみは自分の身が危険になるとは思わないの？」

硬い声で聞かれて、ユーティリスは息を吐いた。〝赤〟となったことが彼を大胆にさせた。

「僕はきみの力になりたいんだ。どういういきさつか知らないが、このままサルジアに帰ったら、きみは困るんじゃないか。学園生活だっていつまでもごまかせない、僕らは成長するんだ」

可能ならエクグラシアに亡命したっていい、思わずそう口走りそうになった。すると青ざめた顔色の中で、黒曜石の瞳が強く輝いた。リーエンはローブの合わせに手をかけて硬い声をだす。

「ちゃんと考えている。成長か……そういえばサルジアの珍しい魔道具を、きみに見せてあげる約束だったね」

何も持ってなさそうだから、魔道具は部屋に取りにいくと思っていた。リーエンが着ていた紺色のローブの前をひらき、白いシャツのボタンに手をかけて、上から外し始めてユーティリスはぎょっとした。

「ちょっ……」

「静かに。レクサが来るかもしれない。これだよ、皇族がつけさせられることが多いんだ」

あわてるユーティリスを手で静止して、シャツをはだけた彼は首にはまった鈍色のチョーカーを見せる。皇族らしい煌びやかさがないくすんだ金属に、暗い赤褐色の魔石が留められて鎖骨のくぼみに納まっている。

（まるで首輪みたいだ）

直感的にそう感じたそれが、リーエンのいう珍しい魔道具なのだと、ユーティリスは少し遅れて理解した。

「赤いのがこの魔道具の要《かなめ》で、体の成長を止めて魔力だけを育てる。だからこのチョーカーが働いている間はだいじょうぶ。これが外れるときは要石が赤く輝く。きみが染まった〝赤〟のような鮮やかな色に」

リーエンの黒い瞳が暮れかけた自習室で昏く輝き、血の気がない白い顔は人形のようで、ユーティリスはそんな魔道具をひとつ思いだした。話だけは聞いたことがある、錬金術師団長グレン・ディアレスが自分の息子につけさせたという、あれもたしかチョーカーだった。細くて長い指が鈍色のチョーカーにふれる。

「僕が生まれたとき、まだ母の立場は弱くて、ただの皇女でないほうが都合よかったんだ。留学もこのチョーカーをつけることで許された」

女の子だった……それを意識したとたん部屋にふたりきりなのが、ユーティリスは急に息苦しくなった。

「そのチョーカーが外れるのはいつ？」

「時がきたら、ね」

はぐらかすような答えが返ってくる。時はだれに対しても容赦なく平等に過ぎていく。リーエンのほっそりした白い首から、鈍色のチョーカーが外れるところを、ユーティリスは何とか想像しようとした。

「時がきてそれが外れたら、きみはどうするつもりなんだ」

「サルジアでは皇族の世話は傀儡《くぐつ》たちがやる。まわりには人がほとんどいない。だからバレないと思うよ」

肩をすくめ何てことないように答えるしぐささえ、気づいてしまえば華奢《きゃしゃ》で危うい。知らされた秘密はたったひとつ、だけどその重さにユーティリスは混乱した。

「きれいなのに」

「えっ……」

ポツリとこぼしたひと言に、リーエンがびっくりしたように目を見開いた。

「きみはとてもきれいだからもったいないよ。成長して大人になったら、きっとすごい美人になるよ」

ぽかんとユーティリスを見返したリーエンは、しばらくしてから赤い顔でそっぽを向いた。

「……ふい打ち。どうしてそんなこと真顔でスラスラ言えるんだろう。エクグラシアの男ってみんなそうなのかな」

「だって、どう考えてもおかしいだろ、僕が女役できみにダンスでリードされるなんてさ。あと数年たてば僕だってぐんと背が伸びて……」

リーエンは知らないけれど、魔力持ちが集う魔術学園では、将来のパートナー探しだって盛んだ。ユーティリスだって相手を見つけることを期待されている。まだ女の子はみんな同じに見えるなんて、口が裂けても言えないけれど。補佐官を務めるテルジオだって、学園に通う女子たちのことは家族関係まで調べているはずだ。

「それいいな。きっとアーネスト国王みたいな、カッコいい大人になるんだろうなぁ、きみは。そうなったら僕もちゃんと髪を伸ばして、きれいなドレスを着るからさ。きみにエスコートしてもらいたいな」

困ったようにほほを染めたくせに、リーエンはおどけて明るく言うと、窓からふたつの月を見あげた。昇り始めた月は明るくて、長いまつ毛に縁どられた黒曜石の瞳は、星の雫を閉じこめたように輝き、ユーティリスは一瞬息をするのも忘れた。

紺色のローブからのぞく襟足が、ほっそりした白い首筋を際立たせる。シャツに届かないくらいに、短くカットされた黒髪が長く伸び、首が隠れるさまを想像する。月明かりの反射でローブさえも、かげろうの羽みたいな薄いドレープがついた、ドレスに見えないこともない。

(何を想像しているんだ、僕は……)

首をふって頭を占めかけていた想像を追いだし、ユーティリスがリーエンの隣に立てば、赤く染まった髪と瞳を持つ自分が窓に映る。祖先ゆずりか生まれつきなのか、彼の中で眠っていた勝ち気さが頭をもたげた。

「なら約束しろ。この僕に女役をさせたんだからな。僕が大人になったら、ちゃんときみをエスコートして踊りたい。卒業パーティーじゃなくたっていいから」

なぜそんな約束をさせようとしたのか、ふたりのつながりはただ同級生というだけで、リーエンの帰国とともに断ち切られる運命だとわかっていたからか。人目につく晴れやかな場所に、彼女を連れだせないことは理解した。それでも細いウェストに手を添えて、彼女をリードする……その役目をほかのだれかにゆずりたくなかった。

幸い王城ならひっそりと踊れる場所などいくらでもある。リーエンは窓ガラスに映るユーティリスの強い眼差しに、一瞬ひるんだようにまばたきをしてから、自分の短く切りそろえられた髪に手をふれた。

「うん、約束するよ……」

窓ガラスに映る彼女は泣き笑いのような表情を浮かべた。祭壇で駆け寄ってきたときの、泣き顔がふとよぎった。

翌週おこなわれたダンスの授業では、やはりリーエンが注目の的だった。

「初心者だし、形からはいろうと思ってね」

まだ初回だからローブのまま参加する学園生も多いのに、エクグラシアで仕立てた夜会服は、細身で長身の彼によく似合った。肩や腰回りは細工がしてあるのか、キビキビとした動きに女っぽさはなく、どんな貴公子よりも堂々としていて、遠慮がちに接するしぐさは、エクグラシアの男にはない奥ゆかしさがある。

手袋をはめた手で優しくエスコートされると、手をとられた少女たちはみな、恥ずかしそうにほほを染める。あくまで授業だから、みな数をこなす必要があり、リーエンと踊りたい女子の順番待ちができた。

女子からも積極的に申しこみ、即席のカップルがいくつもできたけれど、ユーティリスはいまひとつモテなかった。前は気安く話しかけられたのに、〝王族の赤〟となってからは何となく遠巻きにされている。しかもヒールを履いた少女たちはぐんと背が高くなり、成長期がまだの彼ではバランスが悪い。むしろ人気なのはレクサだった。

リーエンにつき従う姿や、背も高く武人らしいキビキビした動き、エクグラシアの男にはないストイックさが女子にウケたらしい。不得手な魔術や呪文詠唱の授業で苦労しているところも、女子から見るとかわいいのだという。彼女子生徒に「いちどお話ししたくて」と囲まれ、彼が閉口しているところをユーティリスははじめて見た。

消失の魔法陣

それからすぐにレクサはサルジア本国から急な帰国が命じられ、学園を離れてリーエンのそばから姿を消した。やってきた新たな世話役は、緩くカールした黒髪を持つ呪術師マグナゼという男で、サルジア皇家につながる血筋らしい。

リーエンはほとんど学園に姿を見せなくなり、世話役とともに社交の場に参加し、エクグラシアの貴族と顔をつなぐようになる。時には夜遅くまで社交に興じていると、補佐官のテルジオがユーティリスに教えた。

「交易の発展に力を入れているみたいですね。経済交流のほうが留学生の交換より、すぐに結果がでますから」

「そうかもしれないけど……これじゃリーエンは、ゆっくり勉強する時間もないじゃないか」

テルジオがからかうように、ユーティリスの顔を見る。

「ははぁ、わかった。殿下寂しいんでしょ」

「寂しくなんかないよっ！」

「レクサがいたときはよかったですよね。週に三回は放課後もいっしょに勉強して食事までなさって」

「そうなんだよなぁ……」

強がってはみたものの、パタリとそれがなくなったことで、ユーティリスは心にぽっかりと穴が開いたようだった。たまにちらりと姿を見かけても、世話役のマグナゼがぴったり張りつき、リーエンには話しかける隙もない。そしてその距離感がまた、見守る彼にはおもしろくない。

（近すぎだろう！）

張りつくのはレクサも同じだが、獲物を狙う蛇のようにこちらをうかがう、マグナゼの目つきや態度が何となく気にいらなかった。

（前みたいに図書室で過ごして、わからないところを教え合って、食事をいっしょにするだけじゃなく、リーエンを王都に連れだして、貴族の社交場とは違う場所もいろいろ見せたいのに。もうムリなのかな……）

そこまで考えて、ユーティリスは赤い髪をガリガリとかきむしった。

「やめだ、やめ。ここはエクグラシアで、僕はユーティリス・エクグラシアなんだ。今度は僕から近づけばいいじゃないか！」

それから猛然と机に向かった彼を見て、補佐官のテルジオは目を丸くした。


久しぶりに登校したリーエンが、授業が終わってすぐに帰ろうとするのを、ユーティリスは呼びとめた。

「リーエン！」

「ユーティリス……」

少し顔色が悪いのが気になったけど、ユーティリスは何も聞かずに数冊のノートをずいと押しつける。

「きみ最近授業にでていないだろう。テストのとき困るだろうから、要点だけまとめたんだ。参考書は図書室でも借りられる。そっちもリストにしておいた」

「わざわざ僕のために？」

リーエンは目を丸くした。彼の表情にユーティリスは、どうしてと聞けないもどかしさを感じる。

「その、無理をしてないか？　社交界につなぎをつけたいなら、僕がお祖母様に頼んで……」

公務で忙しい両親と違い、王太后ならのんびりとした話の聞き役だ。高位貴族の夫人たちを招いたお茶会は、利害関係の調整も兼ねているし、皇太子のことも気遣ってくれるだろう。リーエンは黒曜石の目をまたたいた。

「それは……師団長たちも出席するのかい？」

「え、彼らは参加しないけど……」

リーエンは受けとったノートを抱えたまま、力なくふっと笑った。

「そう。悪いけど社交についての判断は、世話役のマグナゼに任せているから……僕の一存では決められないな」

「リーエン？」

「これはユーティリス殿下、リーエン様と親交を深められ、誠に喜ばしい。ただしすべて私が付き添いますこと、お許しいただければ……」

いつのまにあらわれたのか、迎えにきたマグナゼの言葉に、リーエンがびくりと身を震わせた。ふるまいこそ礼儀正しいが、王子を見る呪術師の目には憎しみが浮かぶ。レクサより数段激しい、殺意にも近いそれに戸惑ってリーエンを見ても、黒曜石の瞳には何の感情も浮かんでおらず、そのことが逆にユーティリスを焦らせた。

（いったい……どうしたんだ、リーエン⁉）

「じゃあまた。ノートは後できちんと返すよ。行こうかマグナゼ」

背を向けて歩きだしたリーエンの後ろ姿を、ユーティリスは気になっていつまでも見送った。

魔導車に乗りこんだ呪術師マグナゼは、すかさず遮音障壁を展開して皇太子に話しかけた。

「あの王子は利用しがいがある。せいぜい仲良くなさるといい。意思を奪って傀儡にしたら、ドラゴンを飼い慣らす役に立ちましょう。この大陸はすべてサルジアのものですからな」

「…………」

無言のまま硬い表情でいる皇太子など気にせず、マグナゼは楽しそうに語り続ける。

「今までは辺境に目が行き届かなかったが……タクラから王都へ向かう途中、ルルスの魔石鉱床を目にしました。さすがに部外者は入れず、カラスの目を借りましたが見事なものだ。あれなら数百年はもつだろう」

「欲をかいたか、マグナゼ。そう簡単にことが運ぶと思うな、ここはエクグラシアだ。王都三師団の護りは堅い……出征だけでも莫大な損害がでるだろう。我らにはもう死霊使いがいないのだから」

皇太子がこわばった声でたしなめても、マグナゼは気にも留めず不敵に笑った。

「だからこそ内側から崩すのです。我が国を生かすために、この地を活用してやりましょう。〝黒〟の長子……あなたに不穏な動きがあると、お目付役として派遣されて幸いでした。私もこの国の魅力にとりつかれそうです」

「……何をする気だ」

「リーエン様はご案じめさるな、すべてこのマグナゼにお任せを。もちろんあなた様をサルジアへ、無事に連れ帰る役目も忘れてはおりません」

リーエンは不安そうな顔で眉をひそめた。いくら魔力持ちとはいえ連日の饗宴に、成長しきっていない体は疲れきっていた。その日の社交を断って、彼はひとり学生寮の部屋に戻った。

ようやくほっとして椅子に座り、ユーティリスから借りたノートを取りだすと、びっしり書かれたノートに、リーエンはほほえみを浮かべた。負けん気の強い、努力家の少年……憧れにも似た気持ちが湧く。

「このままじゃ、サルジアにいたときと変わらない。僕はどうしたらいいんだろう……ユーティリス」

「わ！」

つぶやきと同時に短い叫び声がして、どすんと落ちてきた人影に、リーエンは目を丸くした。

「どうしてきみがここに……転移かい？」

「ああ、ええと……ごめん。ノートに〝呼び寄せの紙〟をはさんでおいたんだ」

ユーティリスは自分のお尻をさすりながら立ちあがった。〝呼び寄せの紙〟はふれて名前を唱えれば、その人物を部屋に招くことができる……そういう紙だ。ただちょっと……本人には教えてはいなかったから、呼ばれるタイミングまでは考えてなかった。

「気になったんだ。食事はちゃんと摂れているのかって。それにしばらく会ってなかったから……話がしたかった。けどきみはそんなこと考えないかもしれないから。それで〝呼び寄せの紙〟に賭けたんだ」

「ユーティリス、どうしてそんな……僕に会うために？」

「あたりまえじゃないか、卒業まで僕らは助け合うんだ。そうだろう？」

日々の社交に疲れていたリーエンの心に、ユーティリスの優しさが沁みていく。けれど頭の中で警鐘《けいしょう》が鳴る。

「ありがとう……すごくうれしい。けれどダメだ、もう僕に近づいては……」

男の名前をだしたとたん、リーエンの顔が恐怖にゆがんだ。早く、早く彼をここから逃がさなければ……。

「どうしたんだリーエン、レクサがいなくなってから、きみの様子は変だ。あのマグナゼという男が何か……」

「ダメだ、ユーティリス。きみは帰ってくれ。奥宮なら安全だ……王城には強力な護りが……」

けれどそのとき音もなく床に展開した魔法陣から糸が伸び、ふたりの体は絡めとられた。

「何だ⁉」

「何をするマグナゼ、僕たちを解放しろ！」

「これはこれは……皇太子のために仕掛けた罠に、ひっかかるネズミがいるとは。この王子には弟が……スペアがいる。消しても問題ないでしょう。ドラゴンの守りを得た者など、目障りなだけですからな」

動きを封じられたユーティリスに、どこからともなく現れた黒い影が近づいた。悲鳴のようなリーエンの叫びが外に聞こえないよう、結界に閉ざされた部屋はすでにマグナゼの支配下にあった。

「やめて。僕は何もされていない……彼は何もしていないんだ！」

必死に指を動かして術式を刻もうとしたリーエンに、マグナゼはニィと口の端を持ちあげただけだ。呪術師の力で結ばれた結界は強固で、ふたりはその罠に捕らえられた小鳥だった。

「不完全な子どものあなたに、我が術が破れるとでも？」

そうして彼が懐から取りだした二本の小瓶を見て、リーエンの顔色が変わり、口のなかで何かをつぶやいた。

「…………」

「〝呪いの赤〟を持ってこなかったのが残念です。あれが心臓を食い破るさまをこの目で見たかったが……契約者といえど子どもなら、これでじゅうぶんでしょう」

マグナゼは一本の瓶のフタを抜きとり、ユーティリスの口に突っこむと、喉の奥に直接毒を流しこむ。

「うぐっ」

むせながら飲みくだした毒は、ポーションのようにさっと全身を巡り、呪術を乗せた魔素で痺れさせる。

「うあぁぁっ！」

苦悶の表情を浮かべる王子を楽し気に見おろし、マグナゼは手にした小瓶を皇太子に差しだした。

「ひとつは心の臓を止めるもの、そしてもうひとつは精神を破壊するもの。皇太子はこちらを飲むといい」

「最初からそのつもりだったのか、マグナゼ」

髪を乱したリーエンは、余裕たっぷりのマグナゼをにらみつける。

「賢くて用心深い皇太子が疲れ果て、判断力が鈍るのを待っていた。この王子まであらわれるとは予想外だが……麗しき友情に殉ずるがいい。さて、解毒剤はここにある」

懐をポンと叩くと、マグナゼはリーエンの前に小瓶をかざした。

「この王子を助けたければ、あなたはこれを飲むしかない……さぁ！」

「だ、ダメだ……リーエン！」

必死に呼びかける声のほうをむいて、サルジアの皇太子リーエンはほほえむと小瓶を受けとった。

「だいじょうぶだユーティリス、きみは助かる。僕がこれを飲むからね」

リーエンは小瓶の栓を抜くと、ためらいもなく中身をひと息にあおった。白く細い首筋がこくこくと動き、毒が飲み干されていくと、マグナゼの高笑いが部屋に響く。

「ふははは。これで皇太子は我が傀儡……サルジアに帰る前に、エクグラシアを手に入れるのも悪くない。我が手の中でどのように踊らせようか」

「リーエン！」

がくりと膝をついたリーエンに、ユーティリスは必死に這いずって近づこうとした。

「ごめんねユーティリス、もう少しだけ待って。マグナゼ……私を傀儡になどさせぬ。皇国の枢《すう》なる〝黒〟の長子、リーエン・レン・サルジアの名にかけて。お前が手にするのはただの石っころだ！」

「……何？」

呪術師マグナゼがいぶかしげに眉をひそめた。いつも穏やかで涼しげだったリーエンの顔には怒りが浮かび、マグナゼに向けられる黒曜石の瞳は、鋭利な刃物のように鋭くきらめいた。

「こんな状態でも魔術の小技は使えるのさ。お前が言ったんだろう、『賢くて用心深い皇太子』だと。ひとつは心の臓を止めるもの、そしてもうひとつは精神を破壊するものだったか。小瓶の中身を入れ替えた。お前のことだ、解毒剤など用意していないだろう。お前が用意した毒のおかげで、我が願いは成就する！」

「まさか……まさか致死毒をわざと飲んだというのか⁉」

顔色を変えて手にした小瓶を確かめるマグナゼに、リーエンはゾッとするほどきれいな笑顔で告げる。魔術学園で見せたのと同じ、堂々とした態度だった。

「傀儡が手に入らなくて残念だったな。皇太子殺しの汚名をその身に受けるがいい。本国でどう申し開きをするのか楽しみだ」

「くっ……おのれっ！」

悔しげに顔を歪めたマグナゼのまわりに赤い魔法陣が展開し、次の瞬間には彼の姿はかき消えた。ようやく呪縛から解放されたユーティリスは、王城にエンツを飛ばして倒れたリーエンに駆けよった。

「リーエン！」

「だいじょうぶだ、ユーティリス。傀儡の毒では死なない……解毒はきっとグレン・ディアレスなら……」

ほほえむリーエンの顔からどんどん血の気が失せていく。一刻の猶予もなかった。

「何を言ってるんだ、早く助けを！」

「いいんだよ、これは僕の望みだから」

「望みって……毒を飲むことが？　わけわかんないよ、きみはいつだって毒味されたものしか食べなかった！」

助けられるものなら何だってするつもりなのに、当のリーエンは首を横にふる。

「心のどこかでわかっていた。きみに近づけばチョーカーの魔石が外れる日が早まると。だからこれでいい……」

「バカを言うな。きっときみはきれいになるよ。そうしたら僕と城でダンスを踊ると約束したろ？」

「ごめん……ごめんよ、ユーティリス。僕は……生きて帰るつもりはなかった。ここに来たのは〝消失の魔法陣〟を手に入れるため。死して体を残さないためだ」

「最初から……最初からそう決めてたっていうのか？」

ささやかれた言葉に、動きが止まったユーティリスのほほに、リーエンの長くて細い指が伸ばされた。

「きみは生きて……大人になったら女の子と城で……魔導時計のある大広間で踊るんだ。かっこいいだろうな、ドラゴンの王子」

ふれる指先はまだ温かいのに、急速に進行する魔石化はもう止められない。

「待て……ダメだリーエン、生きようとしてくれ！」

ほほから離れようとした指先を捕まえて、ユーティリスは自分の額に押し当てた。リーエンは彼を見つめたまま、うれしそうにほほえんで……消えた。消失の魔法陣により魔素が凝集し、体が解かれていく。

捕まえた手のぬくもりも、最期のほほえみすらも消え失せて、カラーン……と音を立てて鈍色のチョーカーが床に落ち、ユーティリスの手には魔石だけが残った。はじめて見た人の死はそれほどにあっけなかった。

「リーエン、なぜだ、リーエン！」

半狂乱になって泣き叫ぶユーティリスを、どこからともなく現れたテルジオが抱きとめた。竜騎士や魔術師、白いローブの錬金術師までやってきて大騒ぎになった。

意識はしっかりして目は開いていても、脱力した王子は動けなかった。傀儡の毒が体に回ったのだ。彼を灰色の瞳が心配そうに見つめる……白い錬金術師のローブを着た女性が何か指示して、テルジオが動いた。

ヌーメリアという名の錬金術師が、精神を破壊する傀儡の毒を特定して、解毒の処置を済ませても、それからしばらくユーティリスは昏睡状態が続いた。

「毒の影響が抜けるまでに時間がかかります。皇太子が何か手を加えたかもしれません。傀儡の毒はまず四肢の動きを封じ、その際に絶望を与えることで精神を破壊します。〝呪いの赤〟でなかったのは不幸中の幸いでした」

奥宮のベッドに横たわるユーティリスのそばで、グレン・ディアレスの低い声が響いた。

「サルジアの傀儡毒は肉体に損傷を与えず、心だけを刈りとるよう設計されている。〝竜の血〟に守られたな」

「……リーエンが力づけてくれたんだ。『きみは生きて』……そう言われた」

目を覚ましたユーティリスのつぶやきに、ヌーメリアが灰色の瞳で彼を見た。

「ユーティリス殿下、気づかれたのですか」

無機質な仮面をかぶった男は、すばやくユーティリスの瞳孔を観察して立ちあがった。

「まだ油断するな。精神の傷は目には見えぬ。後遺症がある可能性もある。慎重に観察しろ」

「はい……」

ヌーメリアに命じて、部屋をでていった錬金術師のうしろ姿を、ユーティリスは黙って見送った。

目覚めたといっても気力が湧くわけもなく、テルジオからの報告は寝たままで受けた。

「魔石はサルジア皇国に送らねばなりません。マグナゼという男はサルジアに戻り、保身を図ったようです。返さねば我々にあらぬ疑いがかけられます。死体がありませんから、毒の詳細も調べられませんでした」

納得いかない想いと認めたくない想いが、まだ自分の中で行き場を探してかけめぐっていた。

「あの国がリーエンを殺したんだ。あの子を追いつめて……ちがう、あの子は僕の身代わりになったんだ！」

「殿下！」

ありったけの想いを吐きだしても、彼女はもう戻らない。ここで叫べば叫ぶほどまわりが困るだけだ。ユーティリスはギリ……と歯を食いしばると、ぎゅっとシーツを握りしめて静かに言った。

「リーエンの魔石をここに。少しだけお別れをさせてくれ」

「……かしこまりました」

テルジオがトレイに載せて持ってきた、艶やかな光を放つ黒い魔石に、ユーティリスはそっとふれた。目の前で肉体が解《ほど》けていくところを見て、手の内に転がってきた魔石を受けとめた。持ち主の強い意志をそのまま映したような、美しくて重い石に語りかける。

「リーエン……きみは全力で抗ったんだな。でも僕にひと言ぐらい相談してくれたって、よかったじゃないか」

もしもユーティリスが同い年の少年ではなくて、グレン・ディアレスやレオポルド・アルバーンだったなら、彼女は自分の境遇や苦しい想いを、素直に打ち明けてくれたろうか。珍しくテルジオは優しく声をかけてきた。

「サルジア皇国でも皇太子の帰りを待ち望んでいる者がいます。彼らにも弔《とむら》いの機会を与えましょう」

ことりとふたたび魔石をトレイに載せ、ユーティリスはそれに向かって話しかけた。

「きみはエクグラシアに逃げてきたんじゃない……今ならわかる。きみは石になってでも、愛するサルジアに帰ろうとした。だからこの国に〝消失の魔法陣〟を覚えにきた。それしか帰る方法がなかったから……」

食堂の窓から遠い空を見つめる、リーエンの涼やかな横顔が目に浮かぶ。大人になることを望めなかった少女は、それでも故国を深く愛していたのだろう。

『いつかきみにもサルジアにきてほしいな……とても大きくて美しい国だよ』

「ああ、かならずサルジアに行くよ。それまで待っていてくれ、リーエン」

運びだされる黒い魔石は、濡れたような艶を静かに放っていた。ただの石でしかない……そうわかっていても、手にあった重さがなくなった瞬間、ユーティリスの心はずくずくと痛んだ。

——あの時、きみを渡さなければよかった。僕にどれだけの力があれば、きみを守れただろうか。

リーエンの魔石を手放したときのことを思いだし、ユーティリスは唇をかみしめた。あれから二年たち十四歳の彼は、魔導学園の三年生になっていた。奥宮をそっと抜けだして研究棟までくると、入り口にエヴェリグレテリエがあらわれた。白い髪に赤い瞳の美しい姿をしたオートマタで、背はユーティリスより低い。レオポルド・アルバーンの少年時代を模しているらしいが、魔術師団長となった彼にその面影はない。

「僕はユーティリス・エクグラシア。師団長に取り次いでもらいたい」

「かしこまりました」

政務をとりしきる国王とちがい、それぞれの組織で仕事をする師団長たちは、王城で暮らすユーティリスでも見かけることは少ない。白い仮面の錬金術師はとくに人嫌いで、めったに声すら聴けない。

「錬金術師団長グレン・ディアレス、お願いがあってきました」

グレンは工房にいた。間近で見れば猫背でも長身の体からは圧を感じる。ざわりと総毛立つような感覚に逃げだしたくなりながら、勇気をふるって話しかけても、男は実験の手を止めず背中を向けて声だけで問う。

「何の用だ」

「この魔道具に見覚えがあるはずです。僕はこれを使いたい」

ユーティリスが取りだした鈍色のチョーカーに、グレンの雰囲気が一変した。こちらをふり向いた無機質な仮面から、ミストグレーの射抜くような鋭い視線が放たれる。

「どこでそれを……皇太子が遺したのか。そのチョーカーはろくなモノではない。通常の成長は望めず増大する魔力に小さな体で耐え、契約が完了したら即〝大人〟だ。急激な変化がもたらす激痛もある」

「力がほしいんです。リーエンだって、レオポルド・アルバーンだってこれに耐えた。そうでしょう?」

「どのような苦痛か知らぬから、そんなことが言えるのだ。きっと後悔するぞ」

食い下がるユーティリスにそう答えつつも、グレンはチョーカーから視線を外さなかった。

「僕には竜王の加護もある。それにじゅうぶんな力があれば、僕だってリーエンを助けられたかもしれない。あなただってリーエンを助けようと思えば、助けられたはずなのに」
「……仮定の話はするな。どいつもこいつも『力がほしい』とかんたんに言いおる。その結果を全部、自分で引き受ける覚悟があるのか」
「もちろん覚悟はできています。どうか僕にこれを使わせてください！」
引きさがる気はなかった。ユーティリスは燃えるような赤い瞳で、錬金術師をまっすぐに見つめる。
「ユーティリス・エクグラシア。そのチョーカーの持ち主に免じて、お前の願いをかなえてやろう」
仮面の奥で錬金術師は盛大なため息をつくと、チョーカーの要石に刻まれた魔法陣を発動させた。

夜闇のレディ

意外にも研究棟で過ごす日々は、ユーティリスにとってわりと快適だった。ユーリ・ドラビスと名乗り、成績や第三者による評価とも無縁の、外界から隔絶された世界で黙々と実験をする。錬金術師たちの他者に対する無関心は、今の彼にはむしろありがたかった。

オドゥ・イグネルが時々ちょっかいをだしてくる以外は、ウブルグのカタツムリ話をぼんやり聞いて、あとは魔道具を好きなだけいじっていればいい。

ショックのあまり辞表を提出しようとした、補佐官のテルジオを説得するのは苦労したけれど、その彼もユーティリスが成人してチョーカーが外れてからは、〝立太子の儀〟で生き生きと活躍した。

テルジオにもよけいな気苦労をかけたと少し反省しつつ、竜王の刺繍が施された重いマントを脱ぎ、ユーティリスは夜会用の正装に着がえる。今夜は王太子となった彼のために、大規模な夜会が開かれる。

（彼女……来ているかな）

リーエン以来だから、関心を持った女の子はひさしぶりだ。女の子といっても年上で、師団長でもあるけれど。

ユーティリスは首元に手をやり、今はない鈍色のチョーカーを思いだす。

『心のどこかでわかっていた。きみに近づけばチョーカーの魔石が外れる日が早まると』

（リーエン……今になってようやく、きみの気持ちがわかるなんて。きみの心を僕が動かせたのだとしたら）

見つけて近づき、気づいてしまえば〝その時〟がくる。大人になりたいと望む心は、要石の魔法陣を動かした。それまではリーエンを置き去りにする気がして、心のどこかでそうなることを拒んでいたのに。

ところが少しだけ期待した夜会に彼女はあらわれず、そのかわり目を引くひとりの女性がいた。長く伸ばした艶やかでまっすぐな黒髪が、大広間を照らす魔導シャンデリアの明かりに、強く輝く光の輪をはなつ。会場の注目を一身に浴びた彼女は、リードする背の高い銀髪の男よりも目立っていた。

地味な灰色のドレスがオーロラ色に染まり、クリスタルビーズの輝きがまぶしいほどにきらめくと、彼女は驚いたようにあたりを見回す。それを見てとっさに動きだそうとした、竜騎士団長の腕をユーティリスはつかんだ。

「ライアス、お前が先にいけ……終わったら彼女をかならず僕のもとへ連れてこい。確信がなくともかまわない」

「……承知」

そうして連れてこられた彼女は、揺れる眼差しも頼りなげにさげた眉も、何もかもリーエンとは違っていた。けれどユーティリスがよく知る師団長でもなくて、手袋ごしにふれた手はとても小さい。

「ようこそ僕の夜会へ……夜闇のレディ」

細い腰をホールドして滑るように動きだせば、彼女は難しいステップにも難なくついてくる。黒曜石のような瞳がすぐ目の前にあった。ユーティリスのリードでくるりとターンを決めれば、オーロラ色のドレスがキラキラと、光の雫《しずく》をまき散らしながらひるがえり、真珠のヘッドドレスをあしらった長い黒髪が宙に広がった。

『そうなったら僕もちゃんと髪を伸ばして、きれいなドレスを着るからさ。きみにエスコートしてもらいたいな』

（あぁ、そうだ。リーエンはふたりのとき、よくポロポロと涙をこぼした。あれから僕は女性の泣き顔に弱くなったんだ）

レオポルドやライアスと踊った後だからか、息を切らしている〝夜闇のレディ〟をあえて叱った。

「またほかのことを考えている……ダンスは目の前にいる相手に集中しなければ。ちゃんと僕をみてください」

「ごっ、ごめ……」

あえぎながら眉をさげ、必死に謝ろうとする彼女の瞳に、大人になった自分が映った。

「ふふふ……いいなぁ、あなたのその表情。僕にすがりついて息を乱して瞳を潤ませてる」

ぎょっとして彼を見あげる顔は、リーエンにちっとも似ておらず、そのことになぜだかホッとする。あれからダンスのレッスンは、なぜか必死になって受けた。女子たちに大人気だった、リーエンの控えめなしぐさやキビキビした動き……あれよりもずっとカッコよく踊れるようになりたかった。

何度も練習したステップに滑らかな重心移動……思いっきり踏みこんでクルクルと回れば、長い黒髪が空中に流れ、会場から歓声があがる。踊りおえて一緒に喝采を浴びると、〝夜闇のレディ〟は肩で息をしながら、だれかを探すように周囲へと視線を走らせた。

「レオポルドなら帰りましたよ。あなたと踊り終えたらさっさと転移しました」

教えてやると彼女はハッとしたように目を見開いて、次の瞬間には転移して姿を消した。消えても喪失感がないのは、命があるという安心感だろうか。テルジオから受けとったグラスをひと息に飲みほし、ユーティリスは息を整えてから、壁際にずらりとならぶ令嬢たちのほうへと歩きだす。

『きみは生きて……大人になったら女の子と城で……魔導時計のある大広間で踊るんだ。かっこいいだろうな、ドラゴンの王子』

「そうするさ、リーエン。僕は生きて……大人になったんだ」

青の少年

ヌーメリアの帰郷

あきらめていた自分の〝運命〟を捻じ曲げろ。この手に〝人生〟を取りもどせ。

――でもそれはどうやって？


ヌーメリアは王城の裏手にある研究棟から転移陣をでて、通用門へと歩きだしたとたん呼びかけられた。

「あら、ヌーメリアひさしぶり。王城で働いているのに、ちっとも会わないんだもの！」

塔にむかう転移陣の手前で談笑していたのは、リズリサという穏やかな性格の魔術師で、彼女よりもひとつ上だ。もうひとりカイラという気の強い魔術師もいて、ふたりの子どもとベビーカーの赤ちゃんを連れていた。

研究棟にひきこもる〝毒の魔女〟を知っているのも当然で、彼女たちは魔術学園で一緒だった子たちだ。心臓をギュッとわしづかみにされたような気分で、ヌーメリアは顔をひきつらせると笑みをうかべた。

「おひさしぶり」

「錬金術師団にひきこもっているって……まだいたのね」

リズリサといたカイラはあからさまに機嫌が悪くなり、ベビーカーから赤ちゃんを抱きあげると冷ややかに言い放った。ヌーメリアの背筋がじくりとして、リズリサがとりなすように明るい声をだした。

「カイラが赤ちゃんを見せにきてくれたの。半年前に生まれたばかりですって。かわいいわねぇ」

「マイクにそっくりでしょ？」

勝ち誇るような声に見ないわけにもいかず、カイラの腕をのぞきこむと、彼女は愛おしむように赤ん坊をなでた。生まれて半年の赤ん坊が、マイクにそっくりかなんてわかるわけがない。けれど彼女の腰に抱きつく、八歳ぐらいの男の子には彼の面影がある。この子が一番上で、その下は四歳ぐらいの子も連れている。

「かわいいわね……おめでとう」

「もう、毎日が戦場よ。いそがしくってヘトヘト！」

子どもたちの無邪気な視線まで心に突き刺さる気がして、胸がしくりと痛んだヌーメリアはうつむいた。

「私……もう行かなきゃ。それじゃ」

早く彼女たちの視線から自分を隠したくて、急ぎ足で逃げるようにその場を離れても、耳は無情にも会話を拾ってしまう。イライラした声をだすカイラを、リズリサが優しくなだめている。

「うっとおしいのよ、あのドブネズミ。ああやって顔を合わせれば未練がましく、まだ傷ついてますって顔して」

「もう昔のことでしょ」

ドブネズミ。くすんだ濃い灰色の瞳と髪をもつヌーメリアは、十年前もカイラにそう呼ばれた。

『魔術師団に入って、マイクといっしょに働くのは私よ。ドブネズミのくせにつきまとわないで！』

――こんな髪や瞳に生まれたのは私のせいじゃない。私はドブネズミなんかじゃない。マイクにつきまとってなんかいないし、彼のことは関係ない。私だって魔術師団に入りたい。

心はそう叫んでいたのに、言い返すだけの強さも勇気もなくて、すべてを譲って諦めた。逃げるように錬金術師団の門を叩き、だれとも顔を合わさずに、研究棟の地下にこもった。けれど忘れたはずの過去は追いかけてくる。何もかも譲ったのに、今もなお責められる。理不尽さに湧きあがるはずの怒りは、すべて自分へと向かった。

――私がダメだからすべてを失い、そして責められる……そう、何もかも私のせい。

『ヌーメリア、師団長として命じます。過去の自分と向き合って。そして錬金術師らしいやり方で、自分の〝運命〟を捻じ曲げておいで……わたし、待ってるね』

キラキラと輝く黄緑の瞳で、コーヒーを手にほほえんだ娘は、新しい錬金術師団長で彼女よりずっと年下だ。今のヌーメリアは怯えて泣いていた子どもでも、初恋に破れた少女でもない。収入もあり、王都で自活している。

自分の部屋で錬金術師のローブを脱いだヌーメリアは、前立てにフリルがついた白いブラウスに紺のフレアスカートを合わせた。シンプルだが地味な装いに、ネリアはあっけらかんと笑って、自分の収納鞄を貸してくれた。

『ま、いろいろ入れておいたから。使わなくて済むのがいちばんだけど』

（私のほうがお姉さんなのよね……）

そう意識するだけですっと背筋が伸びた。転移門を使って移動し、シャングリラ中央駅から魔導列車に乗れば、東に四日進んだメニアラよりさらに先、国境に近い終点にグワバンの街がある。駅からさらに魔導バスに乗って二時間かかる郊外に、彼女の故郷リコリスがあった。

三十年前にグレン・ディアレスが魔導列車を開発し、それからさらに時間をかけてエクグラシア全土に線路網が敷かれた。駅があるグワバン周辺は順調に発展しているが、リコリスには薬草以外とくに産業もなく、若者たちは成人すると仕事を探して町をでていく。残されるのは年寄りばかりで、バスから見える畑も荒れ地が多い。

さびれた故郷の景色にため息をつき、ヌーメリアは胸元のペンダントをそっと握りしめた。これでは〝領主家〟といっても名ばかり……実家はだいぶ傾いていそうだ。父の死後、調子を崩した母は入院し、結婚していた姉が家を継いだ。彼女を最初に「ドブネズミ」と呼んだ、姉のマライアに会うことを考えると気が重い。

（晴れやかな気持ちになんて、ちっともなれない）

お守り代わりの〝毒〟は手放せず、小瓶に封じて胸にさげている。これ一滴でリコリスの町全員を殺せるぐらいの〝毒〟、それがなければ勇気はとても湧きそうにない。ふわふわとした赤茶の髪を束ねた元気な娘を思いだす。

『弱い者が〝毒〟で身を守ろうとするのは当たり前だよ。ヌーメリアは幼い自分を守るために〝毒〟を作り続ける必要があったんじゃないの？』

その言葉に勇気を振り絞って故郷まできたものの、ヌーメリアはどうすればいいのかわからなかった。町役場のある停留所で魔導バスを降りた彼女は、まっすぐ坂をあがった高台にあり、町を一望できる領主館を見あげた。

（運命を捻じ曲げる……時をさかのぼり子どもの私を助けられたら。でもそんなことできないし……）

徒歩でゆっくり坂を上り、古びた門を押し開けると荒れた庭が目にはいる。母が入院しているせいで使用人の数も少ないのか、玄関前の掃除も行き届いていない。帰郷は知らせておいたのに、ノックしてだいぶたってから中に通された。すっかり女主人然とした姉のマライアが出迎え、ジロジロとヌーメリアの全身をみまわした。

「ヌーメリア」

「おひさしぶりです、マライアお姉様」

まばたきをして姉を見返せば、記憶の中では美しかった少女は肌のツヤを失い、目立つくすみを隠すような不自然な厚化粧をしていた。しばらく見つめあっていると、マライアがあざけるように口を開いた。

「灰色の髪と瞳……あいかわらずお前は老婆みたいね。やぼったいこと！」

（この人はまったく変わらない……）

それはある意味新鮮な驚きだった。子どもの時は姉ほど恐ろしいものはなかった。そしておそらく姉自身はまったく変わらないというのに、今はそれほど怖くない。グレン・ディアレスに相対したときや、グリンデルフィアレンごと魔術師団長の炎で、燃やされたときのほうがよほど怖かった。

「お前にいい話があるのよ、書斎にいらっしゃい！」

尊大な態度のまま姉は先に立って歩きだし、ため息をついてヌーメリアもその後に続く。庭も荒れているが屋敷内もひと気がなく、窓から射しこむ日差しにホコリが舞った。書斎に近づけば、中からガシャーンと音が響く。

「このガキ、俺の物に勝手に触るな！」

「僕は何も……」

「口ごたえするかぁっ！」

怒鳴り声の後は子どもの声、さらに殴打音が聞こえ、ヌーメリアは思わずビクッとしたが、マライアはいまいましげに息を吐いただけだった。書斎のドアをノックして中にはいり、姉が先ほど怒鳴っていたと思われる男に声をかけると、その足元に転がる青い髪の少年に、ヌーメリアは心臓が止まりそうになる。

「またアレクがなにかやったの？」

「俺の魔道具を壊しやがった。このクソガキを屋根裏に閉じこめとけ。なんだお客さんか……騒がせたね」

鬼のような形相でこちらを振りかえった男は、ヌーメリアを見て目を丸くし、怒鳴っていたことも忘れたように、取りつくろった笑顔を見せた。マライアは不機嫌そうに鼻を鳴らす。

「お客様じゃないわ、妹のヌーメリアよ。くるって言ったでしょ。夫のデレクとは前に会っているわよね？」

「おひさしぶりです、デレクお義兄様」

「ほう、ヌーメリア……小娘だと思っていたが、これはなかなか」

（義兄のデレク……こんなに粗野な男だったかしら……まるで人が変わったみたい）

デレクの値踏みするような視線に、ヌーメリアが鳥肌を立てていると、マライアは陰気そうなメイドに命じる。

「ミア、アレクを屋根裏に」

「は、はい。坊ちゃま、こちらへ」

ミアと呼ばれたメイドが床に倒れていた少年を連れていく。顔は腫れてよくわからないが、おそらく十歳ぐらいだろう。

（私たちがやってこなければ、デレクはまだあの子を殴り続けたのではないかしら……）

さきほどの少年が脳裏を離れず、ヌーメリアはカラカラに渇いたノドから、どうにか言葉を絞りだした。

「今の……アレクと呼ばれた子は？」

「息子よ。最近よく魔道具を壊すし、暴れん坊で手を焼いてて。甘やかさないようにしないとね。ただのしつけよ」

自慢だった栗色の髪に手をやり、マライアが投げやりに答え、ヌーメリアは唐突にさとった。

（でもあれは一方的な暴力……私が嫌われていたからではなく、ここの人間はいつもいたぶる獲物を探して、弱い者を見つけては、自分たちの鬱憤を晴らすために使うんだわ）

たまたまそれが昔はヌーメリアで、今はアレクという少年だというだけで。あの少年を助けても、またきっと別のだれかを見つける。この狭い町で領主夫妻にたてつける人間がどれほどいるのか……そう考えるとヌーメリアはめまいがした。しばらくして戻ったミアが、お茶を運んできても口をつける気になれない。

「それでいい話というのはね、お前のために私たちで縁談を見つけておいたのよ」

マライアは気にも留めず、デレクの隣で機嫌よく話しだし、彼女の夫もうすら寒い笑みを浮かべてうなずいた。

「俺の知り合いにマグナス・ギブスという、グワバン近郊の領主でやり手の男がいる。うちに〝魔力持ち〟がいると教えたら、『魔術師でないのは残念だが、王都で働いているならそれなりだろう』と乗り気でね」

「縁談ですか、でも私は王都で働いていて……」

思ってもいない話にヌーメリアが灰色の目をまたたかせると、マライアが眉をあげて彼女の言葉をさえぎった。

「それが何。王都で好き勝手していたお前も、いいかげん家の役に立ったらどう。『行き遅れ』なんて領主家の恥だわ」

ヌーメリアはため息をついた。行き遅れではなく、行きたいところがないだけだ。真面目に働くのがなぜ『好き勝手』になるのだ。彼女のことを本気で心配しているとも思えない。姉たちにとって重要なのは、自分たちの役に立つかどうか。

役に立たないドブネズミでも王都で働く魔力持ちなら、中央とのパイプがほしい地方領主が手を挙げたのだろう。実物を知れば期待外れだと怒りそうだけれど、姉夫婦もそのあたりはごまかして、ヌーメリアを売りつけるつもりにちがいない。屋敷や庭が荒れて使用人が減ったことと、関係があるのかもしれない。

（こんな縁談は断り、さっさと王都に戻るべきだわ。けれどアレクという子も気にかかる……）

「急なお話ですし……考えさせてください」

「夏祭りの前日はギブス氏を晩餐に招待しているから、そのつもりでね」

「そうだな、夏祭りの場で婚約発表となれば、盛りあがるだろう」

この部屋で姉夫婦と同じ空気を吸うのすら苦痛になり、会話を打ち切ってヌーメリアは静かに立った。彼らはこの縁談を断らせるつもりはないのだろう。書斎の扉が閉まったとたん、デレクの声が聞こえた。

「はん、王都暮らしが長えから気取りやがって。二十七まで独り身ってことは、男もろくに捕まえられなかったんだろ。お前の妹はプライドばかり高いな！」

それにマライアが何か応えていたが、どうせろくな内容じゃない。

（あれほど私の結婚を邪魔しようとしたくせに……）

『お前みたいなドブネズミ、結婚なんて許さない！』

ヌーメリアが交際をはじめたマイクを連れて実家に帰ったとき、そう血相を変えて怒鳴っていたのは、両親ではなく姉のマライアだったというのに。

領主館の広い屋根裏部屋の床に転がって、アレクはじっと痛みに耐えていた。泣いても彼を気にかける者はこの家にはいない。何かしてもムダだし、動けば体に痛みが走る。グシャグシャに乱れた青い髪が腫れたほほにかかり、開いた口からよだれが垂れる。口には血の味がするけれど、どうすることもできずにただ横たわっていた。

そのうちだれかがやってきて屋根裏からだしてくれるのを、アレクはひたすら待っていた。いつかズキズキとした痛みも感じなくなるし、腫れだってそのうち目立たなくなる。それが今じゃないってだけだ。

お腹が空きすぎて、空腹を忘れるには時間がかかるけれど、殴られるのが食事の後だと吐いたかもしれないし、そうしたらもっとひどく殴られる。さしあたってはノドがカラカラにひりついていた。

そのとき窓はすべて閉まっているのに風が揺れ、床に術式の線が走る。すべての線がつながって光り輝く魔法陣が展開すると同時に、部屋に明かりがともった。

「だれ？」

転移陣からあらわれたのは灰色の髪と瞳で、フリルつきの白いブラウスに紺のフレアスカートを履いたすらりとした女性だ。今度は空中に遮音障壁が展開し、アレクは痛みも忘れてそれを見あげた。

「こんばんはアレク。私はヌーメリア・リコリス、あなたの叔母よ。まずはこれを飲んで……痛みが楽になるわ」

ヌーメリアは手にしたポーションの瓶をあけ、アレクの口元にあてがった。ひとしずくで痛みをとり、ひと口で怪我を回復し……飲み干せば瀕死の重症でも立って歩きだすと言われる、師団長特製のポーションだ。

アレクは口に入るものなら何でもよかった。この渇きを癒やせるなら、毒だって飲んだろう。ひと口、またひと口とこくりとポーションを飲みこんだとたん、全身の痛みがウソのように消えた。魔素が風のように体を駆けていき、急に力が湧いた彼は手をついて起きあがる。顔をさわればヒリつくような痛みも、ほほの腫れもきれいに引いている。

「もうぜんぜん痛くない」

「よかった……サンドイッチを持ってきたのよ。食べられる？」

ヌーメリアが差し出したそれを、アレクはむさぼるように食べる。すぐ食べてしまわないと、なくなってしまう気がした。がっついてグッと喉がつまり、差しだされた水のボトルを涙目になりながら飲む。

「あり……ありがとう、ヌーメリア」

「この部屋は変わらないのね……私もよくここに閉じこめられたの。だから忍びこめたのだけど」

アレクが落ち着くまでヌーメリアは優しくその背中をなで、灰色の瞳でホコリっぽい屋根裏部屋を見回した。たとえマライアが悪くても、いつだって閉じこめられるのは彼女だった。無力な者にこそ〝毒〟は与えられる。彼女が最初にそれを知ったのはこの場所だ。薬草の商いで発展したリコリス家は〝毒〟の管理も任されていた。

屋根裏部屋にあるたくさんの資料を、幼いヌーメリアは読みあさった。他にすることもなかったし、あの頃は愛情よりも何よりも知識がほしかった。自分ひとりで生きていける力と、だれにも疎まれずに暮らせる場所も。

大人になり、研究棟の錬金術師ヌーメリア・リコリスとして、彼女はその願いを叶えた。けれどここにはまだ幼い自分が、泣きながら助けを待っているような気がする。灰色の魔女は手を伸ばし、アレクの額にかかる前髪をかきわけた。彼の瞳は空よりも深く、海よりも明るい……緑の森に囲まれた湖のような青さだ。

「アレク、私を信じてください……かならず私はあなたを助けます」


――〝運命〟すらも捻じ曲げる錬金術師というならば、私は自分のことより……この子の運命を変えてみせる！


翌日、リコリスの町役場に上品な紺のワンピースを着た、灰色の髪と瞳の女性がやってきた。王都三師団の一員という身分は効いた。すぐに役場のすみに机を与えられ、不具合を起こした魔道具が積まれる。

「すみません、こんな事務所の片隅で。こんな小さな町では魔道具を修理する予算も、魔素を補充する魔石もなくて」

案内した職員がすまなそうに言い、動かなくなった魔道具を差しだす。薬草や毒を扱うほうが得意だけれど、学園時代は魔道具修理のバイトもしたし、研究棟ではウブルグ・ラビルの爆撃具作りを手伝わされたこともある。

「会議室を使われますか？」

「いいえ。ここなら皆さんのご要望にすぐ応じられますし……ひとりきりも寂しいですから」

ほほえむヌーメリアに若い職員が顔を赤くした。研究棟の地下にひきこもっていた頃なら、部屋を借りひとりで作業したけれど、今は少しでも情報がほしかった。魔道具を机に置き魔法陣を展開すると、町役場で働く人々は息をのみ、魔素の明滅で彩られた術式を、ヌーメリアの指が操るさまを見つめる。

ネリアのような多重展開はできずとも、魔素の流れを読みとるのは得意だ。不具合の原因は魔素不足によるものが多く、魔力を流すだけで元通り動くようになった。術式がほころびていた書類庫の鍵は、鍵を回そうとすると引っかかる。ヌーメリアは鍵の先端に解錠の術式を新たに刻み直した。

「これでスムーズに鍵が開けられるでしょう」

「ありがとうございます……すごい、かんたんに開きますよ！」

鍵を受けとった職員が走っていき、書類庫の扉に鍵を差しこんで大騒ぎした。義兄のデレクは一応町長だが、役場にはほとんど顔をださない。職員の何人かはグワバンの街から派遣され、町政はここにいる彼らで回している。

「ヌーメリアさん、すこし休憩してください」

「ありがとう。もうすぐ夏祭りですね、準備が大変なのでは？」

礼を言ってコーヒーカップを手にとると、助役らしい老人が眉をさげてうなずいた。

「街にでていった者たちも戻りますし、盛大にやりたいですが人も資金も足りません。夜店はでますが、たいした催しはできません。領主様はご自分の事業で忙しく、町の運営までは手が回らないようで、税収は年々減っております」

「畑もだいぶ荒れていたわね……」

リコリス家の薬草園と裏の顔である〝毒薬〟は有名だけれど、畑を荒れたまま放置するデレクの事業は、薬草とは無関係のようだ。

「表計算の魔道具は部品を交換しなければ。この町に魔道具店はありますか？」

「裏通りに一軒だけありますが、ヌーメリアさんのようなかたが行くにはちょっと」

「私のような？」

歯切れの悪い返事にヌーメリアは、思わず胸元のペンダントに手をふれた。姉に倣って石を投げてきた子どもたちの、「ドブネズミ！」という声がよみがえる。彼女の顔色が悪くなったのに気づかず、職員は説明した。

「そこの魔道具師は飲んだくれのリョークってじいさんで、何年もまともな仕事はしてないんです」

「そう……でも部品ぐらいは置いてあるかも。行ってみますね」

そういえば町役場は年配の者たちばかりで、年若い職員はグワバンから派遣されている。彼らは昔の話など知りもしない。昔、彼女を「ドブネズミ」と呼んだ子たちは、とっくに町をでたのだろう。

（自意識過剰だったわね……）

ペンダントから手を離し、優雅に立ちあがると町役場をでていったヌーメリアを、見送った者たちは感嘆の吐息をもらした。派手好きなマライアとはちがい、控えめな彼女は職員たちにも好印象だった。

「はぁ……あれでマライア様の妹さんですか。なんというか雰囲気がまったく違いますね。物腰は優雅で上品だし、魔道具を扱う横顔は真剣で、背筋もピシッと伸びてるし……」

「あんなかたが本当にいるんですねぇ……王城で働く錬金術師なんて、俺らにはまさしく別世界の人間ですよ」


町役場をでたヌーメリアは魔導バスの停留所を通りすぎ、飲食店が建ちならぶ裏通りに入る。十一年前にマイクと訪れた時は活気があった通りも、今は多くの店が閉ざされていた。町で一軒しかない〝リョーク魔道具店〟はすぐ見つかった。魔道具がならぶ棚にはホコリがつもり、古い書体で書かれた商品箱の表書きは日に褪《あ》せている。

「ごめんください……どなたかいらっしゃいます？」

まるで時が止まったような店で、おそるおそる呼びかければ、奥からバタンと人の気配がして、ドスドスと重い足音が響き、ギィ……と扉がきしんで開く。

「んだぁ……客かぁ？」

左手で自分の頭を、右手で自分の脇腹をボリボリとかきながら出てきたひげもじゃの男に、ヌーメリアはさすがに腰が引けた。男も店で立ちつくす彼女に目をみはる。

「あ、あんた……」

「あの、魔道具の部品を探しに……リョークさんですか?」

緊張でカラカラになったノドから、ヌーメリアが声を絞りだすと、よろめくように後ずさった男の腕が、無造作に積まれた箱の山にぶつかる。落ちた箱から部品がこぼれて床に散らばり、そのままその場にへたりこんだ男は、額を床にこすりつけるようにして彼女に頭をさげる。

「あ、あぁ……灰色の貴婦人……あなた様を忘れたことなどございません。どうかお許しを……アメリア様!」

「リョークさん、どうか顔を上げてください……私はあなたにお願いがあって来たんです。リョークさん?」

「どうかお許しください。アメリア様!」

とまどうヌーメリアにもかまわず、リョークは部品に埋もれたままで頭をさげ続けた。


しばらくして魔道具店を出たヌーメリアは、町役場にエンツを送って領主館に戻った。ついさっきリョークから聞かされた話を、少し気持ちを落ちつけて考えたかった。領主館の二階に用意されたのは、少女の頃に使っていた部屋ではなく、そちらは今アレクの部屋になっていると、メイドのミアが教えてくれた。

「アレク様はリコリス家の跡継ぎでございますので」

(跡継ぎとして育てている少年を、どうしてあのように扱うのかしら……)

ヌーメリアはため息をつくと、魔道具店で買った部品を収納鞄から取りだした。扱いやすい銀の金具を組みあわせ、手を動かすうちに心が落ち着いてくる。彼女が作ったのは腕輪の形をした銀色の魔道具で、輪が小さいのは子ども用だからだ。魔石をはめて動作を確認してから、遮音障壁を展開してエンツを王城に飛ばす。

「ユーリ、ヌーメリアです。あなたの力を貸してください」

「……どうしました、ヌーメリア。僕の力が必要なんですか?」

返事はすぐに返ってきた。少年のような姿でも声だけだと大人びて聞こえる。ヌーメリアは事情を説明した。

「……わかりました、テルジオたちを向かわせます。夏祭りまでには合流できるでしょう」

「お願いします」

「こっちはネリアにあちこち、ひっぱり回されていますよ……驚きの連続です」

ひっぱり回されていると話すわりに、声には張りがある。ヌーメリアは小首をかしげた。

「なんだか楽しそう……ですね」

「そうなんです、困ったことに楽しくて。テルジオにはないしょですけどね。ヌーメリアも早く戻るといいですよ」

ふわふわとした赤茶色の髪、ペリドットのような深みのある黄緑をした輝く瞳、小柄で元気いっぱいな娘の顔がよぎり、ヌーメリアはほほえみを浮かべた。故郷に帰るよう、彼女の背中を押した錬金術師団長。

「ふふっ……私もはやくネリアに会いたいです」

(今ならまだ間に合う……私は〝運命〟すらもねじまげる、奇跡を司る錬金術師なのだから)

自分はもう無力なドブネズミではない……遮音障壁を解除したヌーメリアは、作ったばかりの魔道具を手に立ちあがった。廊下にでると出くわした姉のマライアが、腕輪を見て眉をひそめた。

「お前、アレクに何か用なの?」

「ええ、この魔道具がアレクの役に立ちます。町役場で魔道具の修理をしますから、しばらくあの子を手伝いに借りますね。それと……屋根裏に子どもを閉じこめるのはお勧めしません」

ヌーメリアが対等に口を利くことすら、認めたくないマライアは顔を醜くゆがませた。

「ここの女主人は私、お前の指図など受けないわよ」

「あそこには当家に伝わる危険な薬物も保管されています。北に面した窓近くにある茶色のキャビネットには鍵をかけないと。子どもが持ちだしては大変な、恐ろしい猛毒が入っています」

「茶色のキャビネット?……そうね、気をつけておくわ」

天井を見あげたマライアはもう心ここにあらずで、ヌーメリアは彼女をそのままにしてアレクの部屋を訪れた。少年はおとなしく本を読んでいた。

「アレク、魔力を制御する腕輪を作ったの。これがあれば魔道具も壊さないし、だれかにケガさせることもないわ」

「それ、僕のために作ったの?」

アレクはびっくりして顔をあげた。彼の誕生日にはいつも父親が不機嫌になり、母親はでかけてしまうから人に何かをもらうのははじめてだ。メイドのミアが見かねてこっそり、ちょっとしたお菓子をくれるぐらいだ。

思わず手を伸ばしかけ、ハッと我に返ったアレクは拳をギュッと握りしめた。だれかにもらったものは、何度も目の前で壊された。領主の息子だからと大切にされることさえ、父親にはおもしろくないらしい。

「でも僕……人に何かもらうと怒られるんだ。見つかったら壊されちゃうよ」

「だいじょうぶよ、さっきアレクのお母様にも見せたわ。はめてみて……中に流れているのがアレクの魔力よ」

腕輪にセットされた半透明の魔石のなかに、魔素の流れが虹色のゆらぎを形作る。自分の力をこんなふうに見るのははじめてで、アレクはそれを真剣に見つめ、そっと確かめるように魔石をなでた。

「きれいだね。これでもう魔道具を壊さないですむなら、お父様も僕を好きになるかな？」

その問いにヌーメリアは答えられなかった。かわりに口からこぼれたのは別の言葉だ。

「もうすぐ夏祭りだから、アレクには私の助手をお願いしたいの。できるかしら？」

「僕、何をすればいい？」

アレクの青い瞳が子どもらしいきらめきに輝き、灰色の髪と瞳をした魔女はふわりとほほえんだ。

「夏祭りの準備よ」


翌朝、肩かけの収納鞄を持たされたアレクは、ヌーメリアといっしょに〝リョーク魔道具店〟へむかった。ヒゲを剃って髪をきっちりと束ねた店主のリョークが出迎え、ガラクタ置き場みたいだった店はきちんと片づいている。

「こんにちは、リョーク。助手のアレク・リコリスも連れてきました。今日はよろしくお願いしますね」

「ヌーメリア様、お待ちしておりました。アレク様もどうぞよろしく。工房はこちらです」

ヌーメリアはアレクを一人前の助手として紹介し、リョークはうやうやしくふたりを工房へ案内した。期待と緊張でアレクは、収納鞄の肩ひもをギュッと握りしめる。軽い鞄はそれほど物が入っているとは思えない。

「アレクが持ってきた収納鞄は、師団長から借りた手作りの鞄なの。さあ、作業を始めましょう」

鞄から最初にでてきたのは錬金釜、次は何種類もの素材、さらにはフラスコやビーカーといった実験器具……布製のカバンに入っていたとは思えない量に、アレクもリョークも目を丸くした。最後にヌーメリアは錬金術師団の白いローブを取りだし、それを着て魔法陣を展開する。見守っていたリョークが感心して声をあげた。

「ヌーメリア様は魔道具の修理だけでなく、錬金術もなさるとは」

「こちらが本職なの。ではセレスタイト鉱石の精錬から。アレク……器に満たした水溶液に息を吹きこんで」

アレクが息を吹きこみ、濁った水溶液から沈殿する炭酸ストロンチウムを回収した。硫酸バリウムの粉は、木炭とともに高温で加熱処理して硝酸と反応させ、硝酸バリウムを生成する。

「これ、何？」

「吸わないようにしてね。舐めてもダメよ、〝毒〟だから。錬金術は危険でもある……助手なら知っておいてね」

興味深げにガラスの容器をのぞきこんだアレクは、それを聞きあわてて身を離した。


それから毎日、アレクとヌーメリアは工房に通い、頼まれれば町役場だけでなく、商店街にある魔道具も修理した。飲食店の店先に壊れっぱなしで放置されていた、氷の魔石で動く魔道具を直せば、口に入れるとふわふわと溶ける氷を作りだす。

「助かったよ、かき氷は夏祭りで人気だから。さあどうぞ、赤いのはコランテトラ、白いのはミッラのシロップだ」

喜んだ店主ができた氷を容器に入れ、甘く煮詰めたシロップをかけてふたりに差しだすと、はじめて食べるアレクは喜んでかきこみ、キーンとした頭を押さえてうめいた。

夏祭りが近づき、通りを歩く人も増えている。ヌーメリアは店主に断り、夏祭りが終わるまで溶けない氷の像を店先に作った。ペットとしても人気があるウポポの氷像に、子どもたちが歓声をあげて寄ってくる。学校をよく休むアレクは病気がちだと思われていた。

「目に見える場所のケガが治るまで家から出してもらえないんだ。楽しみな行事があると、わざと行けないよう殴られる。でも内緒にしても『黙っていた』と怒られるし、僕はどうしたらいいかな」

アレクが打ち解けて話してくれる内容に、ヌーメリアが心を痛めていると、青い瞳がすがるように彼女を見る。

「ねえヌーメリア、ずっとここにいてよ」

「いいえ、アレク……私は王都に戻らなければならないわ」

青い瞳が絶望に染まり、子どもらしい表情が顔から消え、うつむく少年に彼女は思いきって告げた。

「だからアレク、あなたも王都にいらっしゃい」

町役場や商店街での聞き込みや調査もほとんど終わっている。あとはテルジオと合流するだけだった。


夏祭りの前日になり、領主家も客を迎える晩餐会《ばんさんかい》の準備で騒がしい。ヌーメリアの留守中アレクは、デレクと目が合い背筋がぞくりとした。あわてて目をふせたがすでに遅く、ズカズカと近づいてくる足音に体が硬直する。

「アレク……お前、父親に向かって何だその目は！」

「何でもありません。ごめんなさい、お父様……あっ！」

ぎょろりとアレクの全身に目を走らせ、左手首にはまる腕輪に目を留めたデレクは、その腕を乱暴につかみあげた。魔石の中で揺らぐ魔力に目を残忍に光らせた彼は、顔をゆがませて息子につめよる。

「うれしいか、アレク。自分が〝魔力持ち〟とわかったんだものな……さぞうれしいだろう」

「僕……僕はこれで魔道具を壊さなくてすむ……って。い……痛いっ。放してっ！」

「ウソをつけ、お前もあいつらみたいに俺を馬鹿にしてるんだろう！」

悲鳴をあげるアレクを、デレクは恐ろしい力で書斎に引きずりこんだ。どうしたら殴られずにすむ、ヌーメリアにもらった腕輪だけは壊されたくない……必死にそんなことを考える少年の、何もかもが男は気にいらない。

「やめてっ、やめてよっ、お父様！」

「お前に父親と呼ばれることすら腹立たしい。ここならいくら騒いでも、外に音は聞こえん。おとなしくしてろ！」

泣き声混じりの懇願すら無視して、デレクは書斎にある重い金庫の扉を開ける。領主館の金庫は大人が身をかがめれば、かろうじて中に入れるほどの広さで、彼はアレクをそこに放りこむと扉を閉めてしまった。真っ暗な中に閉じこめられ、あわてて取りついたアレクが叩いても扉はびくともしない。

「嫌だぁ、開けてよ。ここからだして！」

泣き叫んでも何の反応もなく、アレクはぼうぜんと金庫の床に座りこんだ。息苦しさに気が狂いそうになる暗闇で、ヌーメリアがくれた腕輪の魔石だけがほのかに光る。その光は自分が今生きている証明のようで、青い髪の少年はそれを守るように右手で握りしめた。

「はぁっ……はっ……なんで……どうして。助けて……ヌーメリア」

その頃ヌーメリアは、入院中の母メラニーを見舞っていた。町にひとつだけある病院、その最上階で個室の病床に横たわる姿は、記憶にあるよりずっと小さく見える。マライアと同じ栗色の髪には白髪が増え、ベッドでまどろむことが増えたという。子どもの頃、母がため息まじりに嘆くといつも、彼女の心は縮こまった。

『ヌーメリアはダメねぇ。何をさせても鈍くさいし、言葉もはっきり聞きとれやしない』

リコリスは小さな町で魔道具店もひとつだけ、代々貴重な薬草園を守る領主家にも〝魔力持ち〟など生まれない。便利な魔道具を使っても、王都にいる〝魔術師〟や〝錬金術師〟などはおとぎ話の住人だ。感情が高ぶると近くの魔道具が壊れる現象は、ヌーメリアの粗相《そそう》とされて両親や姉から疎《うと》まれた。

『灰色の髪と瞳って、ホント気味悪くてドブネズミみたい』

町にひとつしかない小さな学校では、勝ち気でワガママな姉が女王様で、ヌーメリアの居場所などない。何も知らない子どもたちは、ただ姉にこびへつらうために石を投げた。道で転ばされてケガして帰れば、服を汚したと叱られた。いじわるな姉は両親にとって美しく利発な自慢の娘、それに比べてヌーメリアは……ダメな子だった。

十二歳で転機が訪れた。王都からたまたまやってきた魔術師団長のローラ・ラーラが、魔術学園に入学する子が受ける、魔力適性検査の魔法陣を使った。鮮やかに発光する魔法陣をぼうぜんと見ていたら、ヌーメリアの魔力を認めたローラは、王都の魔術学園へ進学することを勧めた。

『さすがは領主家です。魔力に恵まれたお嬢様で、ご両親も鼻が高いでしょう!』

魔術学園に入学できるのは名誉なことで、領主夫妻もこのときばかりは誇らしげだった。珍しくだれからも見向きもされなかったマライアは、両親の後ろでヌーメリアへ射殺すような視線を向けた。

ヌーメリアはローラを頼って逃げるように家をでた。魔導バスを乗りつぎ、メニアラから魔導列車で王都までやってきて、必死に勉強して奨学金をとった。実家からの援助はなくて旅費もなく、入学後はそのまま何年も帰らなかった。貴族なのに彼女の服はみすぼらしくて、学生寮でもよく同級生のカイラからバカにされた。

帰郷したのは十一年前、リコリスの町に近いグワバンまで、魔導列車の線路が開通してからだ。職業体験で親しくなった魔術師のマイクを両親に紹介し、交際を認めてもらおうとした。ところが彼とは帰郷後ギクシャクして別れてしまう。しかも彼はすぐカイラとつき合い始め、魔術師団に入団した彼女と結婚したのも二重にショックだった。

友人や同僚たちから祝福される姿を、うらやましいと思うと同時に、やはり自分は幸せには縁がなかったのだと、ヌーメリアはひとりで泣きながら納得した。そのまま悲しみの沼に浸り、彼女は研究棟にひきこもった。

見慣れた病室の殺風景な天井から、ぼんやりと枕元に立つ人影へ目を向け、前領主夫人のメラニーは灰色の貴婦人……アメリア・リコリスを見つけた。大好きだった灰色の優しい瞳に宿る怒りに、目覚めきっていないメラニーの心臓が、危険なほど早鐘を打ち始める。

「アメ……リア⁉」

蒼白になったメラニーを静かに見おろし、指をひらめかせたアメリアは遮音障壁を展開して口を開いた。

「そんなにアメリアと似ていますか、あなたが『ドブネズミ』とよんだ娘は。お母様……いいえ、メラニー」

「お前まさか……ヌーメリアなの⁉」

「私の本当の両親は先代当主ガルロシュと妻のアメリア。あなたの夫は領主の従弟にしかすぎず、彼らを事故死に追いやり、幼い私を跡継ぎにする条件でリコリス家を奪った。私はあなたを本当の母親と思いこまされた」

灰色の瞳に宿る強い光には〝魔力持ち〟特有の圧があり、あえいだメラニーは激しく頭を振った。

「彼らは事故で死んだのよ。それに幼いお前は面倒をみる者が必要で、私たちは本当の娘みたいに……」

「いいえ、あなたにとって可愛い娘はマライアだけ。しかも姉をそそのかし、私を孤立させた。どんなに愛されたいと思っても、かなうはずがなかった。私は……あなたたちにとって本当の邪魔者だった」

やるせない怒りがヌーメリアを襲う。うまくいかないのは何もかも、自分のせいだと思いこまされた。それでどれだけ人生を狂わされたか。どこかで彼らに甘えていた。いつかは彼女を認め、誇らしげに「自慢の娘だ」と言ってくれると。そんなこと最初から期待してはいけなかったのに。かつては美しいと思えた顔をメラニーはゆがませる。

「だって努力したマライアが可哀想だもの。お前よりずっと利発で美しく領主家にふさわしい……いい夫だって！」

母親にとって娘はいつまでも善良で無垢《むく》なのか、それともあの姉も母の前では、素直なよい娘を演じているのだろうか。ヌーメリアは胸にひろがる苦い想いをかみしめて、町役場で突きとめた事実を彼女に告げる。

「デレクは借金だらけで、首が回らないことをご存知かしら。ゴブリン金庫の資金も底をつき、ギノスという高利貸しにかなり借りているとか。マライアはギブス氏ととても親しく、夫と別れて彼とやり直すつもりだそうよ」

「なんですって……マライアが『とてもすばらしい方よ』とほめていたギブス氏が高利貸しですって⁉」

青ざめて胸を押さえ、ベッドのシーツをにぎりしめるメラニーに、どうしても確認したいことがあった。

「十一年前、私とマイクの仲を壊すために、マライアを彼にけしかけたのはあなた……それとも義父かしら。アレクはマイクの息子でしょう……私が結婚すれば領主の座を奪われるとでも？」

王城の連絡通路で会った、カイラの腰に抱きついていた男の子。その顔がどうしてもアレクと重なる。息をのんで目をみはるメラニーの表情で確信したヌーメリアの瞳は、冬空を覆う灰色の雲のように冷たさを増す。

「やはりご存知でしたか。交際を認めてもらったら卒業後は王都で就職し、ここには帰らないつもりでした。私は領主の座などいらなかった。アレクはあなたの孫なのに、どうしてあんな仕打ちを許すのですか！」

「し、知らない……私は何も。マライアの妊娠がわかったのはだいぶ後で……あの子は産みたがらなくて」

「ではなぜ！」

「あ、あの人が保険だと……あなたなら自分の子として受けいれる、ならば家を継ぐのはマライアの子になるって」

「では義父が……道具として使うために、こんな小さな町で地位を守るために、それだけのためにアレクを？」

アレクを見つけてようやく、ヌーメリアは十一年前に何があったかを悟った。デレクは自分の子でないと知っていて、あの子を殴るのだ。自分たちが領主の座についた今、マライアにとってもアレクは再婚の邪魔になる。激しい怒りがヌーメリアの中で渦巻いた。

『すまない。僕は……きみの家族とはうまくやっていけそうにない』

帰郷を機にヌーメリアを避けるようになったマイクに、王都で暮らすのだから実家の家族と顔を合わせることはない……そう泣きながら訴えても、ふたりの仲は元に戻らなかった。マイクは何も言えず逃げだしたのだ。

「私たちは無邪気すぎた。彼が大切なら、ここに連れてきてはいけなかったのに。無防備に飛びこんで、あなたたちの浅ましい思惑に振り回された。認めてもらえなくても、まさかこんな仕打ちをされるとは……」

「許して……ごめんなさい、ヌーメリア！」

「腐っているわ！」

ヌーメリアが叫ぶと同時に、か細い声で許しを請うたメラニーが、胸を押さえて崩れ落ちた。

灰色の魔女は、エンツで看護師を呼ぶと滑るように部屋をでて、振り返りもせず病院をあとにする。遮音障壁を消した鎮静剤が打たれ、ゆるりとまどろみに沈んでいく老婦人に、灰色の髪と瞳の貴婦人が優しくほほえみかけた。

「メラニー、ヌーメリアをお願いね。あなたたちなら安心して任せられる」

「まかせてアメリア、でもどうか無事に戻ってきて。リコリスの領主はあなたたちだもの」

足元にまとわりつく幼いマライアをあやしながら、預かった赤子を抱いたメラニーは朗らかに答えた。すべてが輝いていたあの頃、裏切りの代償はかけがえのない友人。

「クソッ、なぜこの子もいっしょじゃなかったんだ。俺が領主となっても、跡継ぎはヌーメリアだ！」

「……あなた？」

はじめて夫を恐ろしいと思ったけれど、後戻りはできなかった。

「しかたなかったんだ。俺の不正がバレたら終わりだ……それならいっそのこと！」

領主の座が転がりこんできたとき、親友の娘を大切に守り育てようと心から誓った。娘のマライアは美しく才気にあふれ、行く先々でほめそやされる。けれど厳しくしつけても、可哀想で「灰色の娘」とは言えなかった。デレクと婚約して真実を聞かされた娘は怒り狂った。

「あの子が成人したら跡を継ぐですって……そんなの許さない。領主家を継ぐのは私よ！」

ヌーメリアがマイクという青年と帰郷したとき、マライアの様子は明らかにおかしくて……やがて妊娠がわかった。怒った婚約者を夫と必死になだめて、渋々籍を入れさせた。けれど真面目な青年だったデレクは人が変わったようになり、娘夫婦の仲は冷えきったままだ。いったいどこをどう、かけ違えたのか……。

「許して……許してアメリア……」

時を戻せるならばどこに戻ればいいのか……メラニーは目を閉じて、夢の中でも親友にわび続けた。

「ヌーメリアさん、用事は済みましたか?」

硬い表情のまま病院をでてきたヌーメリアは、待ちかまえていたテルジオと合流してホッと息を吐いた。

「今……自分がとてもイヤな魔女になったような気がします」

「えぇ? 優しいヌーメリアさんがイヤな魔女だったら、世の中救いようがないぐらい、イヤな魔女だらけですよ」

明るく笑い飛ばすテルジオに力なくほほえみ、ヌーメリアは透明なアクアマリンのような小さな石を渡した。

「ありがとうございます、テルジオ……これが記録石です。町役場の調査を終えたら領主館に踏みこんでください」

「承知しました。ヌーメリアさんはアレク君の保護をお願いします」

「ええ、今夜中にカタをつけます」

ヌーメリアは灰色の瞳で、坂の上に建つ領主館を見あげた。彼女は胸に下げたペンダントをギュッと握りしめると、客を迎える準備に追われている屋敷へと転移した。


屋敷に着いてすぐにアレクを探したが、どこにも見当たらない。マライアはドレスアップに忙しく、ようやく使用人から「旦那様に連れていかれた」と聞きだした。胸騒ぎがして、彼女は居間にいるデレクの元に急いだ。

「お義兄様……アレクはどこです」

昼だというのに酒のグラスを握りしめた領主は、椅子からのっそりと立ちあがり、下卑た笑いを浮かべた。

「妙な話を聞いてな……お前がアレクを王都に連れていくつもりだと。逃げられては困るからな。あと二時間もすれば、マグナス・ギブスが到着する。ヤツをうまいことたらしこめたら、会わせてやろう」

「なんですって、アレクをどうしたの?」

血相を変えて問いただすヌーメリアに、デレクはニヤリと笑って酒をあおった。

「ふん、せいぜいマグナスに気にいられろ。ヤツがこの縁談にうなずかなければ、俺はすべてを失うんだ!」

「お断りします、アレクは王都へ連れていきます。あなた、ギブスに借金があるそうね……」

ヌーメリアの指摘は、デレクの痛いところを突いた。彼は血走った目で唸るように吠えた。

「マライアがギブスと組んで俺をはめた。あのあばずれ、父親が死に母親が入院したとたん、好き勝手しやがって……

俺が一生懸命働いた金は、マライアの遊びに消える。今だって俺を追いだすつもりだろうが……そうはいかん！」

「あの子は関係ないでしょう？」

昔のことを思いだしたのか、デレクは興奮してまくしたてた。

「お前に身重の花嫁をもたされた俺の気持ちがわかるかっ。あいつも……あいつの父親も俺を馬鹿にしてるだろうよ。俺はすべてを飲みこんで、領主一家にひたすら尽くしたってのに、羽振りがいい男があらわれたとたん、これだ！」

「どんな理由があれ、弱い者をいたぶっていい理由にはならないわ……アレクをすぐに解放しなさい！」

だいたい、とんでもない失恋から十一年……ひきこもっていたヌーメリアがどうやって男を誘惑するというのだ。けれど酒臭い息を吐いて、デレクはゴトリとグラスを乱暴にテーブルへ叩きつけた。

「俺に命令するな、さっさと支度《したく》をしろ。いいか、マライアはすっかりその気だがな……ヤツはあれにはなびかん。俺にはわかる、ヤツが興味を示したのはお前だ！」

会話をすることさえおぞましい。それでもアレクのために、ヌーメリアはここで引くわけにいかなかった。

「これが終わればアレクを王都に連れていきます。あの子に何かあったら、私はあなたもマライアも許さない！」

部屋にもどった彼女は、いったん気を落ち着かせてアレクの気配をたどる。はめさせた腕輪から弱い反応があり、屋敷内にはいるらしい。さっさとあの子を両親から引き離し、先に保護すべきだった。準備に時間をかけすぎた自分の甘さを悔やみながら、彼女は遮音障壁を展開してエンツを飛ばした。

「テルジオ、ひとつ調べてほしいことが……マグナス・ギブスというグワバン近郊の領主で、高利貸しもしている男について知りたいの。アレクが屋敷のどこかに捕らえられていて……あまり時間はかけられないわ」

追いつめられたデレクは何をするかわからない。あせるヌーメリアに、テルジオからエンツが返ってきた。

「マグナス・ギブス……承知いたしました、少々お時間をいただきます」

「お願いね。私は晩餐会に出ます……気は進まないのだけど」

「やだなぁ、せっかくの食事を楽しんでください。こちらの準備は整っておりますから」

テルジオの気楽な明るい口調に、ヌーメリアはホッと息を吐く。アレクのことを考えるだけで恐怖が襲ってくるけれど。そう、もうひとりじゃない……強力な味方も自分の力で手に入れたものだ。

ヌーメリアはグレイに黒のラインが入ったワンピースに、スタンドカラーの短いジャケットを合わせる。鏡に向かってメイクをすれば、灰色の瞳が不安そうに彼女を見つめ返した。

（アレク……無事でいて……）

ヌーメリアはきゅっと唇をかみしめ、胸に下げたペンダントを握りしめた。


晩餐会にやってきたマグナス・ギブスは、三十代半ばで意外にも好人物だった。ゆるくカールした黒髪で瞳も黒く、実業家らしく堂々とした野性味あふれる男だ。グワバン近郊の領主だが事業に積極的で、義兄とは仕事の関係で知り合い、リコリスの町もよく訪れているらしい。彼はヌーメリアの灰色の髪と瞳をほめ、甘くほほえんだ。

「しとやかなヌーメリア嬢には淡い色合いがよく似合う。ぜひ月長石を贈らせていただきたい」

（こんなことしてる場合じゃないのに……）

「ヌーメリア嬢、私はあなたに求婚するつもりでうかがっているのだが……その自覚はおありかな？」

「はい？」

ヌーメリアが灰色の目をまたたくと、マグナスは苦笑した。アレクのことが気がかりで、話の内容など何ひとつ入ってこない。姉のマライアが嫉妬むきだしでにらみつけているし、義兄のデレクもこちらをにらんでいる。

（居心地が悪すぎる……）

とことん肌の露出を抑えたヌーメリアと逆に、マライアは胸元を大きくひろげたブルーのドレスに、エメラルドのネックレスをつけていた。熱のこもった視線でマグナスを見つめる姉に怒りもせず、義兄はひたすらへりくだっている。またも無言になったヌーメリアに対し、しびれを切らしたようにデレクが命じた。

「ヌーメリア、庭を案内して差し上げろ！」

（案内……ってあの荒れ果てた庭を？）

「お願いできますか？」

ヌーメリアがしかたなく庭へ案内すると、マグナスは何でもないことのように、サッと遮音障壁を展開した。

「あの夫婦は領主としても人の親としても最低なヤツらだ……そう思わないか？」

「あなた……魔力持ちね！」

リコリスの町でめったに生まれない魔力持ちは、グワバンの街でも珍しい。警戒するように灰色の目を細めた彼女に、彼はうなずくと口の端を持ちあげ、ゆったりと両腕を開いた。

「正統な領主の血をひくきみに、俺は喜んで協力しよう。アレクという少年が大切なんだろう？」

「なぜそのことを？」

「誰だって見合い相手のことを知りたいさ。町には数日前から滞在している。きみとあの子を見かけたよ」

黒い髪と瞳で堂々とした体躯……こんな人目をひく男が町にいたろうか。どこから観察していたのだろう。ヌーメリアは眉間《みけん》にシワを寄せて、ほほえむマグナスの顔を見上げた。見染められた覚えもなければ、ひとめ惚れされるような顔でもない。獰猛《どうもう》な肉食獣のような目つきの男は、いったい何をたくらんでいるのか。

「あなたにとってのメリットは？」

「きみが俺のものになる、それが俺にとってのメリットかな。アレクが心配なら、ヤツらから領主の座をとり返して助けてやればいい」

（……助けて？）

何かがヌーメリアの中でひっかかった。そのとき目の端で室内の異変をとらえ、すぐさま彼女は走りだす。ダイニングでは後に残された領主夫妻が、いつの間にか言い争いを始め、激高したデレクがマライアにつかみかかろうとした瞬間、彼は腕を振りあげたまま硬直し、そのまま胸をかきむしってもがき倒れた。

「なんてこと……まだアレクの居場所を聞いてないのに！」

駆けよると意識を失った領主の体はビクビクと痙攣している。後から室内につづいたマグナスが「……余計なことを」と低い声でつぶやき、倒れたグラスからこぼれた酒に、ヌーメリアはマライアを振り返った。

「マライア、まさかあなた……屋根裏のキャビネットにあった毒を使ったの？」

「し、知らないわ。デレクが悪いのよ、『絶対別れない、お前も道連れだ』なんて言うから。ああ、マグナス助けて。妹がやったことにすればいいのよ。この場には私たちしかいないんだもの！」

立ち尽くしていたマライアは、激しくかぶりを振ってマグナスにすがりつく。屋敷の使用人たちは壁際に控えたまま、凍りついたように動かない。マグナスは女を振りはらうと膝をつき、デレクの腕をとって脈を調べた。

「それはどうかな……デレクの意識はないようだが、脈はしっかりしている」

「なんですって⁉」

顔色を変えてわなわなと震えだしたマライアに、ヌーメリアは淡々と告げる。

「デレクは死んではいません。ひと月ほど後遺症に苦しむでしょうが……キャビネットにあった薬では人は殺せない。マライア……死にいたるような猛毒を、私が放置しておくと思いますか？」

「お前、猛毒だと……私をだましたのね！」

マライアが金切り声をあげ飛びかかろうとするのを、マグナスが素早く動きヌーメリアを腕の中にかばった。勢い余って姉はあっけなく床に転がり、ヌーメリアは男に抱きしめられたまま、テルジオにエンツを送る。

「テルジオ、制圧を。私は王都三師団、錬金術師ヌーメリア・リコリス。領主館に状態保全の術式を。虐待及び公金横領、違法薬物取引、特別背任容疑で領主夫妻を告発します！」

それに呼応するように、屋敷の周辺がにわかに騒がしくなった。テルジオからエンツがヌーメリアに飛んでくる。

「ヌーメリアさん、突入しました。それと『マグナス・ギブス』という人物は存在しません。気をつけて！」

「……王家が動いたなら、俺は引き揚げたほうがよさそうだな」

マグナスが腕の力を緩めると、ヌーメリアは逆に彼の腕をグッとつかみ、捕縛の魔法陣を展開した。

「いいえ、逃さない。答えなさい……アレクを閉じこめるよう指示したのはあなたね、マグナス・ギブス。あなたは町にいた私たちを観察していたもの！」

灰と黒の瞳が交差し、ゆっくりと男の口元に笑みが浮かび、その表情にヌーメリアの背筋がぞくりとした。

「リコリスの家を手にいれるだけのつもりが、欲をかきすぎたか……」

「何のためにそんなことを」

「中央からも忘れ去られるような、ど田舎の小さな領主家だ。エクグラシアへの足掛かりにちょうどいい……だがまさか、あんたがあらわれるとはなぁ、〝毒の魔女〟ヌーメリア・リコリス。悪いようにはしない、俺の元へこい！」

ただ魔力持ちがほしかったんじゃない、この男は彼女が何者かを知っている。けれど今はそれよりも大事なことがあった。

「お断りします、私の人生は私が決める。もうだれの思い通りにもなったりしない。アレクはどこっ!」

「書斎の金庫だ。急いだほうがいいんじゃないか?」

バッと身をひるがえし、ヌーメリアは書斎へと走りながらテルジオにエンツを飛ばす。

「テルジオ、私は書斎に向かうわ。ダイニングに領主夫妻……それとマグナス・ギブスを捕縛陣《ほばくじん》で拘束しています」

返事を待たず書斎に飛びこみ、金庫に駆けよった。当然鍵はかかったままだが、ヌーメリアは素早く解錠の魔法陣を描き、高魔力を勢いよく叩きこんだ。魔法陣が作動すると、金庫の錠がイライラするほどゆっくり回転する。

「開いて!」

やがてカチリと小さな解錠の音がして、金庫の扉が静かに開く。床に転がる小さな体をヌーメリアは見つけた。

「アレク!」

金庫は大人がかがんでやっと入れるぐらいで、床に敷かれた魔法陣の上に、青い髪の少年がぐったりと倒れていた。目は閉じていたものの、その胸は規則正しく上下していて、ヌーメリアはほっとして抱き起こす。

「ヌーメリアさん、館内は制圧完了しました。アレク君は?」

「……大丈夫、眠っているだけみたい」

遅れてやってきたテルジオが、ヌーメリアの後ろからのぞきこんだ。閉じこめられたアレクは魔法陣で眠らされており、息が続くように風の魔石も置いてあった。

「これは眠りの魔法陣ですね。アレク君は金庫の中で眠らされていた?」

「そうね、マグナスがやったのかしら。どちらにしろ許されないことだけれど……配慮はされていた……」

「申し訳ありません。その男は捕縛陣を解き逃走しました。何人かに追わせていますが、グワバン近郊にそのような名の領主は存在せず、高利貸しや違法薬物を売買した形跡はあるものの、商会は実態のないものでした」

エクグラシアへの足掛かりにちょうどいい……男が漏らしたひと言に、言いようのない不安を感じる。

「捕縛陣を解ける力があるのなら……捕まえるのは難しいでしょうね。魔術痕を記録して中央に照会を……身元が割れないなら国外の可能性もあるわ」

「承知しました」

エンツをあちこちに飛ばし、細かい指示をだし始めたテルジオに、あとは任せておけばいい。そのときヌーメリアの腕に抱かれたアレクが身じろぎすると、ぼんやりとひらいた青い目をまぶしそうに細めた。

「ん……ヌーメリア？　僕……お父様に閉じこめられて……助けてくれた？」

「ええ、ええ、遅くなってごめんなさい、アレク……」

アレクの澄んだ声を聞き、しっかりと体を抱きしめたヌーメリアに、少年はとまどうような声をあげた。

「えっ、そんなことないよ。ヌーメリアはすぐ来てくれたもの。あれ、でももう夜だ」

そのあたたかい体のぬくもりを感じながら、ヌーメリアは灰色の瞳から涙をポロポロとこぼした。

「本当に……本当によかった。あなたが無事で……」


翌日、つまり夏祭り当日にテルジオ・アルチニ第一王子筆頭補佐官から、領主夫妻の更迭《こうてつ》と収監が発表された。領主の身分を失った彼らは、裁判を受け刑務所に収監される。

王政のエクグラシアでは、領民から嘆願でもない限りこの決定は覆らないが、彼らの行状ではおそらく嘆願はされないだろう。放漫な領地経営に度重なる不品行……彼らはとっくに領民たちから見放されていた。領主館は、中央から派遣される執政官に、明け渡される事になった。

ユーリが派遣した補佐官たちは将来、国王を支えることになる精鋭たちだ。テルジオは彼らを指揮しながら、ヌーメリアの集めた公金横領や不正薬物取引の証拠に感心した。

「短期間によくもここまで集めましたね。レブラの秘術を使えるのは、魔術師団長ぐらいかと思ってましたよ」

「王家をひっぱりだすのに、生半可な証拠じゃ難しいもの。人の知らぬことでも魔道具が知っている……先代の魔術師団長ローラ・ラーラに教えていただいたの。王都に連れてきてくださった後も、よく面倒を見てもらったわ」

ヌーメリアがかなり無茶をしたと知り、テルジオは眉をあげた。魔道具の記憶を探る〝レブラの秘術〟は、魔法陣も複雑で術者の体に大きな負担がかかる。命を持たぬ魔道具の時の迷路に迷いこみ、生きる屍になった術者もいるとか。彼女はいったい何を見たのだろう。

「うはぁ、錬金術師の捜査能力ヤバいですね。金庫の扉も一瞬で解錠するとか……殿下もやってくれないかな」

「教えてもいいけど……ユーリはろくなことに使わないんじゃなくて？」

小首をかしげて穏やかに笑うヌーメリアに、テルジオはぶるりと身を震わせた。

「それ……想像できます。やっぱやめときましょう！」

「ふふ」

田舎の片隅で怯えていた少女はもうどこにもいない。彼女はもうとっくに、王都で働く国家錬金術師だった。

「マライア・リコリス、こちらの書類にサインを。アレク・リコリスに家督をゆずり、ヌーメリア・リコリスを後見として認めていただきます」

テルジオに差しだされた銀のペンを、マライアは黙って受けとり、術式が施された書類にサインをした。魔力を流すと紙全体がパアッと光り、正式な書類となる。息を詰めて見守っていたヌーメリアは肩の力を抜いた。

「リコリス家の解体でも、よかったのですけれど」

ヌーメリアが漏らした言葉に、テルジオは首を横に振った。

「ヌーメリアさんはそれでいいかもしれませんが、家を取り潰すとアレク君まで、故郷を追われてしまいます。今後のことは彼が成長してから、自分で決められる余地を残しておきましょう」

「好きにするといいわ……結局、領主の座もアレクも、ぜんぶお前のもの。私のものなんてひとつもないのよ」

投げやりにつぶやいたマライアに向かい、ヌーメリアはさとすように応じる。

「マライア、それは違います。貴族の財産とは先祖から次代に受け継ぐだけのもの……誰のものでもありません。本当に自分のものといえるのは己自身だけ……だから貴族は自分を必死に鍛えるのです」

「そう……自分のものがないなんて、貴族なんてなるもんじゃないわね」

マライアは小さな妹ができたとき、うれしかったのは覚えている。けれどいつもそばにいた両親は忙しくなり、家族で住んでいた小さな家は、迷いそうな大きなお屋敷に変わった。とくに屋根裏部屋は怖かった。

（何もかもあの鈍くさくて、いつもお母様に叱られている妹のせいよ。そうだ、屋根裏に閉じこめてやろう。私は怖いけれど、あの子は平気そうだもの）

それでも家族は常に怯えていた。あの子が大人になれば、手にいれたものをすべて失ってしまうから。灰色の髪と瞳をバカにして、学校で転ばせて泣かせても、マライアはいつまでも空っぽのままだった。

（あの子のものなら何でもほしかった。だからいくつも……いちばん大事にしていたものだって奪ったのに）

王都から妹と一緒にきた青年は、この辺にいるどの男とも違っていた。婚約者に不満はなかったけれど、マライアははじめて見る都会の男に恋をした。想いは届かなくとも、彼が妹と寄りそう姿を見るのは絶対にイヤだった。

けれど勇気をだした一夜の代償は、悲痛な表情で彼女を非難する男の顔だった。

『出ていってくれ、彼女のふりをするなんて。もう僕は彼女にあわせる顔がない！』

ズルをしたのだ……両親もマライアも……だから何ひとつ手に入れられなかった。妊娠してどんどん変わってゆく体を見るのは、異物が入りこんだようで恐ろしく、表向きは夫になったデレクも彼女を決して許さなかった。

青い髪の赤ん坊が泣くと男になじられたことを思いだし、マライアは赤子に触れられなかった。我が子が殴られるのを放置したのは、自分を拒絶した男への歪んだ復讐だ。けれど踏みにじって追いだしたはずの妹が、結局何もかも手に入れた。後見人のサインを済ませたヌーメリアが、灰色の瞳でまっすぐに彼女を見る。

「マライア……出発の前に、アレクに会っていかれますか？」

「必要ないわ、顔も覚えてない男の子どもよ。でもお母様のところに寄ってくれる？　お別れのあいさつをしたいわ」

目をそらしたのはマライアが先だった。ゆっくりと立ちあがり、二十年以上暮らした領主館を離れるのに、マライアは何の感慨もなかった。幼い頃暮らした両親と自分だけの小さな家……彼女はそこに帰りたかった。

後始末はテルジオたち補佐官にまかせて、ヌーメリアはアレクと町にでかけた。声をかけてくる人たちとなごやかに会話をし、屋台でパリパリに揚げたムンチョや、糖蜜をかけた甘酸っぱいミッラアメを、買い食いしてたっぷり楽しんだ。夜になると彼女は、アレクを連れて収納鞄を持ち、領主館の屋上に転移した。

「アレク……夏祭りのしあげをしましょう。ここならよく見えるわ」

雲ひとつない夜空には星がまたたき、風もそれほど強くない。眼下にひろがるリコリスの町には明かりが灯り、にぎやかな祭りの騒めきが聞こえてくる。

「こんなところで何をするの？」

はじめて上った屋上で、アレクはこわごわとあたりを見回す。条件を確認したヌーメリアは、自分たちのすぐそばに小さな魔法陣を設置し、座標を打ちこむと空に大きく転送魔法陣を描きだした。そしてネリアに借りた収納鞄から、リョークの店で作ったコロコロとした魔道具をとりだした。

「さあ、投げるわよ。どんな色になるかしらね」

ウブルグの爆撃具によく似たそれを、ヌーメリアが転送魔法陣に放りこむと、すさまじい音とともに空で黄色い火花が大きく丸く散り、アレクは音と光にびっくりして飛びあがった。

――ドン！

「さぁ、どんどん行くわよ……アレクも投げて？」

ヌーメリアが魔道具を放りこむたびに、大空で赤や青、緑に金……さまざまな色の火花が爆音とともに散る。

――ドン！　ドン！　ドン！

アレクもおそるおそる手にした魔道具を投げれば、夜空に赤い大輪の花が咲いた。

――ドオン！

「ヌーメリア、僕の見た？」

「見たわ……きれいね。あれはアレクの息が入っているやつね」

「僕の息⁉」

「吹きこんでいたでしょう？」

ヌーメリアは笑うが、アレクにはさっぱりわからない。けれどすぐに魔道具を投げるのに夢中になった。ひとつずつ投げるのに飽きると、二つ三つまとめて放りこむ。たくさん投げれば空のあちこちで、色とりどりの花火が咲いた。いつの間にか屋上にあがって来ていたテルジオも、感心したように空を仰いでいる。

「なんの爆発かと思えば……みごとですねぇ。リョークの工房にこもっていたのは、このためですかぁ」

楽しそうにふわりと笑って、花火を差しだしたヌーメリアに、テルジオは一瞬見とれた。

「花火というのですって……ネリアが教えてくれたの、金属は燃やすと固有の色がでるって。それを爆撃具につめて色と光が散るのを楽しむの……うまくできたかしら」

「はぁ、爆撃具をおもちゃにするとか、その発想は錬金術師ならではですね。町を破壊するつもりかと思いました」

「アレクがリコリスの町ですごす最後の夜だもの。楽しい思い出にしたかったのよ」

魔道具を魔法陣に投げては、夜空を指さして夢中で歓声をあげているアレクは、おもちゃで遊ぶ無邪気な子どもと変わらない。いまごろ町の人々も空を見あげているだろう。テルジオが受けとった花火を魔法陣に投げれば、空の高い位置に赤と青の大輪の花が咲き、町からも大きな歓声があがった。


祭りの翌日、町役場前の広場には大勢の人が、出発するアレクとヌーメリアを見送りに集まった。アレクは学校の子たちに囲まれ、身だしなみをきちんと整えたリョークが前に進みでる。

「ヌーメリア様……あなた様のご両親を見殺しにしたこの町に、よく戻ってくださった」

「リョーク……」

ヌーメリアはもうこの町に戻るつもりはない。だがリョークは晴れ晴れとした顔で彼女に笑いかける。

「アレク様をよろしく。しがない魔道具師の俺には魔法陣を張る魔力はないが……俺も花火に挑戦します」

「え……でもあれは転送魔法陣で空に送らないと危険なものよ」

心配そうな彼女に、リョークは誇らしげに胸をどんと叩いた。

「色と光を楽しむだけなら、地上で仕掛け花火をしてもいい。炎や雷の魔石を組み合わせたら、すごいものができるかもしれねぇ。リコリスの町は空が広いのが自慢だ。いつかこの町が花火で有名になったら、アレク様と見にきてください」

ヌーメリアは目をみはり、そしてふわりとほほえんだ。未来は今すぐ決めなくてもいい。

「そうね……またいつか」

いつかという約束は果たされても、果たされなくてもかまわない、そんな気楽さがある。

『錬金術師らしいやり方で、自分の運命を捻じ曲げておいで』

何でもないことのように言って、師団長室のネリアは黄緑色の目を細めて穏やかに笑った。いつも自信たっぷりに見える彼女は、どんなふうに自分の運命を変えてきたのだろう。

『錬金術を使うときは、だれを幸せにするかを考えて』

ヌーメリアは握りしめていたペンダントから手を離し、手のひらをじっと見つめた。この手で〝毒〟以外のものを創りだす。それはこの世界に生きる者の運命を変えていく。彼女はアレクや町の未来までも変えてみせた。

(これが奇跡を起こすと言われる錬金術師の力……だれかを幸せにする力を、私が手に入れたとしたら……)

顔をあげればそこに、みんなに囲まれて笑うアレクがいた。絶望していた時には、見えなかった未来が見えた。


——私はまずアレクを幸せにしたい。


その様子を遠くから眺めていた者たちがいる。彼らは祭りの屋台を片づける男たちに紛れて町をでるつもりだ。

「ボス、そろそろ出発しましょうや。あのお嬢さんがたが町をでたら、いっきに閑散としちまう」

「昨晩の夏祭りはみごとだったな……腹の底まで響く音に魂まで震えた。リコリス家に伝わる薬の秘伝を、ごっそりいただくつもりだったが、それ以上のものを見つけた。〝毒の魔女〟ヌーメリア・リコリスか……ほしいな」

ボスと呼ばれた背が高い男は、黒髪に黒い瞳で無精ヒゲを生やし、マグナス・ギブスと名乗った紳士によく似ていた。だが頭にバンダナを巻き顔は汚れ、貴族の男はつけないようなハデな金の耳輪をしている。

「へぇへぇ、またボスの悪い癖がでたよ。そんなすごい女なんですかい。どっちかというと地味……グガッ!」

男の部下はみぞおちに強烈な一撃を食らって崩れ落ちた。

「俺のオンナにケチつけんな。俺はなぁ、捕縛陣で捕らえられたとき、文字通りシビれたんだよ」

「ひでぇよ、ボス……だいたいボスのオンナじゃねぇし……領主館のお嬢様で王城の奥ふかぁくに囲われている錬金術師ですぜ。世界がちがいすぎらぁ」

部下の抗議も気にせず、勝算があるのか男は不敵に笑った。

「ヒルシュタッフにエンツを送る。ヌーメリア・リコリス、つぎは王都でまみえよう」

【リコリス温泉まんじゅう】

研究室にやってくるなり勝手に椅子を見つけ、どっかり座ったテルジオにユーリはぶつぶつと文句を言った。

「テルジオ、お前おみやげのセンスないよ。『リコリス温泉まんじゅう』って何なのこれ。僕にお茶淹れろってこと？」

「いつも美食ばっかの殿下には、そのぐらいがよろしいかと。忙しくてどこも寄れなくて車内販売で買ったんです。嫌なら私だけいただきます。あ、お茶は淹れてくださいね。今はただのユーリ・ドラビスなんですから」

「はいはい、今回は無理をいったからね。感謝してるよ」

ユーリは棚から緑茶の缶を取りだすと、慣れた手つきで小鍋にいれ、小さな火の魔法陣を敷いて焙煎をはじめた。どうやら焙じ茶を淹れるらしい。芳ばしい香りが研究室にただよい、テルジオはのんびりとカップを手にする。

「お、ふつうに美味しいです……殿下ってちゃんとお茶を淹れられたんですねぇ」

「お前、さりげに僕をディスってるよね……」

ゆったりとお茶を楽しんでいたテルジオは、ユーリのひと言で温泉まんじゅうを喉につまらせた。

「あ、僕今度の竜王神事、でることにしたから」

「ン……グッ⁉」

目をむいて彼は焙じ茶に手を伸ばし、慌てて飲んだため舌も火傷した。

「は⁉ いきなりなんです！ こちらにだって準備が！」

「準備なんていらないだろ？ 錬金術師として参加するんだし、式典服着てネリアの後ろを歩くだけだよ」

「心の準備がいるんですよっ！」

「テルジオ、何年僕の側近やってるの。心の準備なんて一瞬ですむだろ。うん、けっこううまいねこれ……後でネリアにも分けてあげよう」

温泉まんじゅうを無邪気にほおばる赤髪の少年に、テルジオはため息をついた。

「昔は外見そのままの素直な性格だったのに……」

「テルジオ……なんか僕に文句でもあるの？」

「いーえっ、文句なんてありませんとも。ちょっと帰りに優しいヌーメリアさんと、素直なアレク君を見て和もうかな」

リコリスの町でビシバシと補佐官たちを指揮したテルジオは、王都の日常に戻ったことを実感して遠い目をした。

師団長室でコーヒーを

ヌーメリアに王都へ連れてこられた当初、ビクビクしていたアレクも、居住区で暮らすうちにネリアやソラ、それに風変わりな錬金術師たちにもすっかり慣れた。いっしょに暮らしてみると、ネリアはいろいろとにぎやかだ。

ある日、アレクが中庭を通って師団長室にやってくると、彼女は全速力でお掃除君から逃げていた。

「うひゃぁあぁ！」

「ネリア⁉」

「この魔道具なんで追いかけてくるのぉ、いやだぁぁ！」

叫びながら逃げているネリアは、お掃除君と遊んでいるようにしかみえない。アレクは一瞬ぽかんとしてから、どうやら真剣に逃げ回っているらしいと気がつき、彼女に大声でよびかけた。

「それ……逃げるから追いかけるんだよ。ネリアが止まれば止まるよ！」

「ホント⁉」

ネリアがピタリと足を止めると、お掃除君も大人の歩幅ぐらい距離をおいてピタリと止まる。

「ウソ、ほんとに止まった！」

「もー、ネリアってば何やってるの。魔道具はちゃんと説明書を読まなきゃダメだよ」

「や、だってはじめて見る魔道具だったし、何かなぁ……って。それ、ユーリが自分の部屋から持ってきたの」

アレクがあきれると、小柄なネリアはさらに小さく身を縮こませた。どうやら説明書はなかったらしい。涙目で胸をなでおろしている彼女は、いったいどんな未開の地で育ったのか、アレクはときどき不思議に思う。

「お掃除君が〝追跡モード〟だったんだよ。人が通った跡をキレイにするんだ。逃げればどこまでも追いかけてくるよ。ほら、〝待機モード〟にしたからもう動かないよ」

「ううう……アレクがいてくれてよかったぁ。お掃除君に追いかけられる夢、見ちゃうとこだった……」

いっしょに暮らすとネリアは、いろいろツッコミどころが多い。ちゃんと術式は書けるし錬金釜も使えるのに、わりと簡単な魔術学園で習う魔法も使えない。こう見えて師団長だから、ヌーメリアやカーター副団長よりも偉いはずなのに、お掃除君を見たこともない。

ネリアは魔導列車も転移門もよく知らなくて、まぁアレクも魔導列車に乗ったのは、ついこないだだったけど。ようやく落ち着いた彼女がズンズン工房に入っていくと、ユーリが机に突っ伏して肩を震わせていた。

「ちょっとユーリ、全然助けてくれないってひどい！」

「ご、ごめんなさ……」

後は言葉にならない。ネリアがむくれてもユーリはひたすら笑いころげていた。彼にしてみれば自分の部屋にあった古い魔道具を、工房に持ってきて駆動系の調子をみて、動きを滑らかにするよう術式を書き直しただけだ。

「これなあに？」

「あ、それは〝お掃除君〟といって……」

そこへやってきたネリアが何気なくさわったとたん、動きだしたお掃除君にびっくりして、彼女は悲鳴をあげて涙目になって工房から逃げだした。

「うひゃあぁぁ！」

整備したばかりのお掃除君は滑らかな動きでスピードをあげ、逃げる彼女をどこまでもスイスイと追いかける。

（うん、僕が整備しただけあっていい動きだな）

ユーリはちょっと思ったけれど、逃げるのに必死なネリアはそれどころではない。

「この魔道具なんで追いかけてくるのぉ、いやだぁぁ！」

早くお掃除君を止めて、飛びだしていったネリアを助けなければ……そう考えている間にも彼女の悲鳴が師団長室から響いてくる。結局ユーリは動けなくなるほど爆笑してしまい、そのまま工房の机に突っ伏した。

ヌーメリアは仕事を終え、机の上にあった薬瓶を棚にしまうと鍵をかけ、地下にある自分の研究室をでた。はじめてネリアと遭遇した階段をゆっくり上れば、ちょうどアレクのために招いた家庭教師が帰るところだ。

「先生、ありがとうございました」

「ひっ！」

声をかけると家庭教師は飛びあがる。十歳の子に教えるだけなのに緊張するのは、場所が研究棟だからだろうか。

「どうかされましたか？」

「い、いえ……アレク君はがんばっていましたよ。では私はこれでっ……」

首をかしげるヌーメリアに見送られて、家庭教師はそそくさと帰った。師団長室では受けた授業の復習を、アレクとネリアがいっしょにやっていた。授業を見学していたネリアは仮面をつけたまま、ふたりで師団長室のテーブルにひろげたエクグラシアの地図を眺め、地理の復習をしているらしい。

「うーん、シャングリラからウレグとは反対方向に進むと、繊維業が盛んなメニアラ……と。アレクやヌーメリアがいたリコリスの町って……メニアラのさらに先？」

「そう。終点のグワバンって街から魔導バスに乗っていくんだよ。ネリアがいたのはどこ？」

「ウレグよりさらに北西、サルカス山地のちょっと手前にあるデーダス荒野だよ。ほらここ、エルリカっていう駅の近く」

ネリアが指さした場所を、アレクが身を乗りだしてのぞきこむ。

「へー何があるの？」

「なんにも」

「なんにも？」

「そう、見渡すかぎり荒れ野がひろがってて、なーんにもないところ」

アレクはよくわからないという顔をして、ネリアに聞いた。

「そんな何にもないところで、ネリアは何してたのさ」

「ええと……家の片づけとかしてた。それにライガを作ってた！」

「ここでライガができたんだね」

「そうそう、星空はとても綺麗だったよ。見上げれば全部が空で、視界を遮《さえぎ》るものが何もないの」

ネリアが椅子に座ったまま大きく腕をひろげたところで、ヌーメリアに気がついた。

「あ、ヌーメリアはもう仕事おわり？」

「お帰りなさい！」

「ただいまアレク。今日は地理の勉強？」

アレクが笑顔で走り寄ってくる。ただ階段を上っただけで、「おかえり」と言ってくれる存在がいることに、ヌーメリアはほっこりした。机に置かれた教科書や地図をのぞきこむ。

「うん、それに魔法陣の描きかたも教えてもらった」

「そう……アレクは何が面白かったの？」

「ええと……」

アレクが今日一番面白いと思ったのは、何といってもお掃除君から逃げ回るネリアだけれど。お掃除君はユーリが持って帰ってしまったし、ネリアは仮面をつけてすまして座っている。

「何でもない、〝証拠隠滅〟は終わっているからね」

「証拠隠滅？」

「なな何でもないよ！」

アレクが難しい言葉を使っている。ヌーメリアが首をかしげると、座っていたネリアがワタワタした。何が起こったかはわからない。けれどどうやら師団長が〝証拠隠滅〟したらしいと考えて、彼女はそれ以上突っこまないことにした。

「ほいじゃ、ヌーメリアも戻ってきたし、居住区でちゃちゃっとケーキをしあげちゃおうか！」

ポイっと仮面を投げだして、ネリアが元気よく立ちあがる。ヌーメリアの仕事中、アレクはソラと過ごすことになっている。ソラはネリアの近くにいるため、自然とネリアがアレクとかかわることも多い。

昨日サルカス名産の甘酸っぱいミッラの実をスライスし、一晩赤い蜜につけてピンク色に染めた。ケーキのしあげはヨーグルトムースを固めた上に、ピンクのスライスを花びらのように並べていく作業だ。

「そうそう、アレクじょうずね。ほら、すごくきれいなお花になった！」

「僕が作ったの、ヌーメリアにあげてもいい？」

「いいねぇ、きっと喜ぶよ。ソラ、コーヒーをお願いね」

「かしこまりました」

聞こえてくる会話に、ローブを脱いで部屋着に着がえたヌーメリアも笑みをこぼす。

「ヌーメリア、あの……これ、僕が作ったんだ」

「おいしそうね……それに、とってもきれい」

美しい花が開くようなミッラのケーキを、おずおずと差しだしてきたアレクの頭をなでると、真っ赤になってはにかんだ。最近歯が抜けてすきっ歯になった、その笑顔をもっと見ていたいのに、少年はくるりと背を向けて、元気よく駆けて行ってしまった。

「僕、ソラを手伝ってくる！」

ヌーメリアもアレクも〝過去〟は変えられない。けれどふたりの〝未来〟は確かに変わった。


「じゃあ、アレクにはソラの作ったケーキね。うん、漬け具合はなかなかね。ミッラの酸味が爽やかだわ」

ニコニコと満足げにケーキをほおばるネリアの頭には、レシピがいくつもあるらしく、新作のケーキは必ずソラと一緒に作り、作りかたを覚えさせている。ヌーメリアは目を細めて、アレクがミッラのケーキをほおばるのを眺めた。ソラの淹れたコーヒーを口にふくめば、すべての憂《うれ》いが空にほどけて消えていくような味がする。

「そうだヌーメリアに聞きたくって。こっちのせか……王都の女の子たちって、スキンケアやメイクはどうしてる？」

「……はい？」

予想外の質問にヌーメリアは、灰色の目を見開いてビシリと固まった。これは世にいう女子トークというものだ。

「ヌーメリアの肌、白くてキレイだし。あと髪はどうやってお手入れしてるの。デーダス荒野って風が強くて乾燥してたから、わたし枝毛だらけなんだよね」

ネリアはヒョイっとつまんだ自分の毛先を、眉を寄せて真剣に見つめている。

「ええと……」

（引きこもってた私に聞くなんて！）

ヌーメリアが色白なのは日に当たらなかったせいだ。けれどネリアは本気で聞いている。そもそもメイクとは人前にでる時にするものだから、今まで必要なかった……と答えるのもどうかと自分でも思う。何と答えようか、困っていたらアレクが口を挟んだ。

「そういうのヴェリガンが詳しいよ。僕がケガしたとき、ササッと塗り薬作ってくれたし、ハンドクリームやリップクリームもレシピを知ってるって。手がしっとり滑らかになるし、唇もぷるぷるになるってさ」

「えっ、ヴェリガンが知ってても、宝の持ち腐れじゃないかなぁ」

ネリアが首をかしげる横で、ヌーメリアは決意を秘めた表情で、ケーキの皿を持ちアレクに話しかけた。

「アレク……このケーキ、彼にも持っていってあげましょう。そしてレシピについて聞いてみるわね」

「えっ、うん……ヴェリガンも喜ぶと思うよ！」

とつぜん研究室にやってきたふたりに、ヴェリガンはびっくりしてアワアワしながら、〝緑の魔女〟直伝のレシピを引っぱりだした。そしてヌーメリアが真剣にそれを読む横で、涙ぐみながらミッラのケーキを食べ、ノドに詰まらせてアレクに背中をさすってもらった。

赤の錬金術師

ポルン

　魔導国家エクグラシアの王都シャングリラ、その中心に位置する王城の裏手にある研究棟で、自分の研究室にいた錬金術師ユーリ・ドラビスは大きく伸びをした。首に赤い魔石のチョーカーをした彼は、見た目は十四～五歳の少年だが、今年成人したばかりの十八歳だ。

「休憩しようかな。師団長室に顔をだせば、ネリアがオヤツをくれるかもしれないし」

　先代の錬金術師団長グレンが亡くなり、デーダス荒野から突然やってきたネリア・ネリスという娘は、あっというまに錬金術師団になじんで、ほかの師団長たちとも対等に渡りあっている。年も近いし頼りにされるのがうれしくて、ユーリがちょっとカッコつけてみても、ネリアにはまったく効果がない。

「やっぱ背かなぁ」

　ユーリはため息をつくと髪をかきあげた。たった数年だと思っていた、首にはまるチョーカーを邪魔に感じる。彼女と同じ師団長たちが、やたら背が高くて顔がいいのもいけない。元気がよくて食べるのも好きな彼女は、今のところ色気よりも食い気で、師団長室の守護精霊にソラと名づけて、せっせとお菓子作りを教えている。

「きょうはね、グミを作ってみたの。ペクチンと果糖に濃縮したピュラルの果汁を……」

　オートマタは新しい主人の命令に忠実に従う。日替わりででてくるオヤツは見た目も味も面白くて、ユーリは師団長室に顔をだすのが楽しみになった。ウブルグ・ラビルもよく師団長室にいっては、ソラにオヤツをねだっている。

（べつに胃袋をつかまれたわけじゃないけど……ひとりで何か食べるよりは、にぎやかなほうがいいな）

　三階にある自分の研究室をでてユーリが一階に下りると、研究棟の入り口からネリアの声がする。

「まずは一歩からだよ。ヌーメリアもいっしょにがんばろう！」

「そ、そうですね……」

白い仮面をかぶったネリアと、灰色の髪と瞳の〝毒の魔女〟ヌーメリアが、のそのそ研究棟から出かけるところだった。伸びあがってキョロキョロしているネリアと、背中を丸めてコソコソしているヌーメリアに、思わずユーリは声をかけた。

「ふたりとも何してるんですか」

「「ひゃっ」」

飛びあがったふたりは、ビクビクとユーリをふりかえり、ネリアがほっとしたように胸をなでおろした。

「なんだユーリかぁ」

「なんだじゃないですよ、何でそんなにビクビクしてるんですか」

彼を王子様扱いしないのがネリアのいいところだけれど、人の顔をみるなり「なんだ」はない。ユーリがちょっと口をとがらせれば、赤茶の髪を指先でくるくるといじりながら、彼女はとぼけた感じで答えた。

「やー、黒いローブの魔術師じゃなくてよかったなって」

「そ、そうです。魔術師じゃなくて……本当によかった……です」

コクコクと思いつめた顔でうなずく灰色の魔女も、魔術師が苦手で研究棟の地下にひきこもっているらしい。テルジオの話では故郷で大活躍したらしいが、王城を歩き回るのは未だに緊張するようだ。

「王城に何か用事が？」

「用事があるわけじゃないの、しいていえば王城探検かな。だからあいつに見つかりたくないのよね」

たずねればネリアはふるふると首をふった。いちいち仕草が可愛らしいが、これで錬金術師団長なのだから世の中不思議すぎる。あいつというのがだれなのか、ピンときたユーリはヌーメリアにもたずねた。

「王城探検って、ヌーメリアもいっしょに？」

「は、はい……アレクがマウナカイアに行くのを楽しみにしていて……苦手な王城にも慣れたいですし」

ヌーメリアはぶるぶる震えながら、ネリアの白いローブの袖をギュッと握りしめている。アレクがマウナカイアに行くのを楽しみにしているのと、王城探検がつながらなくてユーリは首をひねった。

「えっと、それが王城探検にどんなつながりが？」

「もうっ、ユーリってばそのぐらい察しなさいよ！」

ネリアがローブの腰に手をあてて胸を張る。たぶん本人は偉そうなつもりだろうが迫力はない。

「マウナカイアといえばサンゴ礁がひろがるリゾートでしょ。アレクは海で泳ぐのを楽しみにしているし、当然わたしたちも海に行くわよね？」

「ええ、まぁそうですね」

ユーリがうなずくと、ネリアはぐっとこぶしを握った。

「それまでにわたしたち、ナイスバディを手にいれなくちゃ。まずはウォーキングよ！」

「ネ……ネリアの魔道具が示した数字に……私もやらなきゃって。数字……現実……怖いぃ」

ヌーメリアまで必死な顔でコクコクとうなずき、それでも怖そうに自分より小柄なネリアにひっついて、彼女のローブを握っている。どうやらふたりとも自分のスタイルが気になるようだ。

「それなら僕が案内しましょうか？」

「えっ、いいの？」

「だってネリアは王城を知らないし。ヌーメリアもアレクのこと以外で、最後に王城に顔出したのっていつです？」

ヌーメリアはおずおずと、ネリアのローブを握ってないほうの左手で、指を折って数えはじめた。

「錬金術師のローブを作りに……服飾部門へ……」

指を全部折りおわったところで彼女は沈黙した。何年前ですか……と聞いてはいけない、たぶん。

「僕はこの王城にはくわしいし、抜け道だって教えられますよ。どこか見たいところあります？」

「うーん、図書室にも行ってみたいけど、まずは水路のある中庭かな！」

というより王城の裏手にある研究棟からは、転移陣を使わない場合は通用口を通って、塔や竜舎にも面した中庭を抜けないと王城内のどこにも行けない。錬金術師団の本拠地は王族たちの居住区である奥宮より、さらに奥にあって独立しているのだ。

「中庭ですね、今は水路脇に植えられたバーデリヤが花盛りですよ」

「バーデリヤって青い花だよね」

噴水や水路がある中庭は、王城で働くひとびとが休憩する場でもあり、魔術師や竜騎士もよく行き交う。ユーリたち一行は研究棟前の広場をぬけ、奥宮の外周にあたる通路を進み、中庭に通じる通用口の前に立った。そこでネリアがギュッと両の拳を握り、ヌーメリアを励ます。

「深呼吸よヌーメリア、空気を吸う前に息を思いっきり吐いて、深く自然に肺へと風を送るのよ」

「は、はひ……ひふっ、ふすぅー」

「そうそう、過呼吸を起こして倒れないようにね。すぅーはぁー」

小柄なネリアが腕を大きく広げ、胸を精一杯張って深呼吸をはじめると、ヌーメリアはきつく目を閉じ、胸にかけた毒入りペンダントを握りしめて、ぶるぶる震えながら息を吸おうとしている。

(だいじょうぶかなぁ)

王城生まれのユーリは緊張なんかしないが、何だか心配になって見守っていると、ネリアの白い仮面がふりむいた。

「ユーリもやりなさいよ」

「あ、はい」

すぅー……。はぁー……。

(僕、何やってるんだっけ)

ふたりに合わせて深呼吸したユーリが、ちょっとそんな気分になったところで、彼女たちの準備は整ったらしい。

「さあ、まずはこの一歩を踏みだすのよ。マウナカイアへと続く栄光の道よ！」

「は、はい！」

王城の中庭に足を踏みいれるだけなのに、ふたりの周囲にはキラキラしたオーラが漂う。そしてヌーメリアとユーリを従えて、栄光の一歩を踏みだしたネリアは……「うげ」とカエルが潰れたような声をだした。その視線の先には黒いローブの魔術師、それも彼らの長たる師団長を務める男が、銀に輝く長髪を風になびかせて立っていた。

彼女が見つかりたくないあいつ――魔術師団長のレオポルド・アルバーンは、いぶかしげに眉を寄せてこちらを見たかと思うと、まっすぐにスタスタと歩いて中庭を横切ってきた。

青みがかった銀髪は初夏の日差しを反射して、まぶしいほどにきらめき、黒いローブの背にさらりと滝のように流れる。姿は精霊のように美しいが、身にまとう魔力の圧は見る者の足をすくませる。

「これは錬金術師団長、錬金術師たちを連れて散歩か?」

薄い唇をひらけば冷気を帯びた声がする。黄昏時の空を思わせる薄紫の瞳は、ネリアにむけて鋭い光を放った。

「そのとおりよ、いまわたしたちは栄光の一歩を踏みだしたところなの!」

「栄光の一歩?」

腰に手をあてて胸を張って答えるネリアは、いばっているつもりだろうけど迫力はない。レオポルドはけげんそうに眉をあげ、説明しろとでも言うようにユーリを見る。背中にじわりと汗をかきながらユーリは説明しようとした。

「あ、ええと……ないすばでぃを手にいれるために」

「ちょっとユーリ!」

ネリアはあわてたけれど、レオポルドは秀麗な眉をひそめて、低くよく通る声でユーリの言葉を聞き返した。

「ないすばでぃ?」

彼の落ちついた男らしい声に、ユーリはまだ少年っぽい、アルトといった感じの自分の声が気になった。そこにいるだけで彼はいちいち、ユーリのコンプレックスを刺激するし、長身から見おろされるのにもカチンときた。

(ちがう、そりゃ僕は小さいけど!)

きっと小柄なネリアも同じように感じているはず……横に立つ彼女を意識しつつ、ユーリはずいっと前にでた。

「ふたりがワッハーなナイスバディになって、マウナカイアを満喫できるよう、僕も協力してるんですよっ!」

「ひぃっ」

顔を真っ赤にして叫ぶように言いかえせば、ヌーメリアが小さく悲鳴をあげた。ワッハーなナイスバディ……自分で言って超恥ずかしい。白衣の錬金術師三人と黒衣の魔術師団長は、いつのまにか中庭で注目を集めていた。

「そうか」

赤くなったユーリに対し、レオポルドはまばたきをしてひと言発しただけだ。それがまた恥ずかしさを加速させる。こういうときオドゥなら「ぶひゃひゃひゃっ」と下品なまでに笑いころげて、そのまま流してくれるのに。行き場がなくなった「ワッハーなナイスバディ」が自分のまわりをぐるぐる回る。

だいたいユーリが「ワッハー」などという言葉を覚えたのも、オドゥが研究の合間にする、ちょっと刺激的かつ大人な話のせいだ。テルジオだったら絶対そんな話はしない。けれどオドゥがする話のほうが断然おもしろかった。つい聞いてしまう自分もいけない。そんな反省もしつつ、ユーリはオドゥの同級生だった男をにらみつけた。

ムカつくことにレオポルドは、そんなユーリを気にもせず、再びネリアへと視線をむけた。どこか超然とした彼も、彼女を見るときだけ瞳の色が変わる。正体を見極めようとでもするかのように、探るような視線でいつも観察していて、意識の端で彼女を気にかけている。だがここでヌーメリアが青くなってぶるぶる震えだした。

「そうです、それでいい機会ですし、僕が彼女たちに王城を案内します。通していただけますか?」

何しろこれは栄光への第一歩なのだから、ここでひき返すわけにはいかない。ぐっと腹に力をこめたユーリが、にらみ合うふたりのあいだに割ってはいると、レオポルドは少し驚いたように目をみはった。

研究棟の錬金術師ユーリ・ドラビスの顔を知らない者はこの王城にいない。だからこそ彼は研究棟にひきこもっていた。ネリアがいなければ、竜王神事にも参加しなかっただろう。

(そう、彼女がいる……ただそれだけで僕は、こいつに向かっていく気になる。この姿で堂々と王城を歩いてみようとさえ思えるんだ)

「さ、いきましょうかネリア」

「うん、いこう」

彼女がユーリの差しだした手をとったとき、ユーリはちょっとだけ得意な気持ちになった。レオポルドの横をすり抜けるようにして歩きだす。

(だからといって見ているだけの男に、これでリードできたわけじゃないけれど)

無言で見送るレポルドの視線を、痛いほど意識しながら中庭から本城にはいり、ようやく肩の力を抜いたユーリにネリアがそっとささやいた。

「ユーリ、ありがとね。あいつ……前にわたしのこと『色気はない』って言ったのよ」

(僕だったら絶対そんなこと言わないのに)

ネリアの神経を逆なでするようなことを、あいつは平気で言ったらしい。彼女に色気があるかといわれると、たしかにそういったことは感じない。それよりもユーリは彼女の笑顔にドキリとしてしまう。

「ネリアってよく彼のことを見ていますよね。やっぱり気になるんですか？」

（あいつもネリアを見ているけれど）

それはどうしてもネリアに教えたくなかった。するとグッと拳を握りしめた彼女から、思いがけない答えが返ってくる。

「ちがうよユーリ。わたしが見ているのはね、あいつの髪！」

「髪ってあの銀髪を？」

「そうよ、どんなお手入れしてるのかしら。わたしは毎朝苦労して髪を編んでまとめてるのに、あいつの髪ってばキューティクルキラッキラで、サラッサラのツヤツヤじゃないの。すっごく気になるわ！」

「そうですか……」

その答えに脱力すると同時にどこかホッとした。ネリアの拳は小さく丸っとしていて、無機質な仮面をつけることで、師匠のグレンばりの威厳と迫力を手にいれたつもりでも、こうしていると彼女の仕草でだいなしだ。

「でもユーリ、どこに向かってるの？」

手をとられたままなのが気になったらしく、ユーリの手の中で彼女の小さな手が、居心地悪そうにもぞりと動いた。その手を逃がさないようにして、ユーリは優しくニッコリとほほえむ。

「すぐに着きますよ。僕のとっておきの場所にふたりをご案内します」

（そうだ、しばらく行ってなかったあの場所にいってみよう。あそこならネリアもきっと笑顔になる）

すれちがうひとびとが驚いたように彼らを見た。王城で働く者はみなユーリの顔も、研究棟にひきこもる理由も知っている。だけど手の中にある小さな手を意識するだけで、彼はそういったことが何も気にならなくなった。

警備や管理をするスタッフの移動用に、王城には隠し通路がいくつもある。ユーリ自身は使う必要がない〝秘密の隠し通路〟も、小さな頃からスタッフについて回って覚えた。大広間への扉をひらく〝扇を持つ赤の淑女〟や、厨房《ちゅうぼう》へ近道ができる果物の静物画なんて、ちょっとした目印にも置いた人物のセンスを感じる。

「この絵にはこう唱えます。〝今日のメニューはなあに？〟」

「うわ、お腹すいちゃいそう」

ネリアの前で壁にぽっかりと穴があく。まっすぐな通路はひろびろとしていて、大広間で晩餐会が開かれるときは、台車を押したスタッフがすれ違えるようになっている。ふたりを案内していて、ユーリはちょっと小腹が空いてきた。昼食をとっくに過ぎたこの時間、夕食の準備をはじめる前に、厨房でもひと息ついている頃だろう。

（そうだ、僕はおやつが食べたかったんだ）

ひろびろとした厨房に入るなり、ネリアが目をみはった。スッキリとしたキッチンで、かまどにかけられたスープ鍋の真上では、味つけの魔法陣が展開してスパイスの小瓶が飛び回っている。

「うわぁ、すごい！」

「あれ、ネリアは本格的な魔法調理を見たことがないんですか？」

サーデで呼びよせられるから、鍋や皿は天井まである棚に収納されている。キョロキョロと厨房をみまわすネリアに、ユーリが声をかけると彼女は素直にうなずいた。

「うん、はじめて……火の魔法陣を敷いてお鍋を加熱するとかはあるけど」

「王城では専門の調理職人がいますからね。やぁダース、ひさしぶりにあれが食べたくてさ、作ってくれる？」

ユーリが調理職人のダースを見つけて呼びかけると、かっぷくのいいダースはにっこり笑う。

「厨房へようこそ、ちっちゃい殿下。あれといったらポルンですかな。お安いご用です」

案内された厨房のとなりにある休憩室で、ユーリはネリアに説明した。

「ポルンは小麦粉に卵や砂糖、それにミルクを混ぜて練った生地を、油で揚げるシンプルなおやつなんです」

「ほうほう、ドーナツみたいなものかな」

「最初に食べたのはいつだったかな……何かのときにむずがった僕に、スタッフがたまたま持っていた、自分のポルンを食べさせてくれたんです」

ポルンはスタッフのためのおやつで、城の厨房では材料が余ったときに作ると知り、それからユーリは厨房に通うようになった。ここにやってきて座って待っていれば、いつもダースがポルンを作ってくれる。

通ううちに仲良くなったダースは、いつも親しみをこめて「ちっちゃい殿下」と呼びかけてくる。弟カディアンの背が自分を追い越してしまい、いつしかユーリはそう呼ばれるのが苦痛になった。

（もう子どもじゃないんだ）

ときどきポルンを食べたくなっても、そう自分に言い聞かせて厨房に行くのをやめた。それなのに王城探検をしていたらふと思った。ふわふわの生地、香ばしい香り、やさしい甘さ……自分が大好きなものを彼女に教えたい。

（ネリアにもポルンを食べさせてあげたいな）

そう考えたら自分のつまらない意地など、どうでもよくなった。

「はい、ちっちゃい殿下、お待たせしました！」

数年ぶりだというのに変わらない笑顔で、ダースはできたてアツアツのポルンを運んでくる。それをつまんでネリアがニコニコと口をあければ、可愛い白い歯がみえる。

「いただきます……おいしい！」

「やさしい味ですね」

ヌーメリアもほっこりとほほえみ、うっとりした表情でポルンを味わうネリアに、ユーリも幸せな気分になる。ところがハッとしたように目を見ひらいて、彼女は手元にあるカラの皿を見つめ、泣きそうな顔でふりむいた。

「ユーリ、どうしようぅ……」

「おかわりならありますよ」

小首をかしげたユーリにブンブンとかぶりをふって、彼女は悲痛な表情でさけんだ。

「わたし、ダイエットするために王城探検してたのに！」

「……バクバク食べてましたね」

それはもうユーリよりも大喜びでむしゃむしゃと。つられて食べていたヌーメリアもそれなりに。残念ながら彼女たちは『ワッハーなナイスバディ』からまた遠くなった。

「ダースさんに、おみやげでもらっちゃった！」

ポルンはひとりより、大勢で食べたほうがいい。もらったポルンを研究棟に持ち帰り、またみんなでつまんだ。

「ポルンはまかないのおやつなんです。『王族にだすようなものじゃない』って食べさせてもらえなくて。僕が厨房にこっそり行ったのは大好きなこれを、どうしてもお腹いっぱい食べたくて」

ユーリがそういうとポルンを食べていたオドゥが、いきなり目元をうるっとさせた。

「あーもぅ、ユーリのそういうところが可愛いんだよなぁ」

「何がですかオドゥ、『可愛い』とかやめてくださいよ！」

笑いころげながらオドゥは黒縁眼鏡をはずし、自分の指で目尻の涙をぬぐう。

「や、『お腹いっぱい食べたくて』とか……そのセリフだけで泣きたくなるよ。兄ちゃんがついてるからな！」

（くる！）

身構えたときにはもう遅かった。……ぎゅう～。

がっちりと抱きしめるオドゥの腕をふり払おうとユーリがもがいても、ぜんぜん彼の腕をほどけない。

「ちょっ、オドゥ……男に抱きしめられても、うれしくないですっ！」

「わかってる、わかってる。僕が抱きしめたいだけだからさっ」

ぎゅう～。

「はーなーせえぇーっ！」

放せ、ほんとコイツやだ。こないだは研究室にいたら同じノリで寝技までかけられた。顔を真っ赤にして「降参……するっ」と音をあげるまで、変な体勢で固められた。思いかえしても屈辱でしかない。中肉中背でどちらかといえば細身なのに、オドゥの動きは洗練されていて、体術の心得があるユーリでもなかなか勝てない。

「ただの錬金術師がなんでこんなに手練れなんだよ！」

ネリアはぱちくりとまばたきをして、あきれたように首をかしげた。

「オドゥってほんとユーリのこと好きだよねぇ」

「大・迷・惑ですよっ！」

もしも背が伸びたら弟より高くなりたい。それに加えて絶対、オドゥよりも高くなりたい。もしもそうなれば。

(あいつみたいに上からオドゥを見おろしてやる!)

きょう会った銀髪の魔術師を思いだしながら、ユーリはジタバタと暴れて、必死にオドゥの腕から逃げた。


奥宮にある自分の部屋で寝る準備をしながら、ユーリは一日のことを思いかえす。ひさしぶりに歩いた王城はやはり広くて、ネリアはただ純粋に驚き、ひとつひとつに感心していた。彼女の目を通せばいつもの見慣れた光景すらも新鮮で、ユーリはまったく退屈せず、部屋をめぐって説明するのが誇らしかった。

(ネリアたちといっしょにマウナカイアかぁ……)

錬金術師団のみんなで行けたらいいねと、話がでたことを思いだす。珊瑚礁の海で楽しむネリアを、ユーリは想像しようとした。夏の日差しを浴びた彼女は、赤茶の髪もペリドットの瞳も健康そうにきらめいて……いい感じに思い浮かべたところで、強い光を放つ薄紫の瞳が脳裏をよぎる。

流れる銀糸のような髪を背に流した、強烈な印象を与える怜悧《れいり》な美貌。今日はそんな彼と真正面から向きあい、臆せず堂々とものが言えた。どうやら「わっはー」が効いたらしい。そんな自分をほめたいが、目を閉じてネリアを思い浮かべようとすると、銀髪の魔術師がドンと立ちはだかる。

何度やっても楽しそうなネリアは「きゃー」とどっかにいって、レオポルドがあらわれる。そのうち低くよく通る声さえ、脳内再生してしまいそうだ。

(ちがう、僕が思い浮かべたいのは……)

銀髪の魔術師がドン。しかも絞め技をかけてくる錬金術師まで出てきて、ユーリはむくっとベッドに起きあがった。

「あいつらのこういうところが嫌いなんだよ!」

まだまだ好き嫌いの多いユーリは自分の枕をボスっと投げ、ふてくされるとブランケットにくるまった。

服がない！

チョーカーが外れて体が大きくなったとたん、ユーリは最初の問題に直面した。奥宮にある自分のベッドの上で彼は、やってきたテルジオからの報告を聞き返す。

「服がない？」

今の彼は医務室で用意した、簡素な検査用の寝間着を着せられていた。レオポルド・アルバーンもチョーカーが外れた直後は、学園の保健室で似たような格好をしていたらしい。補佐官のテルジオは、うわの空で返事をした。

「あ、はい。ララロア医師の診察を受けて問題がなければ、そのあと服飾部門が採寸します。それから縫製にかかるので、少なくともあと数日はかかるかと。このさい一ヵ月ぐらい、ベッド生活でもいいのでは？」

「僕は病人じゃない！」

「えー、どこにも行かず、おとなしくしててくださいよぉ」

何しろ〝立太子の儀〟が現実のものとなる。日時を決定して大聖堂や周辺諸外国へ連絡をとり、王城の準備にパレード……さすがのテルジオも、どこから手をつけたらいいかわからない。するとせっかくの凛々しい美青年が、残念な感じにぶすっとむくれた。

「母上がしょっちゅう僕の見舞いにくるんだ。できるだけ早く奥宮から離れたい」

「これまでの殿下ならむくれ顔もかわいいですが、今だとあんまかわいくないですよ。ヒゲがやっぱ伸びますよね」

「う……」

ユーリは自分のあごをなでた。まだ彼はヒゲ剃りが苦手で、さっきも流血してシーツをとりかえたところだ。

『うわ、血に染まるシーツってなんかヤバいですね！』

『うるさいよっ！』

そんなやりとりをテルジオとしたばかりだ。カミソリは横に滑らせてはいけない、それを今日学んだ。傷はすぐに治癒魔法で治したが、剃り残しのチクチクが指に当たる。大人っていろいろめんどくさい。

「ともかく診察の前に食事をしたい。それと何でもいいから服がほしい」

「かしこまりました」

不機嫌なままベッドでユーリが寝返りを打っていると、いったん姿を消したテルジオがすぐに戻ってきた。本城に行ったにしては早すぎると思ったら、彼は同じ奥宮にあるカディアンの部屋に行っただけだった。

「体が元気なら寝ているのも退屈でしょうし、カディアン殿下から服を借りてきましたよ。下着は新品です」

「カディアンの……てのが引っかかるな」

眉を寄せてユーリが渡された服を眺めていると、テルジオは首をかしげて提案した。

「おイヤでしたら、アーネスト陛下のところから……」

「もっとイヤだろっ！」

テルジオを寝室から追いだして起きあがり、ぶかぶかに見えた大きな服に着替えれば、ちゃんと自分の体にフィットした。筋肉質な弟の体にあわせ、袖まわりも緩めに作られている。

「え……あいつの服、意外と装飾が多いな。僕の好みともちがうし」

服が重く感じると思ったら、縁飾りをわざわざつけてあったり、使っているボタンが金属で加工してあったりと、何かしら手が加えてある。ユーリはシンプルな服が好きだから、着るだけで肩がこりそうだ。

「重たい上になんだかヒラヒラしてる。やっぱり早く自分の服がほしいな」

鏡を見れば髪の長さはそのままで、ただ骨格が今までとちがう。顔つきまで変わってしまって、少し前まで着ていた服の小ささに自分でも驚いた。どれだけの勢いで伸びたのか……息もできないほどの激痛を思いだし、ユーリは顔をしかめた。


服を着て寝室からでると食事が用意されていた。席に着いてパンをちぎりながら、ユーリは研究棟の中庭での朝食を思いだす。早くネリアにも顔を見せたいのに、錬金術師のローブから作り直しだ。それに動くとまだクラッとする。彼はパンをもくもく食べながら、そばに控えるテルジオに相談する。

「そうだ、できたらふつうの服もほしいな」

「ふつうの服？」

テルジオはいぶかしげな顔をした。たぶん今の服飾部門長に「ふつうの服を」と頼んでもムリだろう。さっきちらりとのぞいたら、布見本をすごい勢いでめくりながら、あちこちに指示を飛ばしていた。

『サルカス産のレースを、ボタンは魔石と術式のくるみボタン、どちらがいいかしら……とりあえず両方！』

あの調子だとすぐに十着二十着、王太子にふさわしい感じに服飾部門が腕によりをかけた、キラキラしたビラビラのゴージャスな服ができそうだ。どこをとってもふつうっぽさなど、まるでないだろう。

「街で浮かない服がいい」

「もうネリアさんは誘ってくれないと思いますけど」

黙ってにらみつけるところを見ると図星らしい。テルジオはちょっと考えて、すぐに解決策を思いついた。

「殿下の新しい鞄、ユーティリスモデルでしたっけ。あれを作ったところに依頼したらどうですか。婦人服がメインのようですが、アレクの服も買えたそうですから、頼んだら作ってくれるのでは」

「アレクの服といっしょにするなよ。でもそれなら、鞄に合わせたデザインも頼めそうだ」

ユーリの顔がパッと輝いた。鞄のデザインは気にいっているし、彼女たちならセンスもいいだろう。食後にララロア医師の診察を終えると、すぐに服飾部門の採寸があった。そしてけっこう無理したものの、ユーリはカディアンの服を着て、研究棟にも顔をだした。


緊張した表情で王城にやってきたニーナとミーナは、はじめて奥宮に足を踏みいれユーリと対面した。

「まぁ！」

その成長した姿に、ニーナはひと声発したきりで固まってしまい、ユーリは困って首をかしげる。

「ニーナ？」

「失礼します」

ミーナにさっと渡されたペンを持つと、ニーナはデザイン帳のページをめくり、猛然とデザインを描きはじめる。

あっけにとられているユーリに、ミーナがにっこりしてヒモのような形をした魔道具をとりだした。

「採寸は私がしますね、色の好みなどありましたら教えてください」

最初は緊張したユーリも、ヒュルヒュルと体にまとわりつき、自動で採寸していくヒモに目を輝かせた。

「へぇ、こんなのがあるんだ」

「体にさわられたくない淑女もいらっしゃいますし、これだと測りながら手が使えて楽なんです。仕事用の魔道具は、必要に迫られて作ることが多いですね」

「ミーナが作ったの？」

驚いたユーリに、ミーナは若草色の瞳でウィンクした。

「ええ、メロディにも手伝ってもらって。中退ですけど魔術学園にも通いましたし、手を使う作業は好きですから」

聞き上手なミーナには自分の要望も伝えやすく、ユーリは素直に感謝の言葉を口にした。

「ありがとう、きみたちの手を借りられてよかった。それと頼みたいことがあって……きみたちが身元引受人になってくれたら、うれしいんだけど」

アイリ・ヒルシュタッフの名を聞き、ふたりは驚いた顔をしたものの、事情を聴いて快くうなずいた。

「自立した生活が送れるよう、手助けをすればいいんですね。おまかせください、私たちは女性を輝かせるのが仕事です。きっとアイリも楽しめますし、すてきな女性になりますわ」

それを聞いただけで、胸のつかえがとれたユーリはふっと心が楽になる。

（いつかちゃんと……彼女に会って謝りたい）

子どもだった、だれもが。自分だって大人のつもりでいたけれど、ちっとも大人なんかじゃなかった。

それからしばらくは忍耐の日々だった。弟のカディアンがうれしそうな顔で、ときどき部屋にやってくる。

「兄上が俺の服を着ている……その服、色違いも持っているから、おそろいで着てフォトを撮ってもらおうか。あ、肖像画も描いてもらいたいな。テルジオ、画家はいつ呼ぶんだ？」

「ええと、そうですねぇ」

「そういうのは〝立太子の儀〟が終わったあとにしてくれ！」

ユーリはたまらず叫んだが、それよりまいったのは心配性の母親に、しつこく体調をたずねられることだ。

「ユーティリス、どこか痛いところはない？」

「だいじょうぶ、何ともないよ」

「本当に？　隠しているのではなくて？」

どう答えてもさらに心配されるため、ユーリは煩《わずら》わしかった。父親がやってくると、もっと最悪だった。

「それでどうだ、大人の体は」

ニヤニヤ笑いながら聞かれて殴りたくなった。どれもささいなことだ、ユーリはそう思うことにしてベッドに寝ころぶ。今の彼にとって、〝ニーナ&ミーナの店〟から服が届くのだけが楽しみだった。

（またきっと彼女と街を歩ける。今度はライアスみたいに、ちゃんと大人っぽくエスコートするんだ。そのために準備したたっていいじゃないか……）


待ちに待ったある日、五番街から届けられた荷物を、彼はさっそくテルジオに開けさせる。

「……いいね」

ストライプ生地の涼しげな開襟シャツに、襟がない丸首シャツ。通気性のいいスラックスに、ゆったりしたワイドパンツ。どれもふつうに着て街を歩けるし、ニーナたちらしくセンスもいい。海を意識したデザインは、マウナカイアにも持っていけそうだ。ユーリの満足そうな表情に、テルジオもホッとして笑いかける。

「ご満足いただけましたか？」

「うん。製作中のローブのかわりに、さっそく何か着て研究棟に顔をだそうかな」

そう返事をしたとき複数の足音がして、勢いよく奥宮の扉があいた。

「服が届けられたとか。まずはこちらで検品をいたします」

いきなりあらわれた服飾部門のスタッフたちは、止めるヒマもなくズカズカと部屋に入りこむと、テルジオに何かささやき、届けられた服をサッと取りあげ、すべて持っていってしまった。

「テルジオ……」

あとに残されたユーリがぼうぜんとして補佐官の顔を見れば、テルジオも困ったように肩をすくめた。

「あーええと、気になるみたいですよ。伝統と格式ある服飾部門を差し置いて、殿下が選ばれた流行の服というのが。ちょっと調べたいそうです」

その感覚はユーリにも覚えがある。自分もはじめて手にいれた収納鞄は二個頼んで、ひとつを分解してしまった。服の術式は裏地に刻まれている場合も多い……そこまで考えて、彼はハッとして青ざめた。

「まさか服をバラバラにするんじゃないだろうな？」

「どうでしょうねぇ……きちんと縫い合わせてくれるとは思いますが」

テルジオの返事も心許ない。何より結局、新しい服を着て研究棟にいけない。

「どうするんだよっ！」

キレたユーリにテルジオは心底どうでもいい……という顔をした。

「あきらめてカディアン殿下に服をもらいましょうよ」

「それじゃ気分がでないだろ」

「何の気分ですか、まったくもう」

そんなわけでユーリはしばらく、研究棟に顔をださなかった。ようやく戻ってきた服でドキドキしながら行ってみれば、ネリアには新調したばかりの服にまったく気づかれず、体調のほうを心配されたので彼は少し切なかった。

銀の魔術師

魔術師、白猫を拾う

――いったい何をしているのだろう。

夏がきたばかりのある日、魔術師団長のレオポルドは副団長のメイナード・バルマと本城を歩いていて、事務部門からでてきた三人連れにまずそう思った。錬金術師の白いローブは遠くからでもよく目立つ。錬金術師団のカーター副団長はよく知っている。あとのふたりは女性らしく、小柄なほうが赤茶の髪をサイドで束ねて仮面をつけていた。もうひとりは灰色の髪をしており、名だけは聞く〝毒の魔女〟ヌーメリア・リコリスだろう。

（……？）

レオポルドが見ている前でふたりと別れ、仮面の娘はフラフラと水路がある中庭へ歩きだした。何となく違和感を覚えて見送っていると、横にいたメイナードが不思議そうに呼びかけてくる。

「師団長？」

「先にいけ」

メイナードを塔に戻したレオポルドは、そのまま中庭に足を踏みいれた。探すまでもなく娘はすぐに見つかったものの、ひどくゆっくりとした動きで足取りがおぼつかない。急いで足早に近づけばその気配を感じたのか、こちらを振りかえった娘の顔から、ぽろりと仮面がはがれ落ちた。

どこか必死で……すがるような黄緑の瞳と目が合ったとたん、小さな体がぐらりと揺れてその輪郭がブレる。レオポルドが崩れ落ちる体を支えようと、瞬時に転移して伸ばした腕は空を切り、彼女の姿はまるで最初からそこに居なかったかのように消えた。

そして黒いローブの足元には一匹の白猫がうずくまり、きょとんと彼を見あげている。ぱちくりとまばたきをする、宝石のように輝く黄緑の瞳にホッとしたものの、舌打ちしたい気分で乱暴に声をかけた。

「おいっ！」

「みゃあ」

彼をぽかんと見あげた白猫は、のんきな声で鳴いた。それからキョドキョドとあたりを見回し、首をかしげて自分の手を持ちあげる。手のひらにある肉球を見たとたん、白猫のヒゲがぴくんとはねた。

（なんともあっけなく猫になったものだ……）

叱りとばしたい衝動にかられながらも、レオポルドがその小さな白い体を持ちあげて、目の高さまで持ってくると、白猫のほうも目を見開いてビキリと固まった。

「……お前はバカか？　三重防壁はどうした？」

「にゃあ……」

ひと声鳴いたきり、しおしおとうなだれる白猫からは、シャングリラ魔術学園の生徒ならだれもが知る、クセの強い香りがただよう。飲んだ者の姿を変える薬草茶……覚えがあるその臭いに、レオポルドは秀麗な眉をひそめた。

「……この臭いは……なるほどな」

目の前にいる生き物はただの〝猫〟でしかない。研究棟を覆うグリンデルフィアレンを燃やすため、レオポルドが喚びだした炎さえ防いだ三重防壁は、きれいに消え失せていた。

おそらくさっきまでいっしょにいたカーター副団長か、ヌーメリア・リコリスに飲まされたのだろう。それかあの薬草茶をよく知る魔術学園の生徒か……可能性を考えるとユーティリスの顔も浮かぶ。

（あの王子がそこまで底意地の悪いことをするとは考えにくいが、だれに飲まされたにせよ、まぬけすぎる……）

自ら三重防壁を研究棟全体にまでひろげ、レオポルドの業火を防いだ女。それがこうもあっさり力を失うのか。

研究棟にもどすのは危険だ、そう判断して抱えたまま塔に転移すれば、先に戻っていたメイナードと部屋にいた団長補佐のマリス女史が、彼の腕にいる猫に気づいて目を丸くした。

「師団長……その猫どうしました？」

「あら、可愛らしい白猫。黄緑色の瞳があざやかかね！」

「……私の猫だ」

答えてから、しまったと舌打ちしたい気分になる。メイナードが信じられないような顔で聞きかえした。

「師団長の？」

とっさのことでうまい言い訳がみつからず、レオポルドはますます顔をしかめた。

「魔法使いが猫を飼って何が悪い」

「でもそれ白猫……」

——ふいっ。

返事を拒むように顔をそむけ、話を打ちきって自分の机に向かう。メイナードとマリス女史は机のむこうでヒソヒソと言葉を交わし、ふたたびレオポルドに話しかけてきた。

「でしたら、食事は師団長と一緒に何か運ばせましょうか？　ミルクとか」

「子猫にはみえないし、生き餌がいいんじゃないかな。ネズミとか小鳥とか」

それを聞いた白猫が、ヒゲをビクリと震わせて毛を逆立てた。人としての意識はちゃんとあるようで、黄緑色の瞳がじわじわと潤《うる》んでくる。訴えかけるようなその瞳に、つい言葉が出た。

「いや……餌はいい。私の食事をふだんより多めにしてくれ」

腕に抱いた猫はホッとしたように体の力を抜き、レオポルドもなんとなく肩の力を抜いた。

（こいつ……猫になってもわかりやすいな）

仕事を片づけるため机にむかうと、膝にのせた小さな体はもぞもぞ動く。どこへでもすり抜けていきそうな猫の体で、目を離した隙にどこかへ行かれても困るから、レオポルドは左手でその体をギュッと押さえつけた。

「動くな」

仕事を片づけるまではおとなしくしていろ……その意味をこめて低い声でささやいた。

「余計なことはするなよ」

ピク、としたあとは静かになった白猫に、レオポルドはため息をつきたい気分で書類にむかう。幸い猫はじっと身動きをせず、レオポルドは仕事を進めるうちにむしろ、膝の温かさと指にふれる毛並みの感触を楽しんでいた。

（ふだんもこのくらいおとなしければいいが……）

やがて食事が運ばれてくると、レオポルドより先に猫のほうが気づいた。耳がピクリと動きヒゲがヒクヒクと揺れ、伸びあがろうとする体を押さえつけると、こちらを見あげる黄緑の瞳が潤《うる》みだす。

（まったく……）

口もとに小さく切った肉を運ぶと、猫の瞳がパァッと輝いた。モグモグ肉を食べるさまがなんとも幸せそうだ。

「ほら」

「みぃ」

つい自分が食べるのも忘れてまたひと切れさしだせば、白猫はかわいらしい声で鳴く。鳴いてから我に返ったのか、警戒するように膝のうえで身を縮こませ、レオポルドにクワッと牙をむく。そこへまた揚げトテポを差しだすと、黄緑色の瞳がキラキラと輝いた。たぶんトテポしか映っていないのだろう。

――ぱくん。

白猫はふたたび幸せそうにトテポを食べはじめ、レオポルドはなんだか面白くなる。やがて満足した白猫は彼の膝で丸まり、そのまま眠ってしまった。

「……寝てしまったか」

ぽつりとつぶやけば、彼の膝で丸まる白猫に、副団長のメイナードとマリス女史も目を細めた。

「師団長が猫を飼っているなんて意外でしたが、可愛がってらっしゃるんですねぇ」

「そうか？」

感心したようなマリス女史に返事をすれば、メイナードもうなずく。

「ご飯あげてるときの目元なんか、とっても優しかったですよ！」

「…………」

レオポルドは無表情に彼の膝で眠る猫をみおろした。白猫は無防備そのものでスヤスヤと寝ている。

「その子、名前はなんていうんですか？」

マリス女史に聞かれたが、勝手に名前をつけるわけにもいかない。かといって〝ネリア〟とは呼べないだろう。

「……知らん……ただの預かり猫だ」

レオポルドは白猫を起こさないように、そっと抱いて立ちあがり、師団長室に続く仮眠室へと運んだ。

夜になりメイナードとマリス女史を帰し、レオポルドは眠る猫をひとり観察した。仮眠室にはベッドや机、戸棚といった最低限の設備しかない。戸棚には彼が調合した薬がいくつかならび、夜にひと息つくときにたしなむ、クマル酒の瓶やグラスも置いてあった。

最初は起こさないよう気を使ったが、あれから何時間たっても白猫は起きる気配がない。生きているか不安になって手を伸ばし、その小さな温かい体にレオポルドはホッと息をついた。はじめて会ったときに衝撃を受けた、あの恐ろしいほどの魔力、そこからわずかにのぞく光の奔流……そういったものはこの小さな猫からは何ひとつ感じない。

あの男にまつわるものは、師団長室のエヴェリグレテリエごと何もかもすべて、研究棟ごと燃やしてやりたかった。それを見透かしたわけでもないのに、娘はいとも簡単に「燃やせ」といい放った。

『水分をすべて蒸散させるような高火力でお願い』――そう注文までつけて。

だから娘の言葉に応じ、レオポルドは渾身の力をこめて魔力を練った。ためらいもなく手加減もせず、すべてを燃やしつくせるだけの炎を喚びだした。それなのにすべてを守りきった娘は、護り手との精霊契約を無事に終え、しかも己の無力をひしひしと悟った彼に投げてよこしたのだ。

『わたしが死ぬようなことがあれば……動けなくなるようなことがあれば……すべての権限をレオポルド・アルバーンに』

あの瞬間にも精霊と娘のあいだで魔素のやりとりがあり、そうして娘は意識を失った。

（無防備だな……）

レオポルドはじっと白猫をみおろした。いまならこの得体が知れない存在を、たやすく捕らえられる。魔力封じのある部屋に閉じこめるか、あるいは息の根を止めてしまうか。中庭で彼が白猫を拾わなければ、だれかがそれをしていたかもしれない。

すべてを手にいれ始末をつける。なすべきこともその方法もわかっていた。銀の魔術師は右手を持ちあげ、丸まって眠る白猫にむけた。指で術式を紡ごうとした瞬間、その手から揚げトテポをもらい、幸せそうにゴロゴロとのどを鳴らす姿が目に浮かぶ。その光景をふりはらうように彼はかぶりを振った。

けれどそのとき目の前で変容が始まる。白猫の手足がぐんとのび、全身を覆っていた白い毛が消え、赤茶色のふわふわした髪がシーツにひろがる。三重防壁が完璧な形で展開し、きらめく術式に守られた娘はしなやかに伸びをして、ムニャムニャと口元を動かし幸せそうな寝顔をこちらにむけた。

（こいつ……猫のときとあまり変わらないな）

機会は逃したけれど、それほど残念な気はしない。しばらくしてレオポルドは、自分がいつまでも眠る娘を眺めていたことに気づいた。猫ならともかく女性の寝顔を観察するなど、それはあまりにも無作法なふるまいだ。しかも自分がいつも使うベッドというのがなお悪い。彼は顔をしかめてため息をつくと、銀髪をかきあげて頭をふる。

娘から視線をそらして窓を開ければ、ひやりとした夜風が月の光とともに入りこみ、ふわふわとした赤茶の髪が風に揺れた。娘を眺めるのをやめた彼は、棚から酒瓶をとりだして再び椅子に座る。クマル酒をグラスに満たして、レオポルドは黄昏色をした瞳で、親子だという伝説を持つふたつの月を見あげた。

幻影都市

わたしは夏休みに行われた職業体験で、魔術学園の生徒たちから、持っていた教科書を見せてもらった。

「おおーっ、これが魔術学園で読む魔術書！」

さすがにアレクが家庭教師から教わっている内容より複雑で、見ただけで目を回しそうな陣形や計算式がびっしりだ。物理学の公式みたいに難解で、塔にいる不愛想なあいつも、これを必死に勉強したと思えば尊敬できる。

「呪文のある世界でよかったぁ。ぜんぶ術式を編まないと魔術を使えない世界だったら、わたしすごく困ってた」

「魔法陣を多重展開できる人間に言われても説得力ないな」

レナードが銀縁眼鏡をキラリと光らせた。きみたちは知らないだろうけど、このお姉さんは転移魔法だって覚えたてだからね。魔術に関しては学園生どころか、アレクにも負ける超絶初心者だから！

……とは言えないので、「ふふっ」と余裕ありそうな笑みでごまかしておく。大人のほほえみ、超便利。レナードは手をひらめかせるとそよ風の魔法陣をあやつって、教科書のページをめくった。

「手を使えばいいものを、わざわざ魔術でページをめくるのかよ」

「めんどくさがりなのか、そうでないのかわからないな」

グラコスとニックがあきれても、魔術師団に入団を希望しているレナードは涼しい顔だ。

「ちょっとした鍛錬だよ。繊細な術式をさっと描けるかは、魔術師には大切なスキルだからね。きみたちこそ竜騎士団志望のくせに、風魔法の訓練が足りないんじゃないか？」

魔術を究めるどころか、デーダスで素材を空の彼方へ飛ばしたわたしに、魔術的才能はもしかしたらないかもしれない。そう思ったらちょっと焦った。魔導国家エクグラシアの錬金術師団長がコレじゃ、絶対ダメじゃん！

どこかで魔術のコソ練でもしようかな。アレクほど初歩じゃなくて、学園生ほど複雑じゃない……覚えるのに手頃なバランスのいい、便利な魔法ってないだろうか。わたしは師団長室を動きまわっていたソラに話しかける。

「ねぇ、ソラは精霊の力を使って、師団長室を管理しているのよね。それってどうやるの？」

「たいていの用事は風で事足ります。あとは家事魔法も使います」

ソラはさっと魔法陣を展開して、師団長室のホコリを風で寄せ集めた。便利そうだけど、もしもわたしがやると絶対、嵐の後みたいになる。わたしはソラが時々使うアイロン魔法を思いだした。

「家事魔法かぁ、浄化の魔法や加熱の魔法陣ならグレンに習ったし、アイロン魔法ぐらいは覚えてもいいかも！」

いい考えだと思ったのに、ソラはいつもの無表情で淡々と首を横にふる。

「お気にいりの服を焦がしたくなければ、やめられたほうがいいかと。それとも服に修復の魔法陣をしかけますか？」

「あ、それじゃあ修復の魔法陣はどうかな？」

「それもネリア様にはあまり向いていません。とにかく根気がいる魔法ですから、魔術師たちも目が死にます」

「そうなの？　覚えたら便利そうなのに、目が死ぬのはイヤだなぁ。じゃあどんなのがいいかな？」

まばたきをしたソラは、ざっくりとしたアドバイスをわたしにくれた。

「ネリア様はバーンと魔法陣を敷いて、ドーンと魔力をこめるような、多少大雑把でも魔力さえあれば、何とかなるようなものがいいです」

「バーンでドーン……」

ここはひとつ魔術の専門家にも相談しよう。そう思ってマリス女史にエンツを飛ばすと、親切な彼女は相談に乗ってくれただけでなく、王城の図書室に案内して魔術書を探してくれるという。わたしはさっそく好意に甘えることにした。本城の二階で待ち合わせると、マリス女史が笑顔でやってくる。

「わざわざすみません、マリス女史」

「いえいえ、魔術の練習をなさりたいのなら、塔にある専門書より一般向けがいいかと思いまして。日常で使うもののほうが、覚えやすいでしょう？」

「お気遣いありがとうございますっ」

彼女は図書室の書架をひととおり見ながら、数冊の本を抜きだした。

「造形魔術も人気ですよ。手から何かを生みだすってロマンがありますものね」

「いいですね、やってみたいです！」

ノリノリで魔術書に手を伸ばそうとしたわたしは、後ろからローブのフードをむんずとつかまれる。

「ぐえっ！」

「アルバーン師団長!?」

目を丸くしたマリス女史が見ているのは、泣く子も黙る魔術師団長のレオポルドだ。

「こんなところでコソコソと……いったい何をやっている」

マリス女史から聞いた〝レオポルド注意報〟によると、彼の機嫌はまずまずだったはずなのに、眉目秀麗で涼やかな美貌の持ち主は、眉間に深いシワをくっきりと浮かべ、思いっきり不機嫌そうだ。

「コソコソじゃないもん。バーンと魔法陣を敷いて、ドーンと魔力をこめるような、多少大雑把でも魔力さえあれば何とかなるような……そんな魔術をマリス女史に手伝ってもらって探してるんだもん」

正直に話しているんだから、ローブのフードを放してほしい。けれど話を聞いた彼は顔をしかめた。

「なぜそんなものを……」

「練習するの」

「だれが」

「わたし」

「………」

いいかげんローブのフードを放してほしい。そんな意思表示をこめてジタバタもがけば、かえってグッとつかまれた。錬金術師のフードは持ち手ではなーい！

「ぐえっ」

「魔術訓練場なら塔にある」

「そういうんじゃなくて、川べりでトランペットの練習するみたいな、そんな感じがいいの。コソ練感がでるじゃん！」

「何が言いたいかよくわからんが、川ならマール川がある」

わりとレオポルドはしつこい。そしていいかげんローブのフードを放してほしい。

「イメージよりも川幅が広すぎるけど、そこでいいや。マリス女史に勧められた造形魔術とかもやってみたくて。ほら、花をポンッと咲かせるやつ。いちどだけグレンに見せてもらったんだよね」

マリス女史が持つ魔術書を見て、レオポルドの顔色が変わった。

「待て。天変地異でも起こす気か？」

「そんなわけないじゃん。だいじょうぶだよ、たぶん」

「たぶん……」

眉間に深くシワを寄せたレオポルドに、安心してほしいという気持ちをたっぷりこめ、わたしは首をすくめて力強くうなずいた。ここはきっぱりと保証してあげよう。

「うん、たぶん」

それなのに彼の眉間には、さらに深いシワがぐぐっと寄る。

「あらあら、ご心配なら師団長もいっしょに行かれてはどうですか」

マリス女史が言うと彼は、わたしの顔をまじまじと眺めて深くため息をついた。人のフードをつかんだままで、ホント心配性だよね。だだっぴろい河川敷で何かあるわけないじゃん。

「わかった、私もいく。川の流れが変わっても困る。それと練習するのは幻術にしよう。幻なら実害もあるまい」

「川の流れが変わっても困るって、そんな大げさな……でも幻術？」

幻術ってあっちの世界だと、タヌキやキツネが頭に葉っぱのっけて使うヤツだ。人間でもできるのかしら。けれど言葉の響きに惹かれたわたしは、彼の提案に乗ることにした。

研究棟へ戻ってそれを伝えると、水色の髪を揺らしたソラがこてりと首をかしげる。

「マール川でレオと幻術の練習……ピクニックですか」

「そんなんじゃないけど、お弁当はあったほうがいいかな」

「レイメリア様も『魔法の練習だ』と、よくレオを連れておでかけされました。つまりはピクニックですね」

どうやらソラの中では「魔術の練習にでかける＝ピクニック」ということらしい。


そして日中を避けて陽が傾きはじめた午後、レオポルドはわたしを連れて、塔からヒュンっと一瞬で転移した。やってきたのはシャングリラ近郊を流れるマール川だ。転移に慣れている彼はともかく、わたしはまだちょっとクラクラする。これならライガを飛ばすほうが楽だったかも。

「言われた通りの場所に連れてきたぞ」

むすっとしたそのひと言に、弱っているところを見せたくなくて、わたしはシャキッと背筋を伸ばした。イメージしたのは鉄橋がかかる広い河川敷で、野球の練習やジョギングをするような場所。ただしここは魔導国家エクグラシア、川面がギラギラと照りかえすマール川は湖みたいにでっかくて、川にかかるのは魔導列車の線路だ。

「ここで幻術の練習を？」

「そのために来たのだろう」

うだるような暑さで日射しがさんさんと降りそそぎ、冷感の術式が刺繍してあるから意外と涼しいとはいえ、重苦しい黒いローブの魔術師と白いローブの錬金術師という、怪しすぎるふたり連れがここにいる。

ピクニックシートを広げようにも日除けになる場所もなくて、ソラが用意したお弁当の出番なんてなさそうな気がする。ふたりそろってジリジリと太陽にあぶられ、あたりを見回すわたしをレオポルドがふりかえった。

「どうした」

「ピクニックシートと、ソラが用意してくれたお弁当があるんだけど……どこに置こうかなって」

「ほう、師団長室を護る精霊の気遣いか。ちゃんと使役できているようだな」

「使役っていうか、ソラにはすごく助けてもらってるよ」

「ならばここに敷こう、場があれば術がやりやすい」

「術がやりやすくなること、ソラは知ってて準備したのかな」

どうしてこの人、暑苦しいローブ着てても涼しげなんだろう、鉄壁の無表情ってすごい。レオポルドはわたしからシートを受けとってバサリと広げ、そこにバスケットを置かせた。

「魔道具ギルドのロビーで空間演出を見たろう。あれは魔道具だが、それを人間の手でやる。魔道具で再現できるぐらいだから仕組みは単純だ。空間を構成する魔素に色や感触といった情報を持たせる」

「あれを?」

はじめて魔道具師のメロディに連れられて、ユーリと行った魔道具ギルド、その一階はまるで森の中みたいだった。書類や魔道具を運ぶ動物たちも本物そっくりで……。レオポルドが手をひらめかせて魔法陣を展開すると、ピクニックシートがツルツルの氷でできた床になり、わたしと彼の顔が床に映りこむ。

「え……ええっ⁉」

吹きつける冷気とともに、氷でできた椅子とテーブルのセットがあらわれ、周囲にもメキメキと氷の柱が六本生え、壁が形成されていく。最後に雪の結晶のような六角形の屋根ができ、それぞれの角には氷晶の飾りがきらめいた。川岸に氷でできた東屋《あずまや》はひんやりとした感覚といい、これが幻影だなんてとても思えない。

「イメージしやすいよう、材質は氷にした」

「氷って……ひゃあああ！」

ツルリと床を滑って尻もちをついたわたしは、そのまま勢いよく壁に激突する……と思ったら、体はヒョイと氷の壁をすり抜けた。ぼうぜんとしていると東屋をでてきた彼が、あきれたようすで首をかしげた。

「素直すぎるのか何なのか、幻術の氷でこうもみごとにひっくり返るとは」

「これ、すべて幻なの？」

外側からペタペタさわれば氷は冷たいけれど、溶けて手が濡れることはない。夏の日差しに氷の屋根がキラキラと光り、透き通る壁に囲まれた空間は青みがかった色彩で満たされている。

「シートを広げた場を結界として、幻術を展開している。幻覚は相手の精神にまで干渉するが、幻術はこの場に満ちる魔素に、見せたい物の特徴を投影するだけだ。母はよくこうして……」

「レオポルドのお母さん？」

言葉が止まったレオポルドを見あげると、無言のまま宙をにらみつけていた彼は、やがて静かに首を振った。

「……なんでもない」

「そう。でもピクニックシートがこんなふうに使えるなんて。そしたらテントいらずだね。椅子とか座れるの？」

「ああ」

滑る床に気をつけてそーっと歩き、テーブルにバスケットからだしたお皿をならべ、氷の椅子にちゃんと座れば食事もできそうだ。川を吹くさわやかな風が冷気とともに吹きこんできて、東屋はとても快適な空間になった。

「レオポルド、ちょっと本物の氷を作ってくれる？」

ふたつのグラスにいくつか小さな氷を作ってもらい、わたしは持ってきたピュラルのしぼり汁と錬金術師団で作った炭酸水を注ぐ。マドラーでかき混ぜれば、シュワシュワと氷のまわりにできた泡がパチパチとはじけた。かすかに残っていた転移酔いは、泡といっしょに溶けて消えていく。

「んーっ、おいしい。生き返るぅ！」

氷のテーブルで飲む果汁入り炭酸水はなんとも涼やかだ。シュワシュワがのどを通っていく感触を味わっていると、ひと口飲んだレオポルドも、グラスに魔法陣を展開し首をかしげた。

「舌がピリピリするような感覚はあるが、毒ではなさそうだ。不思議な飲みものだな」

「刺激物をすぐ毒だと考えるのやめようよ」

でも幻術って、こういう使いかたもできるんだ。ここが太陽のギラつく川岸だなんてとても思えない。

「ただの目くらましだが、戦いでは敵に味方の人数を多く見せられる。実体はなくとも無用な戦闘を避けるには有効だ」

「そっか……師団長だとそういうことも考えるんだね」

「錬金術師団は戦闘には参加しないが、師団長なら知っておいて損はあるまい。使いかた次第ではとても役に立つ」

そういってレオポルドは川に目をやる。わたしが師団長としてやっていけるよう、彼なりに考えてくれたのかな……心がとくんと跳ねそうになって、あわててピュラルのソーダをかき混ぜた。


飲み終わったら幻術の練習だ。レオポルドは幻影をよびだす魔法陣を描き、術式を刻む順番を教えてくれる。

「イメージできるものなら何でもいい。思い浮かばねば形作れない」

「そうだけど、何を作ればいいかな」

困っているとレオポルドが手をひらめかせ、両手に氷を作りだした。

「まずは手のひらに乗る程度の大きさでいい。右手にあるのが氷、左手が幻影だ。そっくりそのまま性質を再現する」

指でふれればどちらも冷たい。真剣な表情で氷と幻影をさわっていると、彼は口の端を持ちあげた。

「慣れれば実物を作るより簡単だ。やってみろ」

「氷を作りだすのではなく、その性質を再現だね……よしっ！」

わたしは魔法陣を展開し、教わった順番どおりに術式を慎重に刻む。いい感じに描けた魔法陣に、あとはイメージを投影……氷、氷、氷……ポンっとわたしの脳裏に製氷皿にはいった氷が浮かんだ。

「……なんだその四角い枡は」

「えと……氷を使いきって、新しく作ろうとしているところを想像しちゃって」

わたしの手のひらにある製氷皿を見おろし、彼は真顔で聞いてきた。

「枡でか？」

「ナンデモナイデス……」

指先ひとつで氷が作れる人間に、製氷皿の使いかたを説明するのはあきらめた。ちょっと乱暴に魔法陣を展開して、もういちど気合いを入れてイメージする。ちがーう、もっと透明なカキ氷作るときみたいなヤツ！

けれど幻術を用いるときは、それをどこに出現させるか、きちんと考えて使うべきだった。いきなり腕全体が透明な真四角の氷塊に包まれ、わたしは半泣きでレオポルドに助けを求める。

「ひいいぃ！　レオポルド、とってとってとってぇ！」

「いくら何でも氷のイメージがざっくり過ぎだろう、腕をそっくり氷漬けにする必要がどこにある！」

「う、腕を覆う氷なんて想像してないもん、ホントだもん！」

あぜんとしたレオポルドに叱られて、わたしは氷の腕をふりまわしながら必死に言いわけした。そして冷たい。めちゃ冷たい。自分で作った幻影に苦しめられている。ホントこれ、どうにかしたい。

「ともかく術式を解除しろ。魔法陣を……」

「手が氷漬けだよぉ！」

「だから幻影だと言ってるだろう！」

彼の怒鳴り声とともに、氷塊はシュッと消えた。

「あれ、何ともない……」

ぱちくりとまばたきをして元に戻った腕を眺めていると、レオポルドは頭痛でもしたのか額を押さえた。

「お前はどうしてそう、突拍子もないものを想像するんだ。しかも自分で引っかかってどうする！」

「だってコレしか思い浮かばないんだもの！」

「このようすでは炎を呼ぶのもやめたほうがいいな。動物……は難しいか、卵はどうだ？」

眉間にグッとシワを寄せた彼は、うめくようにブツブツとつぶやくと、手のひらにポンっと白い卵を出現させた。

「おおっ、それならできるかも！」

わたしは魔法陣を展開し、教わった順番どおりに術式を慎重に刻む。あとは投影する卵のイメージ……卵、卵、卵……そして脳裏に白い卵が浮かぶ。これならイケそうだ。そおっと薄目を開けると、わたしの手には白い卵がひとつ。

「やった、卵できた！」

「よし」

うれしくなってレオポルドに見せて、わたしはちょっと思いだしたことを話す。

「卵といえば生物の授業で、鳥のヒナが孵る動画を見たことがあって……ん？」

持っていた卵にピシッと亀裂が入り、ピシピシと表面がひび割れていく。やがて真ん中からコツコツと、懸命に殻を破る小さなクチバシが見えて、授業でも感動した場面だけれど……静かに見守っていたレオポルドがぼそりと言った。

「鳥の孵化まで再現する必要はないのだが」

「や、でもホラ、すごくない？」

「それはそうだが」

眉間にシワを寄せたレオポルドとは逆に、わたしはがぜんやる気がでてきた。再現するのは動画でもいいなら、昔見た映像をそのまま再現できるかもしれない。

「あ、それならあれをやってみよう！」

わたしは展開した魔法陣にイメージを投影する。長いものやストーリーを再現するのは大変だから、昔よく観たアニメのオープニングテーマにした。空中に描かれた平面にキラキラした女の子たちがあらわれ、音楽に合わせて踊る。最後に主人公の切なげな横顔がアップになると、印象的なフレーズとともにサビが流れる。

「おおお！」

「今のは何だ。落書きみたいな絵だが、人形劇のようなものか？」

感動しているとレオポルドが聞いてきた。幻影が消えたあたりを警戒するように、にらみつけている彼にはアニメのデフォルメキャラが、理解できなかったらしい。彼が知らないものを呼びだすのは気をつけなきゃ。

「人形劇……そうだよね、そう見えるよね。でも頭の中にあるものを、目に見える形で投影するのって面白いね。レオポルド、教えてくれてありがとう！」

「使いかた次第だが」

その瞬間忘れられない景色が頭に浮かんだ。幻だろうと見たくてたまらないもの……彼を驚かせるかもしれない、けれどわたしは勢いよく術式を紡ぎだした。マール川に展開した巨大な魔法陣に、レオポルドが目をむいた。覚えたばかりの術式を順番通りに次々と配置して、幻術の魔法陣を組み立てていく。興奮と緊張で手が震える。

「何をするつもりだ！」

「使いかた次第……って言ったよね！」

あとはイメージを投影するだけ。わたしは大きく息を吸いこむと、いつも魔力を抑えているフタを外した。デーダスの乾いた空を見あげながら、何度も思いかえしたあの景色。見られるものならもういちど！

広がれ、わたしの目の前に。目を閉じて夢の中にいれば鮮明なのに、朝がきて目を開けるたびに何もかもがおぼろげになる。忘れたくない……そう思ってきつく目を閉じ、まぶたに焼きつけた。魔法陣に魔素を思いっきり叩きこめば、そこに出現した巨大な幻影に、レオポルドが息をのむ気配がする。

白い壁紙、自分の部屋のカーテンはホームセンターで選ばせてもらった。台所でお湯の沸く音、お父さんがヒゲを剃るモーター音、ドアを乱暴にバタンと閉めて、兄貴が自転車ででかけていく音。いつも音が響くから、「もっと静かに閉めて」と文句を言ったのに全然直らなくて……ねぇ、わたしの中にある景色を……どうかもういちどわたしに見せて！


――それは街の形をしていた。流れる川には白い橋がかかる。白いライトバンが走り、わたしを追い越していく。

橋を渡って川沿いに赤い自転車をこぐ。いつものぼるのが大変だった心臓破りの坂、立ちこぎなのにぜんぜん苦しくない。タバコ屋の角にある自販機がこんなに懐かしいなんて。ボタンを押したらまったくちがう中身がでてきて、しょんぼりお汁粉を飲んだっけ。坂をのぼりきって角を曲がればわたしの家がある。そう、もう少し。

まだお母さんは仕事から帰ってくる時間じゃない。大学生の兄貴がリビングで、猫背をさらに丸めてゲームで遊んでるかも。帰ったらその横をすり抜け冷蔵庫を開けて、自分で買ったお気に入りのグラスで麦茶を飲もう。あ、昨日コンビニで買って食べ損ねたプリン、まだ残ってるかな……兄貴に食べられてないといいけど。早く、行かないと。

「待て、あれは！」

だれかの低くよく通る声が、わたしを呼び止めようとする。けれどかまわず足を動かした。早く坂をのぼりきって角を曲がれば、あの角を曲がりさえすれば家だもの。自分の家に帰れるんだもの。そう、もう少し。

――ようやく帰れる！

（帰れるって……どこへ？）

ふと湧いた小さな疑問を頭から追いだして、どこまでも伸びる灰色の道路と、くっきりとした白いセンターラインだけを見つめた。ただまっすぐに漕げばいい。ところが脚に力を入れてアスファルトの路面を駆けあがろうとして、わたしは背後から伸びてきた腕にがっしりとつかまった。必死に漕いでいたはずの、赤い自転車がふっと消える。

「放して！」

身動きを急に封じられ、わたしは死に物狂いでもがいた。早く、早く行かないと。わたしの家が！

――消えちゃう！

「落ちつけ、あれは幻影だ！」

幻影……イヤだ、そんなの許さない。見たい、もっと見たい。この瞳に映したい景色はわたしが決める。その気持ちに呼応するように、忘れたくない景色がさらに目の前に出現した。記憶はとても便利なもので、故郷の街といっしょにあらわれたテーマパークには、鏡面のように光り輝く建物が建ちならび、にぎやかなＢＧＭまで聞こえる。色とりどりのリボンにキャラクターの絵がついた風船、急に鮮やかな色があふれるように街を彩った。アーケードの出口では手を振る人影がいて、聞きなれた……忘れられない声がわたしを呼ぶ。

『――！』

「待って……」

ぼんやりとした人影が、こちらに向かって急かすように手を振った。

『ホラ、帰りのバスに遅れるぞ！』

「お願い、待って。行かないで！」

「行くなっ！」

焦りをにじませた怒鳴り声がして、走りだそうとしたわたしは、ギュッと体を抱きしめてくる強い力に、必死でもがいて抗《あらが》った。どんなに暴れても体を放そうとしない腕をひっかく。

「放して、バスに乗らなきゃ！」

みんなといっしょに帰らなきゃ。早く、でないとバスに間に合わない！

『――！』

わたしを呼んでいるのに。目の前にあった景色がどんどん薄くなり、ふっと人影が消えて声が聞こえなくなる。

「あ……ダメ、消えないで！」

呼び戻すためにわたしは、ありったけの魔素を魔法陣に注ごうとして。ふりあげた腕をガシッとつかまれた。手首に護符の飾りをつけた白い……それでもがっしりした大きな手。わたしは悲鳴をあげて叫んだ。なぜ邪魔するの⁉

「いやあぁっ、放してよぉっ！」

「あれは幻だ！　あれを存在させ続けるために、己の魔力すべて使うつもりか！」

そのときようやく涙に濡れた目に、夏の日差しに輝く銀の髪と、黄昏時の空を思わせる複雑な色の瞳が映る。ハッとするほど端正な美貌の青年は、眉間にくっきりとシワを寄せ、怒ったようにわたしを見ていた。

「レオ……ポルド？」

「……ようやく戻ったか」

我に返ってレオポルドの名を呼べば、ホッとしたように彼も息を吐く。わたしはマール川に腰まで浸かり、水の中へさらに進もうとしていた。それを捕まえた彼も、ふたりとも全身がびしょ濡れだ。

「あ、ごめ……わたし」

「話はあとでいい！」

謝ろうとするのをさえぎり、彼が川からわたしの体を引きずりだすと、目の前にあった景色がウソみたいに消えた。

「あの……レオポルド」

「魔術に失敗はつきものだ。お前が使える魔術の規模を考慮しなかった私にも反省点はある」

さっき見た光景について何か聞かれるかと思ったのに、彼は浄化の魔法を使っただけで何も言わない。マール川の川面は吹く風にキラキラとさざなみが立ち、名前も知らない白い鳥が川岸を歩いていく。

「うん。だけど今日はわかるの、大失敗だって。わたし自分で呼びだした幻影に飛びこもうとした……ごめんね」

見てみたかっただけだった。脳裏にある景色を再現できるのならって。もういちど見られるならそれで……。け

れどわたしは幻影の中にいる人たちに会いに行こうとした。涙があふれて視界がにじんだ。

見たばかりの光景を、すべて洗い流すまでこの涙は止まらない。消えないでほしいのに全部流してしまわないと、わたしは今いるこの世界をまともに見られない。胸にしがみついたまま、ヒックヒックとしゃくりあげて泣くわたしを抱え、彼は息をつくと川岸にごろりと転がった。耳に押し当てられた彼の胸から、聞こえる鼓動はとても速い。

「泣くときは思いっきり泣け。そうすればいずれ力が湧いてくる」

大きな手がわたしの頭を抱えるようにして、そのままふたり寝ころんで空を見あげ、ただ流れる雲を眺めた。やがて落ち着いてきて、両の拳でゴシゴシと止まらない涙をぬぐえば、みっともなくグシャグシャに泣いた跡が残る、ぶすったれのできあがりだ。回された腕からそっと体を抜き起きあがると、彼の顔がまともに見られなくてうつむく。

「本当に、助けてくれてありがとう」

あんまり見られたくない顔なのに、彼は容赦なくわたしの前髪をかきあげ、顔色や瞳孔の開き具合を観察した。

「あの、もうだいじょうぶ……」

「お前の『だいじょうぶ』は信用できん」

真剣な眼差しで状態をたしかめたあと、彼はわたしを抱きかかえるようにして東屋に移動した。テーブルに置いたバスケットをあけ、オレンジ色の断面も美しい、ピュラルのフルーツサンドを持たせてくれる。

「魔素の流れも乱れているし、魔力を消耗している。しっかり食え、ひと晩寝れば忘れる」

「忘れ、られるかな」

手足の感覚はなくなっていて、ひと口かじったフルーツサンドの味もよくわからない。機械的にもぐもぐと口を動かしていると、彼もぱくりとサンドをかじり、しっかりしたあごが上下に動く。

「幻術とはそういうものだ。母もよく幻術を使ったが、その内容は覚えていない。ただ……」

「ただ?」

黄昏色の瞳がふしぎな色にきらめき、口の端にふっと笑みが浮かぶ。彼の手に魔法陣が展開し、ポンっと白いネリモラの花が現れた。

「楽しかったという想いだけが残っている」

「想いだけが……」

そう、あの瞬間まで……自分で呼びだした幻影都市を見たときすらも。心の中に渦巻く狂おしいほどの望郷の念。それを自覚するあの瞬間まで、わたしはとても楽しかった。彼が手を伸ばして髪に挿してくれたネリモラから、ふわりといい香りがする。

「造形魔術、わたしもやってみたい」

「お前には向いていない」

「そうだよね……」

バッサリ言われて、自分でもそうだと思う。ちょうどそのとき地面と鉄橋を揺らして、魔導列車が轟音とともに通り過ぎていき、彼がポツリとつぶやいたひと言は、わたしの耳に届かなかった。

「……本当に創りだせてしまうからな」

教わった幻術に夢中になり、できたことに喜びが湧いて……最後の最後でヘマをしたのは自分だ。へちょりと眉をさげたわたしに、レオポルドは淡々と現実を突きつける。

「幻術は幻術、あくまで幻だ」

「うん、そうだよね……」

「だが忘れるな。幻術は幻だが、それ自体はお前の中に存在する。そしてそれは何も損なわれてはいない」

ハッとして顔をあげたわたしが彼を見返すと、こんどは彼のほうがふいっとそっぽを向く。

「すべては自分の中にある。だから……消えたぐらいで泣くな」

「わたしの中に……」

自分の胸に手を当てれば、またずいっとこんどはミッラのサンドが差しだされた。かみしめればちゃんと甘い味がして、ホッとしたら安心したせいか、また涙がポロリとこぼれた。

「お前……ほんっとに泣き虫だな」

レオポルドのあきれた声がするけれど、わたしは無言でもくもくフルーツサンドを食べる。優しい甘さでシャキッとした歯ざわりもあって……ちょっとしょっぱい塩味になったそれを、食べ終わる頃に涙は止まった。

娘を研究棟に送り届けて、レオポルドは塔へと戻ると、疲れたように自分の椅子へどさりと座った。

「どうされました、ずいぶんお疲れのようですけれど」

お茶を運んできたマリス女史に聞かれ、レオポルドはきつく目を閉じて息を吐く。忘れたくとも忘れようのない景色……どこか穏やかな異国の街、魔石タイルも敷いていない無機質な灰色の道、そこを彼女は駆けていこうとした。

思わず止めたら娘はものすごい力で暴れ、また見たこともない景色が展開する。鏡面のように光り輝く建物が建ちならび、にぎやかな音楽が誘うように鳴った。聞いたこともない言語で彼女を呼ぶ声を、彼はたしかに聞いた。

『お願い、待って。行かないで!』

あのとき彼の声など耳に入らないようすで、幻影に飛びこもうとした娘を、何が何でも止めなければと思った。

ローブの袖についたひっかき傷を見おろして、レオポルドはマリス女史にたずねた。

「マリス女史、『眠らない街と大ボラ吹き』という話を知っているか?」

「昔話ですわね、たしか……」

ことりとティーカップをレオポルドの前に置き、マリス女史は語りはじめる。


昔々、あるところに「自分はだれも見たこともないような、立派な街に住んでいた」という、大ボラ吹きがおりました。眠らない街に、光り輝く鏡面のような建物、高速で動く鉄の塊……一瞬で世界中の人間たちとつながり話ができる。人は空を飛び、月までも行けた——そんな話をくり返す男の言葉を、信じるものはだれもいません。

けれど自分の話を真実だと言い張り、大ボラ吹きはその街を探しました。呪術師に教えを乞い、魔術書を読みあさり、術式をいくつも書きつづり、世界中を探し回ったのです。とうとう彼は何もない大きな湖にやってきました。

『街は見つかったかい、大ボラ吹きの旦那』

ひとびとはそう言って彼をからかいます。髪に白いものが交じるようになった男は、首を横に振りました。

『いいや。だがその街を見せることならできる』

彼がそう言ったとたん、湖に巨大な幻影都市があらわれました。眠らない街に、光り輝く鏡面のような建物、高速で動く鉄の塊……そこは大ボラ吹きが話した通りの、だれも見たこともないような立派な街でした。そして彼はみなが止めるのも聞かずその街へと足を踏み入れ、それを最後に男の姿は街ごと消えてしまいました……。

「幻影都市は二度とあらわれることはなく、それから男の姿を見た者はいない……というお話でしたね。それが何か？」

「いや……何でもない」

まぶたを閉じればまざまざと、あの見たこともない光景がレオポルドの目に浮かぶ。そこにいるだれかに呼びかけ、娘は走っていこうとした。彼はローブの袖をめくり、自分の腕に彼女がつけた傷を見おろす。

必死にもがき暴れ、力いっぱい彼の腕に爪を食いこませた。あのとき彼女の三重防壁はまったく働かなかった。おそらくあの状態で川に飛びこめば、娘はそのまま飲まれたに違いない……そう考えると彼の背筋がぞくりとした。

魔女のお茶会

秋祭りの興奮がさめた王都は、活気はあってもいつもの落ち着きを取りもどしている。ヴェリガンが六番街の市場にだした、コールドプレスジュースの屋台は大繁盛していた。

最初は得体の知れない錬金術師の店ということで、新しもの好きな客が怖いものみたさで利用していたのが、錬金術師団が秋の対抗戦に勝利したとたん風向きが変わった。屋台にはドドンと恥ずかしすぎる垂れ幕がかかっている。

『最高殊勲者ヴェリガン・ネグスコのコールドプレスジュース』
『あなたもこの一杯で恋も名声も思いのまま！』

ヌーメリアは垂れ幕をみたとたん卒倒し、それから市場に来ていない。

「それでぇ、もうすぐ〝魔女のお茶会〟だし、ボッチャを使ったジュースもいいかなって。ヴェリガンさんにボッチャジュースのレシピを考えてほしいんです」

屋台の売り子ミンサちゃんは、店先を貸してくれる青果店の娘さんだ。緑の髪をポニーテールにした彼女は、いつも元気いっぱいでお客さんにも人気がある。そして今、ヴェリガンに新しいレシピを考えるよう頼んでいた。

「ヴェリガンさんが対抗戦でプロポーズを決めたの、みんな知ってるもの。ぜったい売れますよ！」

「ボ……ボッチャ？」

「ボッチャってなあに？」

「これですっ！」

ミンサちゃんが元気よく取りだしたのは、オレンジ色の大きな……わたしでも見覚えのある野菜だった。

「カボチャ……」

「ボッチャですってば！」

ミンサちゃんが切れ味のいい包丁を、オレンジ色の野菜に振りおろす。スパーンと一刀両断にした中には、綿に包まれた種がぎっしりで、やっぱりどう見てもカボチャだった。

「ヴェリガンさんが対抗戦でプロポーズを決めたの、みんな知ってるもの」

「ねー！」

「あたしたちにはいつも『あー』とか『うー』しか言わないのに。どうやってプロポーズ成功させたんですか？」

「そうだわ、『愛のお守り、ヴェリガンのボッチャジュース』って垂れ幕も作ってもらわなきゃ！」

ミンサちゃんとほかの売り子さんたちは、ワイワイと盛りあがる。みんな想像をふくらませているけど、ヴェリガンはヌーメリアにも「あー」とか「うー」だからね。

「あああ愛の……おまっ、おまも……ヒック！」

「とにかくつぎの満月までにヴェリガンさん、ボッチャジュースのレシピ考えてください。お願いします！」

動揺した彼がしゃっくりを始めたところで、ミンサちゃんたちは店の奥から、ゴロゴロと大量のボッチャを持ってきて、わたしの収納鞄に押しこんだ。

「ところで〝魔女のお茶会〟って何？」

「知ら……ない」

「ヌーメリアに聞けばわかるかな？」

ヴェリガンに聞いても知らないようで、研究棟に戻ってからヌーメリアにたずねると、彼女は灰色の目をまたたいた。

「〝魔女のお茶会〟……そういえばそんな季節でしたね。秋祭りを終えたばかりの満月の晩、魔女たちが集まるのです。お菓子を作って持ち寄って、温かいミッラティーを飲んだり……ボッチャジュースも定番ですね」

「へえぇ、それでミンサちゃんが『屋台でもボッチャジュースを売りたい』って言ったんだ」

ヴェリガンがソラやアレクといっしょに、持ち帰ったボッチャの重さをひとつずつ量る横で、ヌーメリアは彼をチラチラ見つめる。もじもじと自分の指をこねてうつむき、小さな声でささやくようにモニョモニョという。

「私……実は参加したことがなくて。誘ってくれるお友だちもいなかったし、今まで参加する口実もなくて……」

「それなら、わたしたちでやってみる？」

参加したことはなくても、きっと興味があるんだろう。そう思って持ちかけるとヌーメリアは目を丸くした。

「〝魔女のお茶会〟を……ですか、ネリアも参加するんですか？」

「うん、わたしもどんなのだか知らないし、興味あるもの」

「そ、そうですよね。だれにだってはじめてはありますよね。よかった……ネリアもいっしょだなんてうれしいです！」

「う、うん……？」

勢いよくヌーメリアはコクコクとうなずき、ほほを染めて少し恥ずかしそうに、それでもわたしに迫ってくる。

「あの……それで〝魔女のお茶会〟は、三人以上の魔女が必要なのです」

「そうねぇ、お茶会と言えばメロディやニーナたちかな。ちょっとエンツを送ってみるね！」

エンツを送ればすぐに、興奮したニーナから返事があった。

「そういうことなら、うちの工房の二階を使ってくれていいわ。一階は散らかってるけど、二階ならキッチンもあるもの。〝魔女のお茶会〟だなんて興奮しちゃう！」

「ありがとうございます！」

ヌーメリアの顔がパアッと明るくなる。いつもは落ちついた大人の女性が、ほほを染めるなんて何だかかわいい。

それからヴェリガンはボッチャに体を温めるスパイスや蜂蜜を合わせ、ジュースのレシピを作ってミンサちゃんに届けた。


ボッチャジュースはすぐに屋台の人気メニューとなり、お茶会の日にわたしはとろりとしたオレンジ色のジュースを、瓶に詰めて持っていく。赤みがかった満月がふたつ空に浮かび、どことなく胸が騒ぐ夜だ。工房では仕事を終えて駆けつけたメロディが、わたしたちを出迎えてくれた。

「いらっしゃいネリィ、それにヌーメリアさんも」

「こんばんは！」

「よろしく……お願いします」

「大劇場でのフォト、王都新聞で見たわ。〝魔女のお茶会〟だなんてワクワクしちゃう！」

緑のくりくりとした瞳を輝かせるメロディとちがい、ニーナはぐたっと長椅子に伸びたままで片手を挙げた。

「いらっしゃい、ネリィ……」

「うわ、ニーナさん疲れてますね」

彼女の若草色をした目の下にはクマがくっきりで、さすがにエルサの秘法やメイクでも隠せない。

「まぁね。ドレスの納品はほぼ終わったし、あとは直しとか手入れぐらいだけど。夢だったことがドンドン実現するんだもの。体がいくつあっても足りないわ」

秋祭りを楽しんだのは一日だけで、あとはずっとドレスの仕立てに追われていたという。冬の始まりを告げるアンガス公爵家の夜会を最後に、夜会シーズンは終了だ。いつもは収納鞄を作る工房も、このときばかりはドレスを着たトルソーがずらりと並び、黄緑の髪をお団子にしたミーナが、自分も肩を回しながら息をついた。

「さすがに私たち働きすぎよね。冬の休暇はどこかでゆっくりしたいわ」

「ふたりとも休まなきゃダメですよ。今日はいっぱい食べてくださいね！」

収納鞄にはボッチャジュースのほかに、ボッチャの料理やお菓子も詰めてきた。ライアスのかまども使い、ソラといっしょに張りきって作ったのだ。それを聞いてニーナがむくっと起きあがる。

「ありがとネリィ……まずは衣装選びね。どんなハチャメチャでもいい、ふだんは絶対しないような恰好をするの」

まずはわたしたちのために衣装を選ぶらしい。みんなで倉庫に行くと、ミーナが楽しそうにウィンクした。

「〝四本足のお茶会〟で使う衣装だって、ワイルドでわりと人気よ。ヌーメリアさんはどれにする？」

「え、わ……わたしは」

真っ赤になってもじもじするヌーメリアに、ニーナは次々に箱から出した衣装をどんどんあわせる。

「ほらビスチェ、鎖骨はきれいにださなくちゃ。もし恥ずかしいんだったら、顔をベールで隠すとかどう？」

「そ、それなら……」

こういう時のニーナは容赦ない。アワアワと返事をするヌーメリアから、紺色のだぼっとしたワンピースをはぎとるようにして脱がせ、きれいな深いブルーのビスチェで豊かなふくらみをおさえる。いつも身につけている毒のペンダントはチェーンをとりかえて、首に巻きつけて垂らすようにした。

むきだしになった白い背中には、月の光を浴びると光沢を放つフウゲツコウモリの羽をつけ、スカートはただ布を巻いて腰をしばる。シャラシャラと音が鳴る金属の鎖をベルト代わりにすれば、身動きするだけで涼やかな金属音とともに、布のあわせからなまめかしい白い脚がのぞく。なんか色っぽい！

「じゃあベールをかぶせて額飾りをつけるわよ……これでどうかしら？」

「おおお、ヌーメリア……めっちゃ魔女っぽい！」

「こ……これが私？」

ミーナが透ける布のベールをかぶせ、ニーナが青い宝石がついた額かざりをとりつけると、占いでもはじめそうな立派な魔女ができあがった。メロディが鏡の前にメイク道具を並べてヌーメリアを座らせる。

「唇に赤をのせたほうがいいわ。それにベールをつけるなら目元は印象的にしなくっちゃ」

「今は魔女っぽさを隠してふつうに暮らすのが主流だから、たまにはこういうのもいいわね」

ニーナが満足している横で、ヌーメリアの顔に刷毛をすべらせながら、メロディが楽しそうに歌を口ずさむ。

満月の夜は魔女のもの
こわがりさんは寝床においき
魔女の口づけほしければ
月にむかって窓あけろ
満月の夜は魔女のもの
こわがりさんは寝床においき
魔女の口づけ受けとれば
月が見るから窓しめろ

ヌーメリアはおずおずと、でも大きな鏡の前でくるりと回ってから、うれしそうにほほえんだ。

「ありがとうございます……これで自信が持てそう！」

「ふふん、私たちの手にかかればこんなもんよ。猫背は禁止だからね。で、ネリィはどうしようかしら」

「そうねぇ、肌見せは逆効果かもしれないわ。それに彼だったら、魔女なんて見飽きてるわよね」

ひそひそと相談したミーナとニーナがくるっと振りかえり、わたしを頭のてっぺんから足の先まで観察する。

「ふ～むむ。ちょっと待って、いま考える」

ニーナは左耳のわきに垂らした髪を指でくるくるといじり、顔をしかめてしばらく考えこみ、やがてパッと若草色の瞳を輝かせ、飛んでいって衣装ケースのフタを持ちあげた。

「そうね、きゃしゃな骨格は生かさなきゃ。ボッチャの妖精にしましょ！」

「ボッチャの妖精？」

ニーナの手がにゅっと伸びてきて、わたしはあわてて着ていた服を手で押さえた。

「ちょっ、ニーナさんっ、自分で脱ぎますってば！」

「じゃあ、さっさと脱ぎなさいよ！」

「ひぃぃ！」

こういう時のニーナはホントに容赦ない。ひんむかれる代わりにキャミ一枚になり、寒くないようにあわててアルバの呪文を唱える。けれどニーナの厳しい視線にさらされて、わたしはよりいっそうプルプル震えた。

「……何なの、そのやる気のない肌着は。レースとかないの？」

「肌着は暖かいのがいちばんですよ！」

「あーもう、素材がいいだけに許せないわっ！」

必死に抗議したのにキャミまで脱がされそうになり、わたしはあわててミーナに助けを求める。

「ミーナさぁん、たすけて！」

「はいはい、ボッチャの妖精だったわね。これはどう？」

用意されたのはパフスリーブの白いブラウスで、それに黒いビスチェをつけてヒモで編みあげ、胸のところで結ぶようになっている。濃いオレンジ色のスカートはフワフワとひろがり、なんだかアイドルの衣装みたい。華奢な黒いヒールをストラップで留める。

「おおっ、かわいい！」

「まぁ、ネリィはもともと妖精っぽいものね」

メロディがくすくす笑って、わたしのほほに涙型のしずくを描いた。髪にはボッチャのヘタを飾り、光る素材でできた蜘蛛の巣をかたどったビーズに、ずんぐりとした蜘蛛を取りつける。こうしてわたしはボッチャの妖精になった。農家の納屋にあらわれて、収穫物を増やしたりする、わりといい妖精だという。

着替えを済ませたら、お茶会の始まりだ。わたしはソラにも手伝ってもらい、ボッチャのお菓子をたくさん作った。工房の二階で保温機能つきに改良した収納鞄からどんどんだして、みんなが食事する大きなテーブルにならべると、メロディが目を丸くした。

「うわ、ネリィ……たくさん作ったわね。ボッチャクッキーにタルト、こっちの小瓶は？」

「それはボッチャプディングです、スプーンで食べてください。ボッチャのグラタンとそれにコロッケ、あとはライアスのかまどで煮こんだ、ボッチャのニョッキスープ！」

最後に熱々のスープを鍋ごとだしてテーブルの中央に置けば、アイリとミーナがグラスといっしょにボッチャジュースを運んできた。やることを済ませたニーナは、こんどは二階のソファーでまた伸びている。

「これがボッチャを絞って作るジュースよ。魔女たちはみんなこれが好きなの。飲めば勇気が湧いてくるわ」

「へぇえ……」

「私も〝魔女のお茶会〟に参加するのははじめてです。魔術学園の子たちと真似事はしましたけど」

オレンジ色の濁った液体をグラスにつぎ、テーブルを眺めるアイリも気になっているらしい。黄緑の髪をお団子頭にしたミーナが、パン、と両手を打った。

「そうよね、まずは成人しないとね。じゃあきょうは正式な作法でやりましょう」

「お願いします！」

みんなそろって席についたら、さっそくグラスに注いだボッチャジュースで乾杯だ。カボチャによく似たボッチャのジュースは、思ったよりサラサラしていて酸味もある。ひと口、またひと口と飲んでいく。

「わぁ、甘酸っぱいし飲みやすいですね」

すぐにまた飲みたくなって止まらない。グラスはまたたくまにカラになり、メロディが首をかしげた。

「ネリィったらボッチャジュースも飲んだことなかったのね。ほんと筋金いりの世間知らずよねぇ、ボッチャも採れない砂漠にでも住んでたの？」

「デーダスは荒野だから、似たようなものかも」

「ヴェリガンが作ってくれたものもありますよ。屋台でも好評らしいです」

ヌーメリアがコールドプレスジュースの瓶をとりだすと、みんな大喜びでニーナがうれしそうに手をたたく。

「あら、ヴェリガン・ネグスコって人のこと知らないけど、大人よねぇ……魔女にボッチャジュースを贈るなんて」

「私、錬金術師のネグスコの屋台といえば、いま評判の店じゃない。六番街まで行かなくても飲めるなんてね！」

グラスを持ったミーナは感心したようにつぶやき、メロディもくすくすと笑って応じる。

「ね。それを飲んで僕のところにきてほしいとか……そんなとこかしら」

どんどんみんなの間でヴェリガンの株が上がっていく。さすがに彼のジュースは売り物だけあって、蜂蜜や数種のスパイスも足してあり、ただ絞っただけのジュースよりも数段風味が増していた。うんうん、アクアポニックスの研究を進めて、研究室に川を作るんだもんね。ぜひこの調子で彼にはがんばってほしい。ヌーメリアのためにも！

「うわ、効くわこれ……なんだか体の芯がカッと熱くなるわね」

メロディが唇をぺろりとなめ、グラスにおかわりのボッチャジュースを注ぐ。

「ん～、いいわぁ。さっ、ヌーメリアさんも飲んで！」

けれどヌーメリアは手の中にあるグラスを、ぎゅっとにぎりしめてモニョモニョとつぶやく。

「え、ええ……でも私なんかがこんなの飲んでいいのか……」

「何言ってんのよ、今日の主役が。対抗戦の〝勝利の女神〟でしょ。ね、プロポーズに何て言われたの？」

ためらっているヌーメリアにバシッと喝を入れたニーナが、興味津々で身を乗りだした。

「え……あ、ヴェリガンには『ヌーメリア、きみのためなら僕はなんでもできる』って……」

「キャー！」

「いわれてみたーい！」

メロディとニーナは大はしゃぎで、アイリまでほほを染めて目を潤ませている。魔女のお茶会……楽しすぎる。

わたしはすっかりいい気分で、お菓子をつまんでボッチャジュースを飲み、教えてもらった魔女の歌を歌う。

満月の夜は魔女のもの
こわがりさんは寝床においき
魔女の口づけほしければ
月にむかって窓あけろ
満月の夜は魔女のもの
こわがりさんは寝床においき
魔女の口づけ受けとれば
月が見るから窓しめろ

それからみんなで手をつないで輪になって踊り、手を叩いて笑いころげて、ノドが渇けばまたボッチャジュースを飲む。わたしはとても気分がよくなってふわふわしてきた。盛りあがったところでアイリが、温かいミッラティーを淹れる。それを合図にニーナが立ちあがり、ミーナがカラのバスケットをふたつ持ってきた。

「さてと、そろそろ始めましょうか。きょうのお茶会はヌーメリアさんと、ついでにネリィのためね。三人以上の魔女が必要で、アイリは見習いだけど私とミーナ、それにメロディがいるしね」

「よろしくお願いします！」

ニーナとミーナ、それにメロディが立ちあがり、バスケットを囲むように両手をかざした。

「さあ、〝毒の魔女〟ヌーメリア……あなたが今宵《こよい》私たちに借りたい力はなあに？」

うながされたヌーメリアは手にもったグラスに目を落とし、何杯目かのボッチャジュースを一気にあおると立ちあがった。深呼吸して大きく息を吸い、胸にさげたペンダントをギュッとにぎりしめる。

「私……私は勇気がほしいです。毎朝鏡をみると不安になる。こんな私が幸せになれるのかって……そうしたら何も言えなくなってしまう。いつも胸にあるお守りでさえも、こんなときは助けにならなくて」

「ひとりで悩まないで。ヌーメリアさんには頼りになる彼だっているんだし。では魔女からの贈りものを」

そういうとニーナはバスケットに向かい、魔法陣を紡ぎはじめた。いつもデザイン画を描く彼女は、線がとてもきれいな術式を紡ぐ。保温の術式をかけたニーナは、テーブルにあったお菓子や料理をつめていく。

「服飾の魔女ニーナが魔女ヌーメリアへ贈りものを。私からは〝勇気〟を……温かいうちに運んでね」

つぎにミーナがバスケットにリボンをかけて、キュッと結ぶとそこに魔法陣を刻む。

「装飾の魔女ミーナが魔女ヌーメリアへ贈りものを。私からは〝縁〟を……心が結びつきますように」

そしてメロディが魔法陣をかけた布で、ふわりとバスケットの料理を包んだ。

「彩の魔女メロディが魔女ヌーメリアへ贈りものを。私からは〝笑顔〟を……この布をとったとき、ふたりが笑顔になれますように」

最後にアイリも立ちあがる。

「私は見習いですけど……〝魔女のお茶会〟に立ち会った者として〝幸運〟を贈りますね」

そういってアイリはほほえみ、ヌーメリアとわたし、それぞれのほほにキスしてくれた。ニーナが準備の整ったバスケットを持ちあげ、ヌーメリアに向かってウィンクする。

「このバスケットはおみやげね、夜もひとりぼっちで寂しそうな、独身男に持ってってあげるのよ」

「ありがとうございます……おかげで勇気がでました！」

うれしそうに受けとるヌーメリアを見て、あ……ヴェリガンに持っていくんだな、と思った。彼女みたいな大人でも、やっぱり恋って勇気が必要なんだ。ぼんやり座ってみていたら、なぜかわたしまでサクサクとお菓子を詰められたバスケットを持たされた。

「ネリィのぶんもあるわよ、ほら」

「〝魔女のお茶会〟をやりたいって、ネリィから聞かされた時はびっくりしたけど、私たちも応援してるから」

「ふたつの月が赤く輝くとき、魔女たちの力も強まると言われているの……がんばってね！」

「ヌーメリアさんもネリィさんも本当にすてきです！」

みんなから口々に激励された。ふたりそろってバスケットを抱え、〝魔女のお茶会〟から送りだされて居住区に戻ると、ソラと眠そうなアレクがリビングでわたしたちを待っていた。

「おかえりなさいませ」

「ふたりともおかえり！」

ブランケットにくるまり、椅子でココアを飲んでいたアレクは、わたしたちを見てパッと目を輝かせた。

「ヌーメリア、すっごくキレイだよ。ネリアもとってもかわいいね！」

「ありがとうアレク、寝てなかったの？」

「うん。僕も〝魔女のお茶会〟のお作法なら知ってるからね。ふたりともちょっとかがんで」

バスケットを持ったままかがむと、アレクは背伸びしてヌーメリアの顔に手を添え、彼女のほほにキスをした。

「僕のだいじな魔女に〝幸運〟を。それからネリアにも！」

ちゅっ。やわらかな唇がわたしのほほにもあてられる。ヌーメリアはもうそれだけで目を潤ませた。

「アレク……」

「ここで泣いちゃダメだよ、ヌーメリア。ほら、ヴェリガンのとこ行くんでしょう？」

ヌーメリアはアレクの体に腕を回し、ギュッと抱きしめてから笑顔で立ちあがった。

「ありがとう、アレク。いってきます！」

「いってらっしゃい！」

バスケットを手にヴェリガンの研究室へとむかう彼女を見送り、アレクはふわぁ、とあくびする。

「それじゃ僕は寝るよ。ネリアもおやすみ」

「うん、おやすみ」

リビングにはわたしとお菓子でいっぱいのバスケット、それにソラが残された。

「ネリア様もおやすみなされますか？」

「そうだね……」

着せてもらった衣装はとても可愛くて、すぐに脱ぐのはもったいない。ソラが小首をかしげるとサラサラした水色の髪が揺れる。澄んだラムネのビー玉みたいな瞳を見て、ふとニーナの言葉を思いだした。

『夜もひとりぼっちで寂しそうな、独身男に持ってってあげるのよ』

「ひとりぼっちで寂しそうな独身男……なんか顔が思い浮かんじゃった」

不機嫌そうに眉間にシワを寄せた表情まではっきりと。思いだしてくすっと笑い、もういちどバスケットを持つと月の光に照らされた中庭にでる。ちょっと浮かれた気分でわたしは、左腕のライガを展開した。

「ネリア様、またおでかけですか？」

「ちょっとだけね！」

ふだんは履かないふわふわしたスカートに、胸元をヒモで編んだ黒のビスチェを合わせ、袖口をしぼったパフスリーブの白いブラウス。髪飾りはボッチャのヘタと蜘蛛の巣に黒い蜘蛛、それにバスケットにもお菓子が詰まっている。今のわたしは神出鬼没、ボッチャの妖精なのだ。

満月の夜は魔女のもの

こわがりさんは寝床においき
魔女の口づけほしければ
月にむかって窓あけろ
満月の夜は魔女のもの
こわがりさんは寝床においき
魔女の口づけ受けとれば
月が見るから窓しめろ

ゴキゲンに歌を口ずさみながら王都の空に飛びあがれば、塔の最上階にある窓にはまだ明かりがついていた。トン、とバルコニーに降りたってライガを腕輪にしまう。気配を感じたのか、本を読んでいたレオポルドが顔をあげた。

「やっほーい、レオポルド」

「窓から出入りするなと言ったはずだが」

「まあ固いことは言いっこなしで」

仕事はとっくに終わったのだろう、ローブも脱いでいたレオポルドは、窓からあらわれたわたしをにらみつけた。想像したとおりの不機嫌そうな顔で、わたしは思わず笑ってしまう。

「お前は男の部屋を夜に訪れる意味がわかっているのか?」

「何言ってんの、ただの差しいれだよ。ホントいつも文句が多いんだから。感謝しなさいよね」

「差しいれ……」

「そ。ここ師団長室だし。ほら、いいにおいするでしょ」

ぐいっと差しだしたバスケットもジロリとみるだけで、彼はなかなか受けとろうとしない。

「酔ってるな?」

「酔ってません。ボッチャジュースを飲んだだけだもん!」

ボッチャジュースと聞いたレオポルドは何か思い当たったのか、窓の外に浮かぶ月を見あげて眉間にシワを寄せた。

「〝魔女のお茶会〟か……たしかに今日は満月だな」

「うん、そう……なんかふわふわする。レオポルド……」

バスケットを差しだしたまま、ぐらりと姿勢をくずしたわたしの体を、彼はとっさに右手で受けとめて左手でわたしのバスケットを取りあげた。そのとたんミーナのリボンがほどけ、バスケットを持つ彼の小指にしゅるりと巻きつく。

「〝魔女のお茶会〟などになぜ参加した？」

小指のリボンをじっと見つめる彼がおかしくて、わたしはクスクスと笑い、ふらふら歩いて部屋の中央にある長椅子にぽすりと座る。スカートのオレンジ色がふわりと座面に広がった。

「んとね、もうすぐ魔女のお茶会の季節だから、屋台にだすボッチャジュースのレシピをヴェリガンが頼まれたの。満月の晩に間に合うように……だけどわたしもヌーメリアも、〝魔女のお茶会〟に参加したことなかったんだよね」

「魔女ヌーメリアのためか」

「そう。それならふたりでやってみようって、収納鞄の工房を経営している魔女たちに相談したの」

ポイっとヒールを脱ぎ捨てて、脚をぶらぶらさせながら説明する。レオポルドはバスケットにかけられた魔法陣を慎重に調べ、納得したようにうなずいてから机にそれを置くと、わたしの隣に腰をおろして肩の力を抜いた。

「魔法をかけたのは気のいい魔女たちのようだな。邪念も感じられない」

「そうだよ。そしてこれがメロディの魔法、布をとる時ふたりが〝笑顔〟になるようにって」

「これは……」

腕を伸ばしてさっと布をとると、中にはいろんな表情のボッチャクッキーがならぶ。彼は一瞬目をみはってからくすりと笑った。冷笑とはちがう、思わずこぼれたような笑みに、わたしの心がほわりと温かくなる。

「いつもそうやって笑えばいいのに。今わたしボッチャの妖精なの。さぁ、クッキーを召しあがれ」

なかに詰められていたクッキーを、ひとつつまんで彼の口もとに運ぶ。黄昏色の瞳で探るようにわたしを見て、彼は差しだされた一枚を慎重にかじる。そのようすがおかしくて、わたしはまたもやクスクスと笑った。

「〝魔女のお茶会〟ははじめてか」

「うん、はじめて。ボッチャジュースを飲むのもはじめて。おいしかったー」

みんなでやった工房での大騒ぎを思いだして笑えば、レオポルドはあきれたようにため息をついた。

「まったく……飲みなれぬくせに飲むからだ。魔女はボッチャジュースで酔う」

「ねぇ、それってわたしが魔女になってるってこと？」

「ああ」

「えへへー魔女かぁ、そういえばマウナカイアで、リリエラっていう海の魔女に会ったよ、すごい美女なの！」

「そうか」

「それでね、こっちはそんなに甘くないの。ボッチャのニョッキスープ、夜食にもいいよ。プディングは甘さを控えめにして、ちょっとお酒も足したの。デザートにどうぞ」

レオポルドに持ってきた料理の説明をひとつひとつして、渡せば無言で食べてくれる。バスケットに詰めたお菓子をいっしょにつまみながら話をして、わたしは覚えたばかりの魔女の歌をゴキゲンに口ずさむ。

満月の夜は魔女のもの
こわがりさんは寝床においき
魔女の口づけほしければ
月にむかって窓あけろ
満月の夜は魔女のもの
こわがりさんは寝床におい き
魔女の口づけ受けとれば
月が見るから窓しめろ

夜空に輝く赤い月を見あげていると、なんとなくトロンとしてきた。窓から吹きこむ夜風の冷たさが、ほほに当たって心地いい。わたしは横に座るレオポルドにもたれかかった。

「おい」

「ちょっとだけ。レオポルド、あったかいね」

そのまますり寄って、彼に膝枕をしてもらう形で横になると、長椅子の上で手足を縮めて丸まる。

「まるで猫だな」

「猫かぁ、ふふっ、そんなこともあったね。レオポルドの膝、けっこう寝心地よかったよ」

迷惑そうな顔をしたまま、レオポルドは深くため息をついた。彼が何かしたのかひとりでに窓が閉まり、カーテンが赤い月を隠す。銀色の長いまつ毛に縁どられた薄紫の瞳が、わたしをすぐ上から見おろした。長いまつ毛が目元に影を落とし、いつもより色が深い瞳は薄雲がたなびく夜空のようで、わたしは手を伸ばして彼の額にふれた。きれいな肌にはもう、傷跡などどこにもない。

「額……よくなったね」

「気にしていたのか?」

「うん……対抗戦はどうしても勝ちたくて。でも、ごめんね」

手を離そうとすると、彼の指がそれをとらえる。わたしの瞳をのぞきこむようにして、彼は聞いてきた。

「今日はそのために、ここへ?」

「それもあるけど」

対抗戦の後だってレオポルドには何度も会っている。塔にもお見舞いに行ったし、中庭でやった祝勝会にも来てくれた。ヌーメリアやヴェリガンといっしょに劇も観に行った。ただこうしてふたりで話すことはあまりなかった。

「会いたかったから……だけじゃ、ダメかな。レオポルドの顔が見たかったの」

いつだって会いたくて、会ってちゃんと話したくて、でも彼は遠い存在だった。それなのにふと気づけば師団長会議でも、塔や研究棟の中庭でも彼と視線が絡む。グレンやレイメリアの話も聞きたい……でも今はそんなこと、どうでもいいような気もする。ふわふわした気分で顔を見あげて、へらりと笑えば彼がまばたきをした。

銀のまつ毛がゆっくりと動くのをぼんやり見ていたら、彼の長い指がわたしのほほに描かれた涙型のしずくにふれ、それをなぞるようにしてからあごへと滑っていく。ふと気づくと黄昏色の瞳がすぐそこで、わたしは思わず両手で彼の顔を押さえた。

「何をする」

「や、なんか近くて」

一瞬だけ、キスされるかと思った。それはきっと、わたしの頭がぼんやりしているからだ。

「そんなことだろうと思った。手をどけろ」

顔をしかめてわたしの手を払ったレオポルドは立ちあがり、戸棚から赤い実がはいったビン詰め、保冷庫からクリームチーズをだした。席に戻ってバスケットからクッキーをひとつとり、銀のさじでプディングをひとすくい、さらにクリームチーズと赤い実を盛りつける。その上にもう一枚クッキーを重ね、ぱくりとひと口かじってうなずいている。

「わ、クッキーサンドだ。おいしそうだね、そのアレンジ。わたしもやってみたい……むぐっ!?」

身をのりだしたわたしの口に、彼は無表情にかじりかけのクッキーサンドを押しこんだ。いきなり何なの!?

文句をいおうとしたけれど、押しこまれたクッキーサンドはボッチャの優しい甘みにクリームチーズのコクが加わり、赤くて酸っぱい実が、とろりとしたプディングとも絶妙な組みあわせで、食べていると幸せな気持ちになる。

「ん〜、すっごくおいしい!」

落ちそうなほっぺを押さえてモグモグしていると、隣に座るレオポルドはまたクッキーサンドを作る。ムスっとした彼はどこか機嫌が悪そうで、スプーンを扱う手つきはなんだか荒っぽい。

「それを食ったらさっさと帰れ。それと〝魔女のお茶会〟のあとは、ぜったい他の男のところへは行くな」

「え、うん……」

うなずけばまた彼はひと口かじってから、クッキーサンドをわたしの口に押しこむ。なんで？

「むぐ……ちょっとレオポルド、この赤い実、何？」

「コランテトラの実だ。知らないのか？」

モグモグしながらたずねると、レオポルドは意外そうに黄昏色の目をまたたいた。わたしは目を輝かせ、ビンを手にとって赤い実を見つめた。

「これがコランテトラ……中庭で実がなったら、タルトやパイ、ジャムにしてもよさそう！」

「やるから、とっとと帰れ」

ぽいっ。そんな感じでコランテトラのビン詰めといっしょに、わたしはカラのバスケットごと塔を追いだされた。

「ちょっとぉ、『ごちそうさま』ぐらい、言いなさいよ！」

「食べてない」

エンツで文句をいえば、不満そうな声でたったひとこと返される。

「は？　完食したくせに何いってんの？」

「…………」

それっきりで、レオポルドの不可解な態度の意味をわたしが知ったのは、ずいぶん後になってから。だって翌朝ヌーメリアに聞いても、真っ赤になってぜんぜん教えてくれなかったんだもの。


そんなことがあった翌日、いつものように師団長室で書類とにらめっこしていたら、アレクがトコトコやってきて、内緒話をするようにわたしの耳元へ口を寄せた。

「ネリア、ヌーメリアにないしょで、ヴェリガンを手伝ってほしいんだ」

「ヴェリガンを？」

さっきは恥ずかしがって、逃げだしたヌーメリアは工房にいる。彼女に気づかれないよう、わたしはそっと師団長室を抜けだして、アレクとヴェリガンの研究室に行った。するとホウメン苔に敷物を敷き、何やら植物を仕分けしていた彼が、わたしをみるなり「キャア！」と悲鳴をあげた。

「は、恥ずかしいぃ……」

「え、何なの。さっぱりわからないよ」

「アミュ……を……くて」

真っ赤になった顔を両手で覆い、そのままつっぷしたヴェリガンは、もごもご何かつぶやいている。

「網をくれ？」

顔をあげたヴェリガンは顔に、茎とか葉っぱをくっつけて涙目になっていた。わたしが泣かしたみたいじゃん！

「アミュレットを……………っ、作りたくて。ヒィック！」

「アミュレット？」

「ヒ……ヒィック！」

こんどはしゃっくりが止まらなくなる。落ち着くのを待っていると、かわりにアレクが説明した。

「アクセサリーみたいに身につけるお守りだよ。お茶会帰りの魔女から、バスケットを受けとったお返しだって」

「そうなんだ」

アレクが説明した方がよっぽどわかりやすい……。ヴェリガンは赤くなって、もじもじしながら続ける。

「彼女が喜びそうな……デザイン……相談に乗ってほし……」

「僕、髪飾りもかわいいよねって話したけど、こういうの女の人だからさ、ネリアのほうがわかるかと思って」

やっぱりアレクの説明の方がわかりやすい……。ヴェリガンが準備していたのは材料にするハーブだという。

「いいね、わたしもアミュレットがどんなものだか調べてみるね！」


わたしはマリス女史にエンツを送り、レオポルドの予定を聞いて塔を訪ねた。もちろん出入りは最上階にある窓からだ。降りたライガを、バルコニーでたたみ、ひょいっと師団長室をのぞけば彼がいた。

「さっそくだけど、アミュレットについて教えてほしいの」

「何がさっそくだ。あと窓から出入りするな！」

「まあ固いことは言いっこなしで」

目の前にいる銀髪の魔術師は、せっかくの美貌をだいなしにするようなシワを、眉間にくっきりと刻んでいる。昨晩よりもさらに機嫌が悪そうで、マリス女史が苦笑してお茶の準備に立ちあがった。

「だってあのふたりのこと、レオポルドも気にかけてたし。それに〝魔女のお茶会〟にもくわしいでしょ」

「塔は魔女だらけだからな。お前もアミュレットがほしいか？」

レオポルドはきらめく銀髪をかきあげると、黄昏色の瞳でじっとわたしを見てたずねてきた。

「へ、なんで？」

聞きかえして思いだした。わたしもこいつにボッチャのお菓子、差しいれたんだっけ。

「あ、昨日差しいれたお菓子のお礼なら、気にしなくていいよ。ちょっと体験したかっただけだし」

「まて！」

……ガタン！

「いまの話は本当ですかっ！」

手を振って気軽に答えたらレオポルドの顔色が変わり、それと同時にバルマ副団長が音をたて、勢いよく椅子から立ちあがった。

……バタン！

「ネリス師団長からバスケットを⁉」

トレイを手にしたマリス女史も、師団長室のドアから飛びこんできた。カチャカチャとこぼれそうな勢いで、ポットとカップが揺れてぶつかる。血相を変えたふたりに、レオポルドは苦虫をかみつぶしたような顔で答える。

「お前たちが思うようなことはない」

「でも召しあがられたんですよね。ネリス師団長！」

「ひゃいっ！」

キッと眉をあげたマリス女史が、わたしをふりかえる。それだけでなく、全身をササササッと観察された。何⁉

「ちょっと体験したかった……って。いくらウチの師団長が相手でも、もっとご自分を大切にしてください。その後お体に変わりはないですか？」

「うん、だいじょうぶ。そのあと居住区に帰ってぐっすり寝たし」

ボッチャジュースでほわほわとしたいい気分だったけど、お酒を飲んだわけじゃない。二日酔いみたいなこともなかった。そう思いだして答えると、マリス女史はジロリとレオポルドをにらんだ。

「朝までいっしょにいて差しあげなかったんですか？」

「うわ、最低ですね！」

バルマ副団長にまで非難されて、レオポルドは頭痛でもしたのか額を押さえて、力なく首をふってうめいた。

「頼む。本当にこいつはわかってないだけだ」

「や、押しかけたのわたしだから。それにレオポルドは食べるだけじゃなく、わたしにクッキーサンド作ってくれたし。おもてなしだってちゃんとしてくれたから、押しかけたわりには親切にしてくれたよ」

何だか責められている彼を必死にフォローすると、マリス女史とバルマ副団長はさらに目を見開いた。

「お返しまで⁉」

「ガチじゃないですか！」

一生懸命フォローしたのに、レオポルドは黄昏色の瞳を怒りにきらめかせ、わたしをにらんでくる。

「お前はもうよけいなことをいうな！」

「えっ、何⁉」

マリス女史とバルマ副団長はふたりそろって、わたしたちの顔を交互に見くらべ、それから顔を合わせると微妙な表情になる。何ともいえない空気が漂い、苦笑いしたバルマ副団長は、顔をしかめているレオポルドに告げた。

「あー……アルバーン師団長、来年の〝魔女のお茶会〟までには、きちんと説明してあげてくださいね。なし崩しにことを済ませなかったのは、ほめてあげますが」

「こいつが訪ねてくるとは思わなかった」

レオポルドがむすっと答えれば、気を利かせたマリス女史がさっと話題を戻した。

「そうですね……アミュレットでしたか、いくつか図案をお持ちしましょうか」

「お願いします！」

そのままわたしは塔の師団長室で、アミュレットの図案を見ながらレオポルドの説明を聞いた。

「アミュレットは魂を守るもの、魔除けでもある。死霊使いが使う呪具が元になっている。ヴェリガンの故郷はサルジアとの国境に近く、呪術や死霊使いにもなじみのある土地だからな」

わたしは首にさげたグレンの護符にふれた。しゃらりと軽い音がして、レオポルドも護符に目を留めた。

「護符とはちがうものなの？」

「似ているがちがう。アミュレットの由来は、死者の魂を悪しきものから守るための埋葬品だ」

「えっ、埋葬品!?」

目を丸くしたわたしにレオポルドは説明する。

「使う術が特殊だから、あまりいいイメージがないが、死霊使いは生者と死者をつなぎ、その魂を守る。アミュレットを贈るのは相手の一生を、魂までも守るという決意をあらわす。生者が身につければアクセサリーとなる」

目を伏せて図案のページを一枚一枚めくるレオポルドは、長いまつ毛が瞳に影を落とすから、いつもよりも紫が濃くなる。わたしも彼の手元をのぞきこんだ。

「じゃあ、相談されたわたしも責任重大だね。わ、いろんなデザインがある。指輪にブレスレット、それに首飾り?」

「身につけられるなら何でもいい。その者に近しい者が作り、肌に直接つけた方が効果も高いとされている」

「それならアレクが提案した髪留めも入れてもらおうかな。ヌーメリアは灰色の髪があまり好きじゃないから。それとペンダントはいつも下げているから、ブレスレットとかは?」

「色石を使えば指輪や耳飾りなども華やかですよ」

マリス女史の提案に、わたしは首を横にふる。

「ヴェリガンは魔力が乗せやすい植物を編んで作るつもりみたい。指輪や耳飾りだとかさばるかも」

「さすがは〝緑の王〟ですわね。ならば伝統的な古い図案もありますよ。素朴だけれど躍動感がありますね」

「いいね!」

わたしはマリス女史にも手伝ってもらい、髪飾りとブレスレットの図案をいくつか選んだ。

「これであとはヴェリガンに決めさせよう。魂までも守るという決意かぁ。ステキだね、憧れちゃうなぁ」

「お前……自分はいいのか?」

ふとレオポルドが聞いてきた。おたがい図案をのぞきこんでいたから、顔をあげれば思ったより距離が近い。光のかげんで色を変える、黄昏時の空を思わせる瞳が目の前にあった。わたしはまばたきをして聞きかえす。

「何が?」

「師団長ともなれば縁談も舞いこむ。国王に頼めば身元のたしかな相手も紹介してくれる。だれかと添いとげようとは思わないのか？」

「わたし、そんなガラじゃないもん。師団長やるだけで精一杯だし」

「…………」

無言になったレオポルドに、わたしは言葉を重ねた。

「住めるところがあって、おいしいものが食べられて、身分も保証されている。それでじゅうぶんだよ。イヤなことがあっても、ライガでひとっ飛びすれば、たいていのことは忘れられるし」

レオポルドは手を伸ばし、広げていた図案を取りあげた。

「師団長ならばアミュレットも権威を感じさせるものがいい。若い女性なら華やかさもほしい。シンプルでも色石を使い、極小の魔法陣を刻む。グレンの護符にライガの腕輪があるとなると、あとは耳飾りか指輪だ」

「錬金術をやるとなると、指輪ははずしちゃうかなぁ。つけてると邪魔なんだよね。イヤリングは耳たぶが痛くなるから、長時間つけると頭痛がしちゃうの」

「そうか」

小さくつぶやき、彼はパタリと閉じた図案をマリス女史に渡した。

「あとでまた見る」

「かしこまりました」


ヴェリガンが選んだのは、二羽の小鳥が小さな実を運ぶかわいらしい図案だった。寄り添う小鳥は〝相愛〟、実は〝豊穣〟をあらわすらしい。未来を築いていくふたりにはピッタリじゃない？

さっそくハーブを編んでいく彼の横顔は、わたしから見ても何だかカッコいい。材料は植物といっても、いろんな色があるものだ。繊細な手作業を見守りつつ、しばらくヌーメリアにはないしょだね、とふたたびアレクとささやきあう。

「ふふっ、ヴェリガンうれしそうだね」

「ネリア、だれかを幸せにできるって……とてもうれしいよ。それが好きな相手なら……なおさら」

手を動かしながら言葉を紡ぐヴェリガンの耳が、ほんのりピンク色に染まっている。

「僕は……ずっと迷惑をかけないように……って、そればかりで。自分の力でだれかを幸せにするなんて……考えたこともなかった。そんなこと……できないと思ってたし」

「ヴェリガンは自信がないだけだよ」

こくりとうなずいて、彼がアレクの頭をなでた。

「アレクが……『ヌーメリアはこうすれば喜ぶ』とか、彼女が困ってることとか……いろいろ教えてくれた」

「アレクが？」

おどろいてアレクを見れば、ニカッと笑ってガッツポーズを決める。

「へへっ、僕の作戦勝ち！」

そういえば幸せそうなヌーメリアと、うれしそうなヴェリガンのそばで、だれよりも楽しそうなのはアレクだ。

「僕はさ、ヌーメリアやネリアがいくら親切にしてくれても、王都でどうしたらいいかわからなかったからさ。ヴェリガンの世話をするのがちょうどよかったんだ。だって僕から見てもどうしようもない大人なんだもの」

「うっ」

「朝は起きられないし、ご飯だってちゃんと食べないし、髪は伸ばしっぱなしで顔は見えないし、オドオドしてるし」

「ううぅ……」

アレクにひとつひとつ欠点を挙げられて、ヴェリガンがどんどん小さくなっていく。

「でもさ、ヌーメリアを幸せにしてくれるなら、どんなヤツでもいいんだよ。ヴェリガンはあの日僕を助けてくれた彼女を幸せにする、最高の仲間なんだ。約束だよヴェリガン」

「……うん」

しっかりとうなずいたヴェリガンは顔をあげ、ふたりはおたがいの拳と拳をコツンとぶつけた。

「アレクの……アミュレットも……作る」

「えっ、あ……わたし、髪飾りとブレスレットのデザインしかもらってないや」

「だいじょうぶ。僕と……おそろいで作るから」

「カッコいいのじゃないとやだよ」

アレクの注文にわたしとヴェリガンは笑った。作りあげたアミュレットは植物の優しい風合いで、ヌーメリアの雰囲気にもよく似合う。これを見たら、彼女はきっとまた泣いてしまうだろう。そうしたらアレクとヴェリガンで、おそろいの腕輪をみせて笑わせればいい。ヴェリガンにとっては居心地のいい隠れ場所にすぎなかった研究室が、三人にとっては宝物になった。

「グレンもネリアも……僕の好きなようにさせてくれた。川まで作っていいって。創りあげた僕の世界を……こうして気にいってくれる人間も見つかった。わかち合えるって、こんなうれしいことはないよ」

「うん、そうだね」

アトリウムを元にした研究室には、穏やかな午後の日差しがそそぎ、樹々が金や赤に色づいている。アクアポニックスの研究で水音はするけれど、夏にはあれだけ飛んでいた月光蝶も姿を見せない。

秋の終わりと同時に冬がやってくる。冷たい風が吹きすさぶデーダス荒野とはあまりに違う光景に、わたしはちょっとだけグレンとの暮らしを思いだした。


借りた妖精の衣装を返しに七番街の工房にいき、ヌーメリアがアミュレットを作ってもらった話や、レオポルドにも差しいれをした話をみんなに報告する。するとあっけにとられた顔をして、四人はそのままひそひそと話しはじめた。

「今の……聞き間違いじゃないわよね？」

「魔術師団長にバスケットを持っていったって話？」

「ええ」

「間違いなくそう聞こえました」

アイリがうなずき四人は顔を見合わせてから、メロディがわたしをふりむいた。

「あのさ、ネリィ。彼はそのお菓子食べたの？」

「お腹が空いていたのか、ぺろりと食べましたよ。しかも自分でアレンジしてクッキーサンド作ったりして。だけどひどいんですよ、クッキーサンド……わたしにはかじりかけをよこすんです」

そのとたん、全員が驚愕した表情を顔に浮かべ、ミーナがあわててわたしに確認する。

「えっ、待って。彼がクッキーサンドを作って……それをかじってから、ネリィに食べさせたの？」

「そうですよ。ずーっとクリームチーズ抱えて、わたしには作らせてくれなくて。自分のかじったヤツばかりくれるんです。おいしかったからいいけど……ほんとケチなんだから！」

「や、だってそれは……」

クッキーサンドはおいしかったけど、そこは納得がいかない。あのときの不満を訴えると、ミーナはあえぐように口をパクパクさせて何かいおうとした。

「どうかしましたか、ミーナさん」

けれどミーナは何もいわず、困ったようにニーナをみる。ニーナのほうはまとめていた髪を勢いよくほどき、黄緑の頭をグシャグシャにして机につっぷした。

「あああ……ねぇミーナ、これっ、私が用意した〝ボッチャの妖精ドレス〟は、いい仕事したのよね？」

「ええ……バッチリよ。あの魔術師団長がそこまでしたって……マジで奇跡だわ！」

こめかみを押さえてミーナがうなずき、ニーナはへちょりと机に伏せたままで力なくつぶやく。

「そのクッキーサンド……オッケーってことでしょ。ネリィ、あなたどうしてホントに……」

「何がオッケーなんです？」

首をかしげているわたしをチラっと見あげ、ニーナは何とも言えない顔をする。

「どうしよう、教えてもいいけど……ネリィが塔の魔女たちに刺されちゃう」

「食べかけのクッキーサンドをもらったぐらいで、何で刺されるんですか⁉」

塔の魔女たち恐ろしすぎる。食べものの恨みって怖い……わたしがおののいていると、脱力したニーナがゴチンと派手な音をたてて机に頭をぶつけ、黄緑の髪をわしゃわしゃとかき乱してうめきだした。

「ちがうわ……ちがうのよ、ネリィ。どうしよう私、満月にむかって叫びたい気分よ！」

「わかるわ、ニーナ。そのやるせなさを次のドレスにぶつけなさい！」

ニーナがわなわなと肩を震わせる横で、ミーナまでもが拳をにぎりしめる。何だかよくわからないけれど、ふたりとも新たな創作意欲が湧いたみたいだ。わたしはうれしかったことをみんなに伝えた。

「でもおかげでレオポルドとも、前よりちょびっとだけ仲良くなれた気がします。ボッチャジュースで『勇気が湧いてくる』ってホントですね！」

さすがに頭突きまでしたから、わだかまりが残ったままでは困る。ボッチャの勢いを借りて突撃してよかった。

（やっぱ『同じ釜の飯を食う』って、こっちの世界でも通じるんだな）

ところがわたしが満足していたら、メロディたちはなぜか呆然としている。

「仲良く……」

「勇気……」

「何いってんの、この子」

ニーナはふたたび目を血走らせてわなわなと震えだし、必死にミーナに訴えて頭をなでられていた。

「すごいチャンスだったのに。ねえっ、すごいチャンスだったのよ！」

「わかるわ、ニーナ。だからそのやるせなさを、次のドレスにぶつけなさい！」

「がんばりましょう！」

なぜかみんな拳をにぎりしめて、新たなドレスに向けて決意を固めていた。


塔の師団長室では銀髪の魔術師が、アミュレットの図案をパラパラとめくっては、思案するようにため息をつく。伏せた長いまつ毛が黄昏色の瞳に影を落とし、いつもより物憂げな表情になった。

「あいつ……ことごとく断っていったな」

その姿にマリス女史はおやおやと思った。彼と話すあの娘はとても楽しそうなのに、いったい何を悩んでいるのだろう。みかねて彼女は自分の小指を見つめ、不器用な青年に助け船をだした。

「必要ないときはグレン老の護符もライガの腕輪も外されますし、大ぶりでないほうがお好みかもしれません。アクセサリー自体になじみがなさそうですし、彼女に寄りそうとしたら小さくとも存在感のある……とすると小指の爪ほどの魔法陣になりますわね。魔術学園のロビンス教諭に協力していただいては？」

「大ごとだな」

個人的なことで恩師に頭を下げることになる。顔をしかめたレオポルドに、彼女はにっこりとうなずいた。

「師団長ならばアミュレットも権威を感じさせるものがいい、そう言われましたでしょう。身につけるにしても贈るにしても、師団長にふさわしいものを……ということですわ」


【魔女のお茶会】

「キスをくれなきゃイタズラしちゃうぞ☆」のノリで、恋に勇気がだせない魔女を励まして送りだす、魔女たちの壮行会。ボッチャジュースで気合いをいれたら、バスケットにお菓子を詰めて突撃。その結果についてはあえて聞かないのが、魔女たちのマナー。ネリィはすごいチャンスをふいにしたらしい。
※レオポルドは師団長になりたての頃、さんざん魔女たちから突撃された。今ではそんな命知らずな魔女はいない。

それは〝くりますす〟

「つまんないなぁ」

寒さも増してきたある日、居住区のリビングで頬杖をついたアレクが、窓から外をながめてぽつりとこぼした。青い髪にぱっちりした青い瞳、左腕にはヌーメリアが作った魔力制御の腕輪をはめている。

「どうしたのアレク」

「友だちが冬眠しちゃってさ」

「冬眠⁉」

わたしがびっくりすると、アレクはふりむいて教えてくれた。

「虹色トカゲのパルだよ」

ヴェリガンの研究室で捕まえた虹色トカゲに、アレクは〝パル〟と名をつけて部屋で飼っている。アレクが大きくなったら使い魔にするつもりらしいけど、ヴェリガンが使い魔にしたヌノツクリグモの〝ポコ〟をいつも狙っている。

「あっそうか、トカゲ……ほかに仲がいい子はいる？」

ふと気がついたけど、王城で暮らすアレクの友だちって、パルのほかにだれがいるだろう。

「六番街の市場で仲良くなった子ならいるよ、けど今はみんな家の手伝いで忙しいだろ？」

「そっか……」

そういえば退屈するとよくヴェリガンの研究室に行っていたけれど、最近彼はヌーメリアといっしょにいるから、アレクなりに遠慮しているのかもしれない。

「雪でも降ればいいのにな。ネリアは子どものころ、冬ってどうしてた？」

「わたしの冬休みは……おこたでぬくぬく漫画読んだり動画みたり……」

「何それ」

わたしはアレクに漫画や動画の説明をするのをあきらめた。そしておこたを作りたいな……とひそかに考える。

「何でもない。うーん、モヤっとしたときはライガでひとっとびゅんしちゃう？」

「やる。ライガでひとっとびゅん！」

立ちあがったアレクに温かい上着を着せ、わたしもアイリが刺してくれた銀糸の刺繍に、レオポルドが描いた静電気防止の術式も重ねてある、五番街で買った白いコートをはおる。

ほほが切れそうに冷たい風も、アルバがあればへっちゃらだ。暖かい空気の膜で体を包むと、そのままふたりで中庭にとびだし、アレクをライガに乗せて王都の空へと駆けあがった。

「ひゃっほーい、ひとっとびゅん！」

そびえ建つ王城の両脇には、魔術師団の塔と竜騎士団の竜舎が建ち、竜舎から飛びたつドラゴンの姿もよく見えた。本城の天空舞台では何人かのスタッフが、城の飾りつけをしている。その人たちに手を振り、さらにライガを飛ばす。

城壁を通って流れこむマール川の支流がぐるりと王城を囲み、倉庫街がある六番街の船着き場には、たくさんの船が泊まっていた。冬の休暇には魔導列車の旅だけでなく、ゆったり過ごせる船旅も人気なのだという。キラキラと光る川には遊覧船が浮かび、観光客がライガを見つけて歓声をあげる。

秋の対抗戦で大活躍したおかげで、王都の空をライガで飛んでも驚かれなくなった。立太子の儀のパレードでも黒蜂のオートマタを飛ばした錬金術師団は、〝空〟でドラゴンに対抗できると認められた。ミストレイを墜としたことは、それほどの衝撃だったらしい。まだ遮音障壁を作れないアレクが、吹く風に負けじと声を張りあげた。

「メレッタがね、僕が大人になったらライガを作ってくれるって。『一号機は私のだけど、二号機はアレクのねだって』」

「おおー、いいね！」

来年にはメレッタも入団してくれるし、どんどんライガ量産化の実現が近づいている！


大聖堂で屋根の彫刻を間近で鑑賞して、環状線で貨物列車を追えばシャングリラ中央駅だ。魔導列車が発着するようすをしばらく眺めていると、陽が落ちて気温がぐんとさがってきた。視界の端に映る十番街は貴族街で、暗くなるにつれて夜会の明かりが灯っていく。わたしは自然とライガをそちらへむけた。

収穫祭を兼ねた秋祭りが終わって、王都へ集まった貴族たちは夜会で社交に忙しい。今年の収穫を夜会でふるまい、家の力を示すだけでなく領地同士の商談も行う。まだ応じてないけれど対抗戦での勝利を機に、わたしへの招待状もまた増えた。壮麗な屋敷が建ちならぶ貴族街をみおろしたまま、わたしはぼんやり思った。

（ネリア・ネリスとして生きていくことに、これからはそういった活動も含まれるのかな……）

錬金術は莫大な富を生むけれど、大量の資金と素材を必要とする。魔導列車を普及させるだけなら、ルルスの魔石鉱床だけを押さえておけばよかったけれど、これからはそうもいかない。

レオポルドやライアスは夜会にも出席するし、ライアスはむしろ社交にも積極的だ。令嬢たちに優しくほほえんでダンスをし、貴族たちと談笑して竜騎士団長としての存在感もアピールする。苦手だ……といいつつ、職務と割り切って強靭な肉体を夜会服に包み、社交場をしなやかに泳ぎ回る。

「ネリア、どうしたのさ。ぼんやりして」

「え、そうね……年末なのに何か物足りないなって」

豪奢な邸宅には魔導ランプの明かりがいくつも灯り、家の形を浮かびあがらせている。それぞれの夜会はダンスだけでなく、趣向を凝らした催しもあり、夜会の話題は翌日の王都新聞をにぎわせる。

（クリスマスのイルミネーションみたい……そうだ、クリスマス！）

「クリスマスだよ、アレク！」

「えっ、何？」


居住区に戻ったわたしは、絵を描きながらアレクに説明する。

「木にね、オーナメントをつるしてピカピカに飾って、てっぺんには星を光らせるの」

「ふぅん？」

「ソラがピカピカになるのですか？」

首をかしげているアレクの横から、グレンが作ったオートマタのソラものぞきこんだ。いつも無表情なソラが、透き通るような水色の瞳を輝かせて絵をじっと見つめている。

「そうだね、中庭で大きな木といったらコランテトラだから……ソラ、ピカピカになりたい？」

「はい」

「じゃあ決まりだね、中庭のコランテトラを、この世界最初のクリスマスツリーに任命します！」

「わあい」

抑揚のない声で無表情にソラが歓声らしきものをあげる。ほほえみ以外の表情もこんど練習させよう。

「あと特別なお菓子やごちそうを作って、みんなで食べてお祝いするの」

「へぇ、お菓子やごちそうはいいね！」

それまで不思議そうに聞いていたアレクが、お菓子と聞いて目を輝かせた。

「それとお祝いした晩に靴下をつるしておくと、靴下のなかにプレゼントがもらえるの」

「靴下のなかに？〝妖精の贈りもの〟みたいだね」

「妖精の贈りもの？」

わたしが聞き返すと、逆にアレクが教えてくれる。料理を手伝ってくれる妖精は〝おまじない集〟にもいるけれど、人に姿を見られてはいけないらしく隠れているだけで、精霊のように実体のない存在ではないらしい。

「ネリアは知らないの？　ベッド脇とか窓辺にそっと置かれるんだ。ポケットのなかにいつのまにか入ってることもあるし、だれからかもわからない贈りものだよ。贈りものは失くしたはずのボタンだったり、花一輪のこともあるけど……幸運を運んでくれるといわれてて、木の実とか花の種だったら、それを植えて育てたりするよ」

「へぇぇ。そっか……居住区にも妖精さんくるかなぁ？」

「だとしたら音楽だね、妖精は歌や綺麗な音が好きだっていうし」

「おおっ、ますますクリスマスっぽい！」

わたしはアイディアをまとめると、ライアスとレオポルドにエンツを送った。


集合場所は塔の師団長室、時間になってライガで飛びたてば、レオポルドが窓を開けて待っていた。

「レオポルド、こんばんは！」

「ライアスもきている」

バルコニーでライガをためれば、レオポルドのむこうに手を振るライアスがみえた。

「ふたりとも忙しいのにありがとう！」

ふたりの師団長に『クリスマス』のアイディアを話すと、レオポルドが考えこむようにあごに手をあてた。

「冬至の祝祭がそれにあたるだろうか。そこを境に日が長くなる……太陽の再生を祝うものだ」

「それで中庭のコランテトラを飾るのか？」

ライアスもアレクと同じように不思議そうな顔をした。

「うん、まぁ目的は何でもいいんだけど、アレクが楽しめるようにしたいの。どうしたって王城のなかでやることになるから、ふたりにも相談しようと思って。家族っぽいことを何かやりたいんだよね」

ヌーメリアとヴェリガン、それにアレクを加えてひとつの家族になっていく。まだそれぞれに遠慮してぎこちないけれど、家族になる三人にとって共通の思い出になるようなことがしたい。そう言うとレオポルドとライアスは顔を見合わせた。

「それはネグスコやリコリス女史が考えることではないか？」

レオポルドの指摘はもっともで、わたしはあわててつけ加える。

「そうなんだけど……わたしもかかわりたいっていうか、あとソラをねぎらいたいの」

「ソラをねぎらう……」

「うん、ピカピカになってみたいって。コランテトラの木を飾ってあげたら、ソラも喜んでくれそう」

ライアスが真面目な顔でレオポルドにいった。

「師団長室の守護精霊、建国より王城にあるコランテトラの木精が望んだのであれば、われわれもかかわるべきなのでは？」

「……そうだな」

ふたりの真剣なようすにわたしはあわてた。

「えっ、いやあの、そんなたいしたものじゃなくて、みんなでやる遊びとかあれば教えてもらおうと」

「ちょうど夜会続きでうんざりしていたところだ。錬金術師団長がコランテトラのために儀式をするというのであれば、断るいい口実になる」

ライアスがにっこりとまぶしい笑みをみせれば、レオポルドも無表情に淡々とうなずく。

「そうだな、われわれもその『くりますす』とやらに全面的に協力しよう」

儀式じゃないから！　クリスマスだから！

「木につける飾りはオーナメントっていってね、星は希望をあらわしていて、丸い実は生命力を象徴してるの。ビスケットやキャンディ、それにパンとか食べものを飾ったりもしたんだって」

「魔導ランプと食べものを飾ればいいのか？」

ライアスが変な顔をして首をひねった。ひょっとしたら彼の頭のなかでは、ター麺やムンチョのから揚げ、ゴリガデルスの燻製ジャーキーがコランテトラにぶらさがっているのかもしれない。

「ええっと……食べものは食べるだけにしようか。魔導ランプはちょっとちがうんだよなぁ……木の枝全体に星がまたたく感じなんだけど」

クリスマスツリーの明かりは、昔は本物のロウソクを使ったらしい。ツリーを電飾で飾りはじめたのはなんと、白熱電球の発明者トーマス・エジソンだ。発明した電球を宣伝するために始めて、それを定着させてしまった。

魔導ランプのにじむようにひろがる明かりは優しい光だけど、コランテトラにいくつもつるせば『ランプの木』みたいで、わたしがイメージする星のようにまたたくイルミネーションとはちょっとちがう。どう伝えようか考えていたら、レオポルドが黄昏色の瞳をこちらにむけた。

「星がまたたく感じとは……魔導ランプとお前の考える明かりはちがうのか」

「うん……にじむようにひろがる光じゃなくて、小さくても暗闇で存在感を主張する光でそれが明滅するの」

「星のようなまたたきか……まるで星空をまとう〝夜の精霊〟だな」

レオポルドが思いだしたようにふっと笑い、わたしはそれにドキリとする。

「光りかたを術式で調整すれば何とかなるだろう。木にぶらさげるのであれば軽いものがいい。光の魔法陣を刻める、薄くて軽い素材か……」

「ソラをピカピカに飾りたいから、数もいるんだけど」

「では魔導ガラスはどうだ。今からでは数をそろえるのは難しいだろうが、魔道具ギルドに念のためあたってみるか？」

魔導ガラスはまだ開発中の新素材で、魔導タイルを開発した工房が研究していて術式への親和性が高く、魔法陣によりさまざまな効果を付加できるという。窓ガラスとして使えば浄化機能のほかに、断熱や光をさえぎる効果もあるらしい。だけど作るのには手間もかかるし、それなりに高価そうだ。

「そんなに大がかりじゃなくて、できたらオーナメントも手作りしたいから、手にはいる材料でやれないかな」

「手にはいる材料……術式は刻みにくいが、融通を利かせられる素材ならあるぞ」

ライアスが提案したのはドラゴンの鱗で、錬金術師団は竜舎の年末大掃除に参加することになった。

ほかでは手にはいらないドラゴンの素材も、王城なら取り放題だ。ライアスはニコニコとわたしたちに説明する。

「竜舎ならドラゴンがケンカしたりして、ポロポロと鱗が床に落ちている。掃除がてら好きなだけ拾ってくれればいい」

錬金術師たちは当然全員参加だけど、オドゥが黒縁眼鏡のブリッジに指をかけてぼやいた。

「ネリアってば何考えてるのさ。ドラゴンの鱗を拾って、ソラを飾るって……わけわかんないよ」

「鱗を集めれば魔術師団で魔法陣を刻んでくれるって、レオポルドがいうんだもの。拾うだけなら簡単じゃん」

「拾うだけ……っていっても、ドラゴンがおとなしく拾わせてくれますかね」

ユーリがため息をつく横で、カーター副団長が袋を手にギラリと目を光らせた。

「ふん、ソラを飾るぶんだけでなく、ありったけ拾って帰らねば」

ヌーメリアはガクブルしながら、数本の小瓶をにぎりしめている。

「対ドラゴン用に調合しました……もし食べられてもドラゴンはお腹を壊します！」

「食べられちゃダメだろ、ヌーメリア」

オドゥのツッコミに、ヌーメリアはうつむくと小さな声で答えた。

「もうひとつあるんですけど……」

「もうひとつ？」

「ドラゴンが嫌いな臭いを自分にふりかけるんです……」

「うわ、それ絶対使うなよ！」

そうして拾い集めた鱗に、レオポルドが設計した魔法陣を、塔の魔術師たちが手分けして刻んでくれる。

「魔術師たちの個性によって光りかたもちがう。まとめてつるせばさまざまな光が楽しめよう」

「ありがとう！　でも……何の役にもたたないオーナメント作りを、してもらっちゃっていいの？」

「錬金術師団はいつもポーションや魔道具で魔術師団を支えてくれる。われわれの感謝を、術式で表現するのもたまにはいいだろう」

レオポルドが見本を作ってみせると、見守っていたアレクが目を輝かせて身を乗り出した。

「僕も作ってみたい！」

「ここに座れ」

横に座るレオポルドに術式の刻みかたを教えてもらい、アレクはたどたどしい手つきでオーナメントを作る。

「もう飾る場所も決めてるんだ。妖精さんくるかなぁ？」

「ね、くるといいよね」

「妖精？」

アレクと話をしていると、レオポルドが聞き返してきた。

「にぎやかな場所で音楽や歌が聞こえると、妖精が贈り物をくれるって。ポケットの中とか窓辺に置かれるって」

「妖精の贈りものか。祭りにはつきものだが、王城には妖精のいたずらを防ぐ結界がある。受けとるのは難しかろう」

「そう……残念だけどしかたないね」

わたしはそれきり贈り物のことは忘れ、アレクといっしょにドラゴンの鱗に術式を刻んだ。硬い鱗にきれいな術式を刻むのは難しく、すっかり集中して真剣にやってしまったのだ。

「ごちそうはね、鳥の丸焼きとかもいいよね！ こないだ食べたリンガランジャのお肉がはいったスープ、おいしかったなぁ」

「リンガランジャ……あの鳥を丸焼きに？」

レオポルドが考えこむ横で、ライアスが顔色を変えた。

「レオポルド、竜騎士団のメンバーを中心に討伐隊を組織しよう！」

「わかった……丸焼きとなれば炎属性の魔術師もそろえよう」

「へ、討伐隊？」

わたしがきょとんとしていると、ライアスが竜騎士団にエンツをとばした。

「デニス、すぐに討伐隊の編成を。リンガランジャの丸焼きを、冬至の祝祭でコランテトラの木精に捧げる！」

「かしこまりました！」

わたしは知らなかった。ベルヤンシャ山に棲むリンガランジャは象ほどもある巨鳥で、討伐はドラゴンも駆りだした大掛かりなものとなることを。山に向かった彼らは三日間帰ってこなかった……。

ライアスたちが仕留めたリンガランジャを血抜きし、魔術師が保全の術式をかけて肉の熟成をうながし、それをドラゴンが王城まで運ぶ。研究棟前の広場ではレオポルドが炎の魔法陣を敷き、そのうえにでーんと置かれたリンガランジャがグリルで炙られる。メラメラと燃える炎は王城の窓からもよくみえた。

太陽をたたえる冬至の祝祭にふさわしく、レオポルドは頭に金冠をかぶり赤いローブを着て、厳かに魔法陣をあやつっている。魔石の護符や刺繍がほどこされた赤いローブに、飾り帯を身につけた彼は衣装がとてもよく似合っている。けれどそれはサンタさんというよりは炎の精霊王みたいで。

（イメージと違うんだよなぁ……）

いちおうわたしも式典服を着て、レオポルドに話しかけた。

「レオポルド……焼きながら肉汁を回しかけると、パリッとしあがって美味しくなるよ」

「わかった、肉汁だな」

魔術師団長があやつる繊細な魔法陣が、炎のなかできらめく。

「オーナメントだけでなく、レオポルド様に鳥の丸焼きまで作らせるなんて……あの錬金術師っ！」

塔の魔術師たちがギリギリとにらみつけるけれど、わたしもこんなことになるとは思わなかったよ。

……こんがり焼いておいしくなあれ。

巨鳥の肉は研究棟だけでなく、王城全体にふるまわれる。切りわけたパリパリのリンガランジャは串に刺し、皿に盛ってスタッフたちにより運ばれていく。ライアスも式典用に特別な赤い騎士服を着て、アーネスト陛下がこれまた豪華な衣装で口上を述べた。

「ドラゴンがいるだけで何もない大地に根をおろしたコランテトラの木は、われわれにとって希望の象徴だった。コランテトラの木精へ、はじめての贈りものだ。どうかおさめられよ」

「研究棟を代表して、ありがたくちょうだいいたします」

なんだろう……わたしの説明を聞いて一生懸命再現してくれたけれど、『コレジャナイ感』がすごい。それでもリンガランジャの丸焼きは皮がパリパリして、やわらかい肉は臭みもなく濃厚な味わいでおいしかった。

　わたしたちは魔法陣を刻んだドラゴンの鱗を、ひとつひとつコランテトラの木につるした。わりと飾るものは何でもいいといったら、みんな思い思いに飾りを用意した。ヴェリガンとヌーメリアは研究室の植物でリースを作ったし、ユーリのは魔導列車やライガの模型だ。カーター副団長とオドゥはなぜか実験器具や錬金釜をつるしている。

「こうやっておくとすごい発明ができるかもしれん」

「それはいいですねぇ、素材もつるしましょうか」

　ほっておくとコウモリの羽やトカゲの干物まで飾りそうで、それはさすがにとめた。てっぺんに飾る大きな星は、レオポルドに考えてもらった魔法陣をヌーメリアとヴェリガン、それにアレクに刻んでもらう。

「できたよネリア」

「じゃあ飾ろう。アレク、ライガに乗って」

　ライガを空中で静止させ、アレクが手を伸ばして木のてっぺんに大きな星を飾る。魔導ランプの明かりを落とせば、暗闇にキラキラと光るコランテトラが浮かびあがる。みんなが歓声をあげるなか、ソラがコランテトラの木を見あげた。

「ソラはピカピカになりました」

「うん」

　レオポルドに頼んでいろんな色の魔法陣を用意してもらった。キラキラと光るドラゴンの鱗は、だれが魔法陣を刻んだかによって光りかたがちがい、ちゃんと星がまたたいているように見える。枝を大きくひろげたコランテトラを見あげると、研究棟の中庭は星空のドームに、すっぽりと覆われたみたいだ。

「ソラはピカピカです」

　ソラはもういちど言ってから、歌いだした。


　地上に落ちた空の星、大地は命で満たされる。

　すくすく伸びたコランテトラ、風が揺らすよこずえの葉。

　地上を照らす太陽に、命はみんなで歌いだす。

大地に根を張るコランテトラ、風が運ぶよ歌声を。

ふたつの月が空にいて、地上の星を見ているよ。


ささやくような精霊の歌声に、オドゥがギターみたいな楽器をとりあげた。

「レオポルド、お前も歌え」

そういって弦をかき鳴らすオドゥにうながされ、レオポルドが低くよく通る声で歌いだすと、ソラの澄んだ高い声と重なり風に乗って王城をめぐっていく。さっきまでわたしをにらんでいた魔女たちが、目を潤ませて師団長の歌声に聴きいる。こうして『くりますす』と呼ばれることになる、精霊に捧げる冬至の祝祭が、王城でしめやかに行われた。


「なんか不思議だったけど、みんなで準備したの面白かったよ！」

楽しそうに笑うアレクは翌朝、ヌーメリアとヴェリガンが準備したプレゼントにびっくりするだろう。

「ライアスもレオポルドもありがとう！」

「こちらこそ。ネリアのおかげで竜騎士たちはみな、リンガランジャの肉を土産にできる」

ライアスがくしゃっと笑えば、レオポルドはわたしをじっと見てたずねてくる。

「楽しめたか？」

「うん、もちろん。ソラの歌声もはじめて聴いたけど、レオポルドの歌もステキだったよ！」

「そうか。では来年もやろう」

「うれしいけど、でもたぶん来年はもう……アレクはいないんじゃないかな」

「お前はいるだろう、それにソラも喜んでいる」

「……うん」

異世界の『くりますす』は、やっぱりあっちの世界のクリスマスとはちょっとちがっていたけれど、それでも人が集まって願いをこめて祈りを捧げるのはおなじで。すべてが終わったあと居住区のリビングから、ピカピカと光るコランテトラを見あげて、わたしはもういちどうれしくなった。

それから着ていたコートを脱ごうとして、わたしはポケットに何か入っているのに気づく。ポケットからでてきたのは、ツリーに飾った星よりも小さな光る星で、手に持つとキラキラと光が散った。

「地上に光る星……妖精の贈りもの？」

だれがくれたのかもわからない贈りもの……それは幸運を運んでくれるという。

（だれだろう、アレクかな……でもとってもきれい……）

星のなかに見事な術式が刻んであるから、作ったのはきっと大人だ。なくしたはずのボタンだったり、コインだったり……花や木の実でも。妖精の贈りものは何でもいいらしい。きっと妖精ではなくて身近な人間が、本人に気づかれないようにそっと忍ばせるのだろう。わたしも来年はだれかに贈ろう、そう思いながら眠りについた。

王城での仮装パーティー

冬がくれば市場のお店は年越しの準備で忙しい。収穫を終えて秋の社交シーズンを終えた貴族たちは、アンガス公爵家での夜会を最後に、領地へと帰り始める。わたしはドレス作りがひと段落した七番街の工房で、片づけを手伝っていた。もともとは収納鞄の工房だしね。そして手伝うついでに、掘り出し物も探していたのだ。

「このウェディングドレス、どうしようかしら。もう処分してもいいのだけど」

「わ、ステキなレースですねぇ。使われなかったんですか？」

「資料用に保存していた中古品よ、だいぶ変色しているでしょ。百年前の職人が手がけたレースで、今では作れないから貴重だけど、浄化の魔法でもきれいにならないの。デザインや縫製についてはもう研究しつくしちゃったし。ドレスにとっては着てもらうのが一番でしょうけど」

「百年前のドレス……着られるのかな」

いろいろなドレスを見たけれど、これが一番心惹かれる。うっとりと眺めていると、ミーナがうなずいて保証した。

「保管状態はいいからそれは問題ないわよ。だけど陽の光ではさすがに変色が目立つわね」

「夜なら問題ないですね。これ、借りてもいいですか?」

「ほしいならあげるけど……何に使うの?」

「ふふふ、このドレスにピッタリなイベントがあるのです」

なんと冬期休暇の前に、王城で働くスタッフたちをねぎらうパーティーを、対抗戦の勝者が主催するのだ。各師団で趣向を凝らし、魔術師団だと占いのブースがあったり、護符を作ってくれたりするらしい。竜騎士団は竜騎士たちによる剣舞や、スタッフのための健康体操教室なんかも開くという。

「パーティーというより、スタッフが自由に飲み食いする慰労会です。だから演出も自由なんです」

「あ、王城勤めの友だちに聞いたことあるわ、わりと無礼講なんですってね。錬金術師団は何をやるの?」

「どうしようか考えていたんですけど、このドレスを見て決めました。わたしはこれを着るためにがんばります!」

錬金術師団が主催するパーティーなんてはじめてだ。中庭で祝勝会はやったけど内輪だけだったたし、師団印の防虫剤を愛用してくれるスタッフも多い。王城の裏手にあって異質な存在だった、錬金術師団もだいぶ認知されてきたし、ここはひとつだれもが楽しめるイベントにしたい。それにドレスを着るという目的もできた。


パーティーの打ち合わせにやってきた厨房のすみっこで、大好物のポルンをつまんでいると、調理職人のダースがチョコを注いだ型に棒をさして作った、棒つきのチョコバーをバットに並べて持ってくる。

「今年はちっちゃい殿下のために、こんなのを試作してみたんですが……どうでしょうか?」

「え……ホワイトチョコで錬金術師の人形が作ってある。わ、茶色いのは魔術師だね」

「そっちはビターです。今年王城で開かれるパーティーは、錬金術師団の主催ですからね。型から作ってみました。料理や飲み物のリクエストがあれば、そちらも厨房でご用意しますよ」

「いいね!」

王太子のユーリはみんなに愛されていて、魔道具の手入れや修理をするカーター副団長やオドゥも、意外とスタッフに受けがいい。アレクもヴェリガンの菜園で採れた野菜を、たまに厨房に持って行って可愛がってもらっている。

こういう日頃の協力関係がいざというときものを言うのだと、今回パーティーの準備をしていて改めて思った。

そして年納めに、シャングリラ王城を舞台として丸ごと使った、大規模な仮装パーティーが開催された。豪華な魔導時計があり、本物の魔導シャンデリアがいくつもぶら下がる大広間、隠し通路の扉が隠された絵の並ぶ廊下、天空舞台に続く螺旋階段……フォトの撮影スポットとしても、雰囲気ありまくりな場所がいっぱいだ。

そこを『夜の遊園地』というコンセプトで彩ることにした。翌朝には浄化の魔法で消しちゃうけど、合成した夜光塗料で城内のあちこちをペイントして、ホッケーや射的、ルールがかんたんでみんなが夢中になれるゲームも置いた。中庭は水路を使った迷路に早変わりし、王城全体は私の幻術で鮮やかに彩った。

仮装テーマは『幽玄』……ヒトでないものに扮すること。参加者は王城関係者だけだけど、服飾部門も協力したため、何というか一見の価値がある本格的なコスプレ大会になった。フルフェイスの鎧の騎士、精霊や妖精はヒト型だけど、ゴリガデルスはゴジラの着ぐるみより迫力がある。

「うひょー、すごいねぇ。自分のなりたいものになれるっていいよね。」

「ふふっ、自分とはかけ離れた者になるのは新鮮ですね。鮮やかな色の髪……憧れだったんです」

暁の精霊に扮したヌーメリアは、ヴェリガンに贈られたアミュレットの髪飾りをつけ、朱色の鮮やかな髪を緩く束ねて背中に流していた。ドラゴンになる人もけっこういて、人間サイズのミストレイが歩き回ってあいさつしあい、首の付け根にある隙間からグラスで飲み物を飲んでいる。

「ヌーメリア、とってもきれい」

「ネリアもかわいいですよ」

「えへへ、自信作なの。きょうはフォトの撮影も許可してもらったし、これでぜひとも雰囲気のあるフォトを……」

今夜の私はゴーストの花嫁。ぱっくり開いたウェディングドレスの胸元で、トクトクと鼓動を刻む心臓がレース越しに赤く光る。青ざめたゴーストメイクでドライフラワーのブーケを抱え、ヴェールを被ればいい感じだ。

気楽に非日常を楽しんでもらおうと企画したけど、舞台が王城ということもあり、フォトの撮影に興じる参加者や、即興劇を演じて拍手を浴びるグループもいて盛りあがっている。

「魔導時計のオートマタに扮した人たちが集まって、大広間で撮影会も始まってますね」

魔導人形たちは愛好家も多く、オドゥもそちらに交じって楽しんでいるらしい。なんとユーリはいつも凝った衣装を着せられる反動か、全身黒タイツに夜光塗料でガイコツメイクをするアイディアが気にいり、同じ格好をしたアレクやソラまでいっしょになって、王城内を走り回っている。

「アレク、抜け道使って厨房から食べもんちょろまかしたら、城の回廊を使って〝お掃除君レース〟をやるぞ」

「いいね、ソラも行こうよ！」

ちょろまかすとか言ってるけど……王子様が率先して楽しんでいるようで何より。

「ユーリってば、童心に返って楽しんでるね！」

「これはスタッフたちのために開くパーティーなので、王族は顔をださない決まりなんです。僕にとってははじめての参加ですから、すごく楽しみにしていました。それに今夜はヴェリガンとヌーメリアを保護者から解放してあげたくって。だからソラにも協力してもらってます」

ふだんは凛々しい王子様のガイコツ君はそう言って、カクカクと謎のガイコツダンスを踊ってみせる。その動きがおかしくて、わたしがお腹を押さえて笑っていると、ソラはペイントした体をわざわざ見せにきた。

「ネリア様、私に骨ができました」

そしてアレクまでいっしょになって、カクカクと謎のガイコツダンスを踊る。いや、待って。ユーリが教えたそのダンス、三人そろっておかしすぎるから！

「天空舞台に続く螺旋階段も、フォトスポットにはよさそうだよね。昇ってみようかな」

「ネリアひとりで？」

レオポルドやライアスも来ているはずだけど、この人数と凝りすぎた仮装のせいで、どこにいるかわからない。わたしはギルバンサという木の格好をしたヴェリガンを見つけ、ヌーメリアのそばを離れることにした。

「王城の中ならそんなに危なくないでしょ。ちょっとぶらついてくるね！」

わたしはヌーメリアにヒラヒラと手を振って歩きだした。夜の王城は暗がりも多く、いつもと違って妖しさ満点だ。窓に映るゴーストの花嫁は青ざめてほほえむ。今夜は仮装した対象になりきるのが決まりで、身分や役職は関係ない。マウントダボスの格好をしたダースが、みんなに砂糖細工の花束を配っていた。

「花嫁さん、ブーケをどうぞ」

「ありがとう！」

受け取った薄桃色のブーケは、キラキラ光る砂糖細工の花びらをペキリと折って、口に入ればしゅわりと溶ける。

「ん、おいしい！」

食べるのがもったいないくらいキレイなのに、食べやすくておいしい花びらは一枚、また一枚と消えていく。今夜は給仕も魔道具任せ。羽が生えて飛び回るグラスを捕まえて、指で縁をなぞるとメニューが書かれた魔法陣が展開した。わたしはメニューの光る文字を目で追う。

「あ、ティナのジュースがある！」

ほしい飲み物を選べば次の瞬間には、透明な泡がはじける液体でグラスが満たされた。こういった仕掛けのために、わたしは厨房の魔道具に魔力を注ぎまくったのだ。今ごろ厨房のタンクは、どんどんカラになっているはず。

「幽玄なる夜、今宵集まりし皆様は、この世とあの世のあわいの住人……」

頭に大きな角を生やした金色の獣が、朗々とした声で詩を吟ずる。すれ違うのはヒトでない者たちで、いくら眺めても見飽きない。妖精たちは青や紫にきらめく羽をつけ、精霊は雷や雪といった、性質をあらわす飾りを身につけている。そのどれもが凝ったデザインだった。

「こういう場にはね、本物が紛れこむことがあるから、それ用の食べ物も用意しとくんですよ」

そういって調理職人のダースは、妖精が好む砂糖細工の花をたくさん作っていた。精霊のご飯は魔法陣で作った場に、炎や水が柱となって渦巻く。実体がなくとも精霊たちはそこに在り、世界を魔力で満たしていると教わった。

食べられる花のブーケのほかに、魔術師をかたどった黒い棒チョコや、錬金術師の白い棒チョコも配られている。これはそれぞれの師団をあらわしていて、竜騎士団は青いミストレイ型のラムネ味のグミにした。

わたしは錬金術師の白い棒チョコをゲットして、螺旋階段の入り口までやってきた。王城の中は行けない場所には魔法陣が張ってあり、そこを越えなければ自由に移動可能だ。天空舞台への螺旋階段は、わたしもはじめて使う。

『……お前であれば行かれない場所はないであろうが、立ち入り禁止の場所には当日、魔法陣を張っておく』

仮装パーティーについて知らせたとき、整いすぎるほどに整った、美しい顔立ちの青年は無表情にそう言った。

『行かれない場所はない？　そんな話、知らなかったよ』

『気づかなかったのか？　師団長室の守護精霊ソラは、王城内部では自由に動ける。当然主のお前もだ』

『言われてみれば……でもレオポルドも今までわざわざ言わずに、黙っていたということ？』

『……』

（なぜ今わたしにそんな話を……信用されたということ？　それとも……試されている？）

無言のまま肯定も否定もしない彼に、わたしは挑むように笑った。

『じゃあどこまで行けるか試してみる。だけど王城の中だけじゃないわ。わたしは行きたい場所ならどこへでも行く。いい？』

『好きにしろ。ふれればすぐ私に伝わる』

彼はそう言って、ふっと黄昏色の瞳をわたしからそらした。

（仕事のことはちゃんと話せるようになった。それにわたしだけじゃなくて、錬金術師団にも気を配ってくれてる……）

塔の図書室を訪ねるようになったカーター副団長と、レオポルドはよく話すみたいで、副団長の好感度が爆上がりだ。最近では年上のヴェリガンにも容赦せず、ビシッと貴族らしいふるまいについてアドバイスするようになった。彼の特訓が厳しいことは、わたしも身をもって体験ずみだけど、ヌーメリアやアレクのことを考えるとありがたい。わたしは手で自分の額をなでた。これも頭突きの効果なのかな？

いつも難しい顔をして眉間にシワを寄せているレオポルド……彼はこの催しを楽しんでいるだろうか。ふと思いついて、通路を封鎖している魔法陣に軽く指でふれたのは、たぶんほんのイタズラ心。

「ふふっ、気づくかな？」

ヴェールをかぶったゴーストの花嫁は、ドレスのすそを持って階段に足をかけ、ゆっくりと上り始めた。駆けあがったらちっともゴーストらしくない。転移陣があるからふだん使われない天空舞台への螺旋階段は、吹き抜けになった空洞に靴音が反響する。

カツ……ン。カツ……ン。

壁に手をつきゆっくりと進み、だいぶ上ってから下を見たら目が回りそうになる。見晴らしはいいものの転移陣は閉じられているから、広々とした天空舞台までやってくる人は少ない。上り切って息をつくわたしに、背後から声がかかった。

「遅かったな」

「ひゃっ！」

ふりむいたわたしは飛びあがりそうになった。巨大なツノを頭に生やし、長い毛並みに覆われた魔羊が、長いまつ毛に覆われたつぶらな黒い瞳でこちらを見ている。

「ワタ、ワタシオイシクナイデス！」

「だれが食べるか」

さすがに声でわかるけれど、被り物ですっぽり頭部を覆ってあらわれるとは……それより！

「えと、何でわかったの？」

しかも先に来ていたっぽい。魔羊は尊大な態度で腕を組み、フンと鼻を鳴らす。被り物してても中身はちっとも変わらない。むしろこのまま一生その格好でいなよ、と言いたいぐらい似合ってる。

「魔法陣にふれたろう。それにヴェールに白いドレスなど、ふだんの仮面に白いローブとさして変わらん」

聞き捨てならないセリフに、わたしは主張した。

「ちょっと、メイクだって時間かけたのに。ほら見てよこの心臓！」

「胸を張るな。というか見せびらかすな！」

わたしが胸を張って精一杯心臓を見せようとしたら、盛大にため息をつかれて怒られただけだった。何で⁉

「いやいや、この心臓ポイントなのに。鼓動に合わせて光るんだよ、すごいでしょ」

わたし自身は変わり映えしなくとも、今日の格好で工夫したポイントぐらい、ちゃんとわかってほしい。

「お前の鼓動を反映しているのか？」

興味をひかれたように一瞬胸元を見つめたくせに、すぐ我に返って彼は文句を言う。

「そうじゃなくて、胸をはだけるのをやめろと言ってる！」

「そしたら心臓が見えないじゃん！」

「そもそも心臓は見せるものじゃないだろう！」

「そういうデザインなんだってば！」

ゴーストの花嫁と魔羊のしょうもない言い争いに、まわりから人がどんどん減っていく。

「もうっ、気分でないじゃん。ここなら月が綺麗だろうし、記念撮影に最適だと思ったのに」

ふてくされてドレスにつけた収納ポケットからフォトを取りだすと、彼は急に黙りこんでそれに目をやった。

「何？」

「いや……」

「じゃ、そのまましばらく黙ってて。よっと……こんな感じかな？」

思いっきり腕を伸ばして自分に向けてフォトを撮る。できあがりを確かめると月は綺麗に撮れたけど、風にあおられた花嫁のヴェールは白い布のぼんやりした塊で、良くも悪くも心霊写真みたいだ。

「うーん、雰囲気はでているけどイメージとちがう……」

ぶつぶつ言っていると、横から伸びてきた手がフォトを取り上げた。

「貸してみろ、どんなふうに撮りたい」

「あっ、ええと……月をバックにしてドレスが綺麗に撮れたらなって。心臓もちゃんと写してね」

あわてて彼に説明すると、盛大なため息を吐かれた。

「注文が多い」

「いいじゃん。そういえばライアスは？」

「……あいつは厨房にいる」

「厨房？」

「正確に言うと酒蔵の前だ。この催しでは毎年『城の酒蔵を飲み干す会』が結成される。魔法陣の操作で酒を喚びだすのでは、まだるっこしくなる輩がいるからな。昨年まではウブルグ・ラビルも常連だった。いちおう正気を保ってメンバーを見張っているはずだが……気になるなら見にいってやれ」

「うわぁ……遠慮します。後で二日酔いの薬でも、差しいれたほうがいいかな？」

「差しいれが何であろうと、あいつはきっと喜ぶ。持って行くといい」

「うん、そうだね……」

やっぱりドレスは浮かれてしまう。七番街の工房で見つけた古いドレスを、今夜のために加工した。トクン、トクンと脈打つ心臓は、魔道具ギルドのサージにも手伝ってもらった。胸の上に貼りつけただけなのにそれっぽい。

「そこに立て」

魔羊な彼は天空舞台の一点を指した。トコトコと指さされた場所まで歩いて行ってふりかえる。

「ポーズはどうすればいい？」

「いらん。心臓を押さえて私を見ろ」

「え、ちょっと早すぎ！」

次の瞬間にはもう撮影が終わっていて、前にもこんなふうにいきなり撮られたな……と思いながら抗議するわたしに、ポイっと無造作にフォトが返された。

「ほら」

写っているのはたしかにわたしだけど……それは輝く宝石のような黄緑の瞳を持つ、ヴェールをつけたゴーストの花嫁だった。淡く光る心臓を細い指で押さえ、唇はかすかに開いている。月の光を浴びて無表情に立ちつくし、ただ指の隙間からのぞく心臓だけがほのかに赤い。

「すごい……想像以上だよ。どうしたらこんなにキレイに撮れるの？」

「見たままをとらえただけだ」

彼は不機嫌そうにそっぽを向いて、ブツブツと文句を言い続ける。

「まったく……何が紛れこむかわからん場で花嫁衣裳を着るとは……精霊か妖精にでも見染められたらどうする。帰ってこられなくなるぞ。精霊が本気になったら逃れる術はないと思え」

「へ？　そういう心配もあるんだ」

「ある。しかたないから最後までそばにいてやる。本来ならその手に指輪をはめれば、抑止力になるのだが……」

どうやら彼は本気で、わたしがさらわれると心配しているらしい。実体のない精霊や姿の見えない妖精の存在は、今ひとつピンとこないけど、彼らに料理を用意した厨房のダースや、レオポルドは自然に在る者として扱っていた。

「あ、うん。ありがとう。ねぇ、それならわたしも撮っていい？」

「魔羊をか？」

「うん！」

　顔がなくとも均整のとれた体は堂々としている。魔羊をこんなに近くで眺めることなんてないし、わたしはベストポジションを探す。それから月明かりの下で不思議な撮影会が開かれた。彼が振りあおいだ王城は、幻術が見せる鮮やかな色彩で彩られ、いつもとまったく違った雰囲気だ。

「それにしても……幻術をこのように使うとはな」

「楽しいことに使え、って言ったの自分じゃん。今回はよくできたでしょ？」

　幻術は幻だけれど、それ自体は心の中にあって、決して損なわれることはない。だからもう二度と自分で描く幻に捕まらないように、みんなで楽しめることに使おうと決めた。月の光を浴びた魔羊がうなずく。

「悪くない」

「だよね！」

　最後は紫に染まる城をバックにして、ふたりでいっしょに撮ってみた。だれと撮ったかなんて、後で見たら絶対わからない。幽玄なる時、あわいなる場所、異界の者との逢瀬《おうせ》。フォトの出来映えに満足したら、取りだしたグラスに月を映して、ふたり静かに乾杯をした。

　彼がこのときのフォトを大事に取っていたと、わたしが知るのは……まだずっと先のお話。

あとがき

物語も折り返しに入り〝魔術師の杖〟シリーズ、今回はなんと短編集です。元々は読者さんのリクエストに応じて書いていたSSや外伝を加筆し、新たにグレンのエピソードも書き下ろし、短編集①としてお届けします。本編には入らない各キャラクターのこぼれ話も、楽しんでいただければ幸いです。

初めての短編集ということもあって時間を頂いたため、八巻まで間が空いてしまいました。八巻の表紙は皆様のお声から、表紙は初めてのオドゥと、大きくなったユーリと決めています。短編集も①は過去や、ネリアとレオポルドが出会った頃のエピソードになったので、②はまだ違う感じにしたいと考えています。

「このキャラクターの話が読みたい」、「この辺のエピソード、もうちょっと読みたい」……等、リクエストは随時受けつけています。送り先はいずみノベルズでも、なろうやSNSでも大丈夫です。読者さんとのやり取りがヒントになって、ネタが降ってくることもあるので、よろしくお願いします。

そしてご報告があります。マッグガーデン様からのコミカライズが決定しました。ネリアやレオポルド、ライアスや錬金術師たちの活躍が漫画になり、WEBコミック『MAGKAN』にて連載されます！

ネリアや他の登場人物が、いよいよ動き出すかと思うとドキドキしますね。まだ詳細はお伝えできませんが、私もキャラクター原案担当のよろづ先生も、楽しみながら作っている作品なので、また楽しみがひとつ増えました。

今回、コミカライズの決定はもちろん、八巻の準備にあたり皆様の応援に、心からの感謝を申し上げます。数ある物語の中から、『魔術師の杖』を見つけて頂き、本当にありがとうございます。

二〇二四年四月　粉雪

祝
魔術師の杖
コミカライズ
作品の一読者として、漫画ならではの
表現で描かれる魔術師の杖の
世界を楽しみにしております
よろづ

著者紹介

粉雪（こなゆき）

インスピレーションは夢の中から降ってくる。ふだんは白衣を着て働く理系人間。本業ではまったく必要とされない自分のロマンチストな部分を全開にしたくて、『魔術師の杖』を書いている。

イラストレーター紹介

よろづ

会社員として勤務しつつイラストレーターとして活動。CAPCOM「鬼武者Soul」、GAE「悪代官 ～おまえの嫁は俺のもの!!～」などソーシャル＆スマホゲームを中心に展開中。

◎本書スタッフ
デザイナー：浅子 いずみ
編集協力：深川岳志
ディレクター：栗原 翔

●著者、イラストレーターへのメッセージについて

粉雪先生、よろづ先生への応援メッセージは、「いずみノベルズ」Webサイトの各作品ページよりお送りください。URLはhttps://izuminovels.jp/です。

izuminovels.jp

●底本について

本書籍は、『小説家になろう』に掲載したものを底本とし、加筆修正等を行ったものです。『小説家になろう』は、株式会社ヒナプロジェクトの登録商標です。

●本書の内容についてのお問い合わせ先

株式会社インプレス
インプレス NextPublishing　メール窓口
np-info@impress.co.jp

お問い合わせの際は、書名、ISBN、お名前、お電話番号、メールアドレス に加えて、「該当するページ」と「具体的なご質問内容」「お使いの動作環境」を必ずご明記ください。なお、本書の範囲を超えるご質問にはお答えできないのでご了承ください。

電話やFAXでのご質問には対応しておりません。また、封書でのお問い合わせは回答までに日数をいただく場合があります。あらかじめご了承ください。

●落丁・乱丁本はお手数ですが、インプレスカスタマーセンターまでお送りください。送料弊社負担に てお取り替えさせていただきます。但し、古書店で購入されたものについてはお取り替えできません。
■読者の窓口
インプレスカスタマーセンター
〒 101-0051
東京都千代田区神田神保町一丁目 105 番地
info@impress.co.jp

いずみノベルズ

魔術師の杖 短編集①

錬金術師グレンの育てし者

2024年4月26日　初版発行Ver.1.0（PDF版）

著　者　粉雪
編集人　山城 敬
企画・編集　合同会社技術の泉出版
発行人　高橋 隆志
発　行　インプレス NextPublishing
〒101-0051
東京都千代田区神田神保町一丁目105番地
https://nextpublishing.jp/
販　売　株式会社インプレス
〒101-0051　東京都千代田区神田神保町一丁目105番地

印刷・製本　京葉流通倉庫株式会社
Printed in Japan

ISBN978-4-295-60251-4